粉墨春秋

經典新版

高陽 著

下

目錄

下冊

1

黑獄探秘

七十六號如何辦案？

當虞亞德與張有全洗完澡，夢入華胥，高枕無憂時，林之江卻正在貝當路跟日本憲兵隊隊長小笠原大辦交涉，原因是提人沒有提到。

自小黃被逮到隊，一直沒有訊問；因爲小笠原是川端的密友，他只是根據川端的一個電話，逮捕小黃，根本就不知道他犯了甚麼罪？當然，川端要求捕人時，有個簡單的理由，說小黃是「重慶分子」。但這個名詞的涵義，已遠非民國二十八、九年那樣嚴重，所以小黃被捕以後，倒也並沒有吃甚麼苦頭，只是單獨被囚禁在一間空屋中；要等川端提供了詳細的控訴狀，方始進行處理。

因此，當七十六號派人提出借小黃的要求時，小笠原無法作出許可與否的決定；他必須

先跟川端取得聯絡。七十六號派去的人，感到情形與平常不同，立即打電話回去報告，由林之江親自來交涉。

「這個人，我是奉東京的命令逮捕的，所以是否能讓你們把他帶走，我必須向東京請示。覆電未到，最好請你明天再來。」

「不！」林之江的態度很固執，「我在這裡坐著等。」

小笠原只得由他。所謂「奉東京的命令」云云，自然是假話；事實是他一直未找到川端，不能不作此託詞。

一直到晚上七點鐘，小笠原才能找到川端。聽說七十六號要求借提小黃的理由是，他是謀刺周佛海的主犯，川端立即想到，他的計畫已經被洩露了，七十六號借提小黃的主要原因是，要從此人身上追究主謀。川端頗有自知之明，憑一個統稅局顧問的身分，要明鬥周佛海是鬥不過的；一旦眞相大白，以他陸軍中佐「後備役」的身分，將會被遣回東京，由參謀總長交付軍法審判。

轉念及此，立即便有了主意，要求處決小黃。小笠原自不免躊躇，因爲對七十六號難以交代；但禁不住川端的「卑詞厚幣」，而且以此人既有行刺周佛海的企圖，則殺之並不爲過的理由，說動了小笠原。

「東京已有覆電，需要研究；明天上午才能作決定。請你明天來。」

「明天甚麼時候？」林之江問。

「上午九點半。」

林之江無奈，只得回到七十六號，隨即跟金雄白通了電話；彼此都覺得事有蹊蹺。金雄白尤其不安；因爲他無法判斷小笠原說的是否眞話？果如所云，則川端爲承東京之命行事；也就是日本軍部要取周佛海的性命。這一來，事態就嚴重了。

是不是要將這些情形告訴周佛海？金雄白考慮又考慮，決定到第二天上午九時半，看小笠原的答覆如何，再作道理。

「你請坐一下。」金雄白說：「大概一十點鐘就有確實消息。」

虞亞德一楞，「怎麼？」他問：「金先生，莫非有問題？」

「問題是不會有的。不過這件事的內幕很複雜；說不定要我跑一趟南京，才能把人弄出來。」

虞亞德倒抽一口冷氣，半晌作不得聲；金雄白亦有芒刺在背之感，香煙一枝接一枝；電話一個接一個，每次都是很緊張地抓起話筒，卻都不是他所期待的，林之江的電話。

見此光景，料知不妙；心想應該先通知在對面咖啡室等候的張有全，讓他心裡有個準備。

「金先生，」他站起身來說：「我出去一趟，大概一刻鐘回來。」

「好，好！」金雄白如釋重負，「你回頭再來。」

等虞亞德走得不久，林之江就來了，一臉的懊喪，坐下來咬著嘴唇不說話。金雄白的一顆心便往下沉了。

「怎麼回事？」

「小黃領回來了。」林之江說：「是個屍首。」

「甚麼？」金雄白雙眼睜得好大了，「小黃死了？」

林之江指指左胸說：「一槍送命。」

「怎麼會弄成這麼一個結果呢？」金雄白的眉毛簡直打成一個結了。

林之江默然；心裡非常難過，事情是很明白的，甚麼「東京的命令」，完全是鬼話！殺小黃的唯一原因，只是滅口。看起來不跟小笠原要人，小黃還不會死；本想救人，結果反而送了人家的命，世界上哪裡還有比這再窩囊的事。

金雄白的感覺亦是如此；只是在程度上要重得多。而且眼前還有個難題，馬上虞亞德一來，怎麼向人交代？

就這彼此愁顏相向時，玻璃門外人影一閃，不待女秘書通報，虞亞德已推門而入了。

這就到了非常困窘的場面了！金雄白無奈，只能先替虞亞德介紹。

「亞德兄，這位就是林大隊長。」

「喔！」林之江起身，木然地伸出手來。

「久仰！」虞亞德握著手說。

「久仰！」林之江機械似地回答。

「光棍眼，賽夾剪」虞亞德驀地裡省悟，「金先生，」他說：「是不是出問題了。」

金雄白不知如何回答；楞了一會方找到了一句成語：「始料所不及。」

看到金、林二人的表情，虞亞德頗爲感動；雖然救人沒有救成功；至少情意是可感的。

「謝謝兩位先生，力量總是盡到。小黃自己作孽，怨不著別人。不過，事情總要弄清楚；不然死了都是糊塗鬼。我想，小黃只有這點不甘心。」

「對了！」金雄白突然想起；但馬上又變了念頭，覺得自己不必再牽涉到這場沒來由，冤冤相報的糾紛中。

可是，林之江與虞亞德都渴望知道，他這欲言又止的一句話是甚麼？等了一會，看金雄白仍無表示，林之江忍不住了。

「金先生，你想起來甚麼？」

「沒有甚麼，」金雄白轉臉問道：「小黃有甚麼遺族？」

「鄉下還有個哥哥。」

「是光棍。」

「老婆是有兩個，死的死，走的走；孤家寡人一個。」

「那末，只有請他表兄替他料理後事了？」

「是啊。」

「那我再送他一筆錢。」說著，金雄白坐向辦公桌去開支票。

虞亞德是早就想好了；看出金雄白不願再多事，便悄聲向林之江說：「林大隊長，我可以不可以來拜訪你；有些話向你報告。」

「報告不敢當。你要來看我，很歡迎；我給你一個電話號碼，先打來試試看，只要我在，隨時請過來。」

林之江寫了三個電話號碼給虞亞德，這表示他不是敷衍，確有願意接見的誠意，虞亞德覺得很滿意。

等金雄白開好一張支票交來，虞亞德卻不肯收，「金先生，」他說：「這不是你的事；

也不是我的事，應該他表兄去替小黃收屍。金先生做好事，我替小黃謝謝；不過支票應該他表兄來領。要到哪裡收屍，還要麻煩金先生打個招呼。」

「屍首已經關照上天殯儀館去領了。」林之江插嘴：「叫他表兄直接去接頭。」

「好的。」虞亞德哈哈腰：「金先生、林大隊長，我走了。」

他只走出金雄白的辦公室，等在銀行門口；不過十分鐘的工夫，就等到了林之江，迎面攔住，躬身問道：「林大隊長，不知道你現在有沒有工夫。」

林之江略一沉吟，將手一指：「上車！到我那裡去談。」

在汽車裡虞亞德就談了，「林大隊長，」他說：「我想請你替小黃伸冤。」

「可以。你不說，我也想追究這件事。」林之江說：「『無鬼不死人』，你曉不曉得底細？」

「我不曉得。不過有個人，一定曉得；這個人叫陳龍。耳東陳，龍鳳的龍。」

「陳龍，這個人名字好熟。」

「是『大自鳴鐘』一帶，有點小名氣的。」

「喔，我曉得了。」林之江問：「陳龍怎麼樣？」

「金先生託人送了小黃一張支票；小黃託他表兄去兌；他的表兄是陳龍的老婆的姘頭；

支票讓陳龍拿現款調去了。可是，這張支票到現在沒有提出交換。」

「是這樣一件事！」林之江大感興趣，「他的表兄叫甚麼名字？」

「叫張有全。」

「你熟不熟？」

「當然熟。他還等在我那裡。」

「那末，」林之江說：「我們一起開車子去接他。」

「我陪他來好了。他還不知道小黃已經『翹』掉了；我要跟他先說明白。」虞亞德說：「請司機朋友停一停。」

「好！」林之江說：「你馬上來。知道不知道我的地方？」

「極斯非而路？」

「對！我等你。」林之江拍拍司機的肩，汽車停了下來。

*　*　*

一輛三輪車趕到張有全在等消息的咖啡館，虞亞德不由得一楞，卡座中，張有全對面坐著一個三十左右的少婦；她面前也有杯咖啡，喝得只剩一小半，顯然已坐了好些時候了。

看到虞亞德的臉色，張有全自不免忸怩；可也不能不介紹：「這位是陳太太！」

「陳太太」三字入耳，如雷一震；陳龍的太太？虞亞德心裡在問；這時陳太太已轉臉過來了，微笑等虞亞德來招呼。

「陳太太，」虞亞德說：「敝姓李。」

這是暗示；也是試探陳太太，如果她已知道了他跟張有全的約會，臉上自然會有困惑的表情。幸好沒有；那末可以證明張有全並未提到他的名字。

「李先生，請坐！」說著，她自己將身子往靠壁那邊縮了過去，留出外面一半讓「李先生」坐。

這個舉動給虞亞德的印象非常深刻；除非她跟張有全有非常密切的關係，才會有這種視張有全的朋友像自己的朋友，脫略客套的舉動。當然，良家婦女總不免矜持；也不會有這種忘掉性別的表現。這又可以確定，陳太太一定是「白相人」陳龍的太太。

「我要走了。你也快回去吧！這幾天發現甚麼『德國痲疹』，要看西醫；不能看中醫，不要耽誤！」說完，張有全掏出一疊鈔票，丟在玻璃桌面上，又加一句：「這裡的帳妳結。」

於是虞亞德向陳太太點一點頭，作爲道別，跟在張有全身後，很快地改變了主意。

原來的主意是打算據實相告；此時發現他跟陳太太在一起，這個疑團太大了！張有全本性雖並不壞，但爲人糊塗，是非不明，輕重不分；尤其是已爲陳太太所迷，使得陳龍能夠用老婆的袴帶，緊緊綑住張有全。照此情形，只要他一脫離了掌握，甚麼規定得切切實實的事，都會變卦。不如先瞞他一瞞爲妙。

「怎麼樣？」張有全問：「仍舊有麻煩？」「有麻煩」是虞亞德見了金雄白回來以後跟他說的話。

「沒有了！」虞亞德往後說：「人已經到了七十六號；林之江在等我們去接。」

「好極了！前面就是『祥生』，坐汽車去。」

「慢一點！我先問你兩句話。」虞亞德低聲問道：「這陳太太是誰？陳龍的老婆？」

「是的。」

「她怎麼會在這裡，是你約她來的？」

「不錯！我約她來的。不過我人格保證，她不知道我們的事。」張有全將右手按在左胸上，表示是憑良心說話。「今天早晨她打電話給我，跟我要錢給孩子看病；我跟她說，我九點鐘在南京興業銀行跟朋友有約會了，叫她到那裡來等——。」

「這點就不對了！我們來的時候，沒有看到她。」

「她坐在裡面；我沒有進銀行，所以沒有看到她。後來等你不來，我想起來了，進銀行一找，果然在那裡，才把她帶到咖啡館裡去的。」張有全又說：「跟你說實話，她的兒子姓陳；實在姓張。」

「原來是你的兒子。」

「是啊！你倒想，我能不關心。」

「對！你應該關心。」虞亞德口中這樣說：心裡越覺得自己做對了。

到了七十六號，由於林之江已有交代，所以不必再通報，便爲提著一柄算是最新式武器的，湯姆式手提機關槍的警衛，帶到了林之江的辦公室。

辦公室很大，一半隔成會客室；虞亞德關照張有全稍等，自己跟著警衛到了裏間。約莫五分鐘，便即復回；張有全一看他的臉色，心頭立刻疑雲大生，因爲不論如何不像有喜事的神情。

「老張，爲了你的表弟死得冤枉——。」

「甚麼？」張有全大聲驚呼；眼圈跟著就紅了。

「小黃死掉了。林大隊長答應替他伸冤，叫我把你請了來。這是個甚麼地方，你當然知道；自己朋友，我勸你要『識相』。」

張有全不甚聽得明白他的話，因爲方寸大亂；「小黃是怎麼死的？」他只管自己發問。

「自然是日本憲兵殺掉的。」

「不是說，可以提過來嗎？」

「是啊！問題就在這裡。何以一直做下來的規矩，忽然亂了，林大隊長就是想找出其中的毛病來。等下，你最好有一句，說一句。」

張有全怔怔地流著眼淚，突然問道：「你剛才爲甚麼不說？」

「我是因爲看到你的姘頭，我不敢說了。」虞亞德很率直地答說：「你倒自己想想看，陳龍的老婆陪你睡覺；你的兒子又姓了陳龍的姓，你們兩個人等於穿一條袴子。我告訴了你，你告訴了陳龍怎麼辦？」

「這樣說，是預備抓陳龍？」

「可能！」

說到這裡，辦公室出來一個人；來路貨料子的西裝，燙得方楞折角；皮鞋擦得雪亮，不過腋下微微突起，可以想像得到是跨著一支手槍。

「大隊長！」虞亞德起身招呼。

張有全當然也站了起來；林之江擺一擺手，自己先坐了下來，「貴姓張？」他很客氣地問。

「是的！我叫張有全。」

「小黃是你表弟？」

「是的。」

「陳龍呢？你們是好朋友？」林之江將「好」字說得特別重。

「是的。好朋友。」張有全微微發窘。

「表弟跟好朋友，哪一個來得親？」

話中有鋒芒，張有全急忙答說：「大隊長，我絕不是存心要害我表弟；我也不知道陳龍拿了那張支票，另外會搞甚麼花樣——。」

「我明白！我明白！」林之江搖搖手，截斷了他的話，「我現在想問你兩句話，請你老實說。」

「好！」張有全連連點頭。

「陳龍住在哪裡？」

「他有兩個家，一個在呂班路——。」

林之江取出一本筆記簿，撕下一張，連同自來水筆一起交給張有全，要他將地址寫下來。

「現在會在哪個家？」

「呂班路。」

「如果不在呢？可能會在哪裡？」

「大概——」林之江看一看手錶說：「快吃中飯了；他大概在家。」

「他家有電話沒有？」

「有。」

「你平常是不是常常約他出來吃中飯？」

「偶而也有。」

「所謂偶而也有，是一個月總有那麼一兩次，還是難得有一回？」

「一個月有一兩次。」

「你請坐一下。」林之江起身回到辦公室，聽得他在說話；卻不知是跟誰說，也聽不清說些甚麼。

這樣過了有十來分鐘，進來一個工友，來請虞亞德與張有全吃飯。飯廳就在鄰室，菜很豐盛；張有全食不下嚥，虞亞德倒是胃口很好。吃到一半，林之江回來了。

「請你打個電話給陳龍，約他出來吃中飯。」

張有全茫然不知所答；虞亞德便說：「你不必多想，照林大隊長的話做就不錯。」

張有全點點頭，起身問道：「約在哪裡？」

「隨便你。總是你們平常常去的地方。」

「好！他如果在家吃過了呢？」

「那就算了。不過你要說一句：請你在家等我；我馬上回來，有要緊話跟你說。」

於是張有全撥了電話；接通了，等了一下，向虞亞德點點頭，表示來接聽的正是陳龍。

「喂，喔，我是有全；怎麼樣，一起吃中飯，好不好？」張有全等了一下說：「你想吃羅宋大菜？好，就是巷口那一家好了。我馬上趕回來。」

飯廳裡電話剛完；辦公室中鈴聲大振，林之江匆匆走了回去接電話。張有全卻大感困惑，不能不向虞亞德發問。

「我是不是要趕回去？」

虞亞德沉吟了一會，忽然面有喜色，「用不著！」他說：「你在這裡慢慢吃好了。」

「那不是放了陳龍的生？」

「不會的。陳龍那裡馬上有客人上門了。」

「咦！」張有全大爲詫異，而且面有慍色，彷彿受了戲侮似地，「你怎麼知道？」

「你連這一點都想不通，難怪讓陳龍把你吃癟——」虞亞德低聲說道：「人早已派出去，已經在呂班路了；要你打電話是投石問路，看陳龍在不在家。你看著好了，用不到半個鐘頭，陳龍跟你就碰頭了。」

「不，不！」張有全亂搖著手說：「我不要跟他見面。」

「恐怕要對質，沒有辦法不見面的。」虞亞德鼓勵他說：「有林大隊長撐你的腰，你怕甚麼？而且陳龍亦不會曉得，他的住處是你說出來的。」

張有全是個老實人，心裡覺得七上八下，無法寧靜；食不下嚥，只是一支接一支抽煙，這樣過了不知多少時候，林之江又出現了。

「怎麼樣？」虞亞德問說：「很順利？」

「一切都順利，現在請張先生去聽我們審問陳龍，口供如有不實，請告訴我。」

「在哪裡聽？」張有全急急問道：「是不是另外一間房？」

「對！另外一間房，你們看得到他；他看不見你們。」

聽這一說，張有全立即便有如釋重負的表情；跟著林之江到了後面一座鋼骨水泥的屋子，一共三間窗子開得極高，上加鐵柵；門不開在中間，而是左右各一，從右面門進去一看，才知道裡面是隔斷的，外面看來三間；裡面並不相通。

「你們在這裡看。」林之江指著嵌在牆上的一面鏡子說：「這面鏡子是英國貨，單向透光；看得出去，看不進來。」

接著，將虞、張兩人交了給那裏的職員，林之江就去了。

於是虞亞德湊到鏡子前面一望，原來另外兩間是打通了的，中間一張大餐桌，卻只有兩張椅子；水泥塗過的牆壁，掛著皮鞭、手銬、鍊條；牆上斑斑點點，觸目皆是，但都在牆角，高不逾人，可以想像得到，這些斑點，原跡是血，日子一久，自成黑色。

正張望間，只見林之江已帶著一名錄供的助手入屋，雙雙坐定；便有兩名武裝人員押著陳龍來受審。

這時張有全自己亦到了鏡子前面，雖知單向透光，陳龍看不到他，而心理上卻總以爲他跟陳龍面對面，不免忸怩不安，直到視線相接而對方毫無表情，才知道眞的看不到他，懸著一顆心，開始放了下來。

「你叫陳龍？」林之江問，聲音是從掛在牆上的喇叭中傳過來的。

「是的。」

「有個叫張有全的人你認識不認識？」

一聽這話，陳龍立刻睜大了眼睛，「認識。」他點點頭：「我們是朋友。」

「他常常住在你家，是不是？」

「是的。」

「爲甚麼？」林之江臉上有狡猾的笑容，「莫非他沒有家？」

「他、他是我的好朋友；有時候談得深夜了，回去不方便，就住在我那裡。」

「喔，」林之江問：「你們是好朋友，大家共錢財的？」

「有的時候有；他借我，我借他，帳都很清楚的。」

「他是不是拿支票跟你調錢。」林之江說：「我是指最近的事。」

「是，有這回事。」

「支票是遠期的，還是即期的？」

「是——，」陳龍答說：「遠期的。」

「遠期支票？」林之江裝作理解的神情，「當然是遠期支票，不然用不著跟你調現鈔。那張支票呢？」

「我又調給別人了。」

「調給哪個？」

「我的一個朋友。」

「叫甚麼名字？」

這一下，陳龍猶豫了；但過了好一會，開出口來卻是很有決斷的語氣：「調給一個日本朋友。」

「叫甚麼名字？」

「叫川端，是統稅局的顧問。」

「你跟他甚麼關係？」

「我們是朋友。」陳龍停了一下，突然又說：「你不相信，可以打電話去問；電話三七三〇五。」

「我沒有甚麼不相信。」林之江說：「我再問你一個人，『梅花癩痢小黃』，是不是你的朋友？」

「認識。還談不到是朋友。」

「眞的？」

「眞的！」陳龍的聲音斬釘截鐵。

「你不要說假話。」

「一點都不是假話。要說跟小黃是朋友；也不過是『點頭朋友』。」

路途相値，如果是有交情的朋友，少不得招呼一聲；倘或久不相見，總是執手問好，略敘寒暄。僅止於認識，彼此點個頭，交臂而過，這種朋友稱之爲「點頭朋友」。陳龍這樣極力強調他跟小黃並無交情，足見心虛；林之江面有慍色，開出口來就讓陳龍難堪了。

「你跟小黃不算朋友，那末要怎樣才算朋友？是不是跟你老婆睡過覺，你才當他朋友。」

虞亞德聽得這一句，急忙轉臉去看陳龍的表情；不過張有全卻頓著足，著急地說：「糟糕，糟糕！這下拆穿西洋鏡，他知道是我跟林大隊長說的。」

「你不要緊張！」虞亞德一面按著他的肩，加以撫慰，一面去看陳龍，只見他的臉色極其難看。至於他是如何回答，由於張有全的干擾；使得虞亞德漏聽了。

「我不管你跟張有全是甚麼交情，我要問的是小黃。既然你不承認小黃是朋友，那末，我來問你的日本朋友，你怎麼會想起來跟他去調現鈔？」

「因爲他有鈔票，人也很爽氣的。」

「那張支票的出票人是誰？」

「我不知道，圖章上的字看不清楚；張有全說支票是好的，我就相信他了。」

「那末，是那家銀行的票子。」

「我也沒有注意。」

一句話剛完，只見林之江將手裡的一條騎馬鞭，使勁往桌上一抽，發出極響、極清脆的聲音，將虞亞德與張有全都嚇了一跳。

虞亞德未及答話，突然發現隔室一片漆黑，原來僅有的兩面窗戶，已被遮掩，照明的電燈亦已熄滅。但一個念頭尚未轉完，只見一盞眩目的強光，光線從上而下，斜射在陳龍臉上；他很快地退了兩步，那知後面有張椅子在等著他，一屁股坐了下來，隨即有人從椅子背後伸過一條皮帶，將他連身子帶雙臂，綑得結結實實。

這下，他再也不能閃避刺目的強光了。林之江從暗影中冷冷地說道：「光棍不吃眼前虧，我勸你有一句說一句；眞是眞，假是假，沒有查不清楚的事。」

「我連有個日本朋友川端，都告訴你了，哪裡還有隱瞞的事？」

「你開口日本朋友，閉口日本朋友，有啥好神氣的！我就從你的日本朋友問起；你跟他是怎麼認識的？」

「朋友介紹的。」

「哪個朋友？」

「虹口憲兵隊的密探張小毛。」

「原來你跟張小毛是朋友；怪不得心狠手辣。」林之江問：「小黃認識不認識川端？」

陳龍遲疑了好一會才回答：「有點認識。」

「怎麼叫有點認識？」

「認識，不熟。」陳龍答說：「不過一起吃過一頓飯。」

「是你介紹的？」

「是的。」

「特爲介紹小黃跟川端認識，而且還一起吃飯；一本正經，是不是有啥事情要談？」

「沒有。」

這兩個字說得非常勉強，任何人都聽得出來，陳龍言不由衷；但林之江居然不往下追問，「好，就算沒有。」他問：「小黃手裡有過一張川端的支票，是從哪裡來的？」

「決沒有的事！他怎麼會有川端的支票？」陳龍的語氣，顯得極有把握。

越是如此，越顯得他在說假話。可以說「不知道」；也不妨用疑問的語氣：「不會有的事吧？」卻不能斬釘截鐵地肯定，決無此事。因爲支票是流通的，輾轉歸入小黃之手，又何足爲奇？唯陳龍預先有了打算，如果問到川端的支票，決不承認，才會有這樣的問答。

林之江當然會抓住他這個漏洞，緊接著他的話問：「你怎麼知道小黃手裡決不會有川端的支票？」

「因爲，」陳龍很緩慢，顯得很謹慎地說：「小黃的經濟情形，我很清楚的。」

「嫡親弟兄，彼此也不見得曉得經濟情形；你倒居然對小黃很清楚！你不是說，你跟小黃還不算是朋友嗎？」

這一下，陳龍張口結舌，無以爲答了；於是又有盞強光燈，從另一方向照過來，偏著臉的陳龍，兩面被逼，只有拼命將頭低了下去；身子不免掙扎。不料那張椅子有「機關」；只要一掙扎，右面會甩過來一根木棍，前端是大如手掌的一塊厚皮，「啪」地一聲，摔了陳龍一個嘴巴，將他打得臉歪向一邊，誰知那面也有一樣的「皮巴掌」；湊個正著，而且打得比前一記更重，半邊臉立刻腫了起來。

虞亞德看得滑稽，急忙掩口，遮住笑聲；張有全亦忍俊不禁，「噗哧」一聲笑了出來，急忙屏聲息氣，側耳細聽陳龍如何回答。

陳龍仍然沉默；只聽林之江在說：「姓陳的，我勸你識相，你話裡處處是漏洞；譬如說，小黃不算你的朋友，你倒會把他介紹給川端。這話說得過去嗎？現在閒話少說，我最後一次警告，你再說一句假話，我就不在這個地方問你了。我給你兩分鐘的時間考慮。」

不到一分鐘，陳龍就開口了，不過是發問：「林大隊長，如果我說了實話；是不是放我出去？」

「那要看情形，能幫忙總幫忙。」

陳龍這一次考慮了兩分鐘不止；最後毅然決然地說：「我說。不過我預先聲明，其中有句話，你打死我都不會說的。」

「哪句話？」

「我不能說；要看你問不問，你問到就知道了。」

「其實你不說我也知道是那句話。好吧！我也先不說。」林之江笑笑問道：「你跟小黃到底算不算朋友？」

「算。而且是好朋友。」

「那末，剛才你怎麼不承認呢？」

「因爲他做了件對不起我的事。」

林之江的一隻手，突然從強光中出現，作了一個手勢；接著，又是一片漆黑；然後恢復爲最初的情況，讓陳龍可以跟林之江面對面說話；而且也替陳龍鬆了綁。

「我替小黃介紹了一樁『生意』，他收了人家的定洋，一動不動；我催他，他說辦不到，我說辦不到也不要緊，你把定洋退還給人家。他說：『輸掉了』。林大隊長，請你想想，我跟人家怎麼交代？」

「這個人家是誰？」林之江問：「川端？」

「是的。」

「是椿甚麼生意？」

「請你不要問；我聲明在先過的。」

「你是不敢說；一說性命就送掉了。」林之江問：「是不是？」

「我聲明在先過的。」陳龍連是與否都不願回答。

「你不說也不要緊。現在談到第二張支票了。你眞的調給川端了？」

「是的。」

「爲甚麼？不是普通的調頭寸吧？」

「是的。」陳龍答說：「川端逼我逼得很厲害，我說小黃拆爛污，他不肯相信；後來聽說有這麼一張支票，我要來一看，懂了其中的道理，所以跟張有全調了來，送給川端。這樣，我才算逃過一道難關。」

「以後呢？小黃被抓，是不是你出的主意？」

「不是！我可以賭咒，」陳龍又說：「以後我就沒有再問這件事了。」

「好！還有甚麼話？」

「沒有了！有一句說一句，都在這裡了。」

問到這裡，告一段落；另一間房子裡有人在做筆錄，拿來給陳龍看過，毫無異議地簽了名字，該對他有所發落了。

「照現在看，你沒有甚麼責任。不過，你沒有完全說實話，我不能放你。」林之江又說：「除非你把介紹小黃給川端做件甚麼事，完全說明白。」

「完全說明白」便是與自己過不去，可以想像得到，陳龍絕不考慮；只見他的臉色很沉重，想了好一會說：「林大隊長，請你讓我交保；放我一馬。」

「也不必交保，住在這裡很舒服的；你想吃甚麼，我請客，住個三四天就可以出去的。」

「那末，讓我打個電話行不行？」

「你要打給誰？」

「一個朋友。」

「你寫條子，我叫人替你送去。」

陳龍不答；顯然的，他有不能爲外人道的話要說；在電話中，還可以隨機應變，運用隱語，要化成文字，而使得對方能懂得他的弦外之音，他還沒有這個能耐。

「林大隊長，得饒人處且饒人。」陳龍的聲音有些不大自然了，「你是『亨』字號，我是小腳色。不過，林大隊長，你總也不會天天是初一吧！」

林之江勃然變色；陳龍臉上的表情，亦變得異常複雜、悔恨惶恐，兼而有之。不過兩個人都很快地恢復常態了。

「對不起，今天我是初一。」林之江打了一下鈴，警衛入室，他示意將陳龍帶走。

「林大隊長，」陳龍陪笑說道：「我不會說話，請你不要認眞。」

「說過就算了。你安心在這裡住幾天。」林之江問：「要不要跟你太太說甚麼話？」

「請你關照我老婆，送鋪蓋來。還有，叫她去找一找我的一個姓張的朋友。」

說到這話，張有全略感寬慰，因爲這表示陳龍並不知道他在這裡；看樣子他也決沒有想到，他的住處是誰告訴 七十六號的。

「原來是怎麼回事，你都聽清楚了吧？」張有全向虞亞德說：「看樣子，陳龍也沒有甚麼不得了的罪名。」

「哼！」虞亞德冷笑一聲，「你這個人眞老實。」

「怎麼？」

虞亞德尚未答言，林之江推門進來，招一招手；等他們到了外面，林之江又將虞亞德邀到辦公室有話談。

「你聽見了沒有？」

「聽見了。」

「你認爲怎麼樣?」林之江跟著問。

「如果他的話不假;小黃就是半吊子,也難怪陳龍。」

林之江點點頭,「我本來倒想放他一馬。不過,」林之江笑笑說道:「一放出去,他要做初二;那就放不得了。」

光棍有句找「落場勢」的話:「你做初一;我做初二」,這比「君子報仇,三年不晚」來得強硬。但如果只是爲了遮遮羞,倒也無所謂;壞在陳龍有日本人做後台,那就難免要惹殺身之禍了。

這是虞亞德早就想到的;此刻聽了林之江的話,不免又想,如果替陳龍說句好話,討個情,林之江也許會賣帳。但如果他要保證,一放出去陳龍不會「做初二」,怎麼辦?算了!牽涉到日本人,不必多事。這樣一想,便不開口;而林之江開口了。

「陳龍的老婆,對陳龍怎麼樣?」

「我不知道。」

「對張有全呢?」林之江補充一句:「我是說陳龍的老婆。」

「我看像夫妻一樣。」

「這樣說，對陳龍不會太關心的。」林之江說：「請你關照張有全，一味『裝胡羊』好了。」

「我曉得了。謝謝你。」虞亞德起身告辭；走到門口卻爲林之江又喊了回來。

「亞德兄，」他說：「你到這裡來幫幫忙，怎麼樣？」

虞亞德未曾想到林之江會看中他；考慮了一下說：「過兩天答覆你，可以吧？」

「可以，可以！」林之江很熱情地握著他的手說：「隨時打電話來。」

送客一直送到客廳外面，而且派車子相送。張有全一看面子十足，心想，至少自己是不會有麻煩了。

就因爲心情一轉變，中午食不下嚥，此刻腹如雷鳴；張有全中途下車，邀虞亞德小飲。一進了館子，他直奔櫃台，先打電話。

機警的虞亞德，一把捏住話筒，「你打給誰？」他問。

「我打個電話回家。」

「那個家？張家還是陳家？」

「自然是陳家。」張有全答說：「我孤家寡人一個，打回家打給誰？」

虞亞德將話筒擱好，拉著他落座；等點了菜才問：「你是打給你的姘頭——。」

「女朋友。」張有全糾正他的說法。

「我看還不止於女朋友，是張大嫂。」虞亞德開門見山地說：「林之江關照，這件事你回去裝不曉得。如果問起來，你更不可說破。總而言之一句話，對任何人都『裝胡羊』，只當根本不認識陳龍這個人。」

「爲甚麼？」

「我不曉得。不過，聽他的話總不錯。」虞亞德起身說道：「我要走了。」

「慢點！」張有全央求著說：「還要去收小黃的屍，幫幫我忙；好人做到底。」

這個要求是虞亞德所無法拒絕的，只好又坐了下來，默默地陪著張有全。

「唉！」張有全嘆口氣，「小黃死得不明不白。」

虞亞德突然想起，「我倒再問你一句話，」他說：「小黃跟陳龍的這些花樣，你眞的沒有聽說過？」

「沒有。」張有全問：「到底是樁甚麼生意；怎麼收了『定洋』會拆人家爛污？」

「我告訴你好了。」虞亞德壓低了聲音說：「陳龍介紹小黃去行刺周佛海。」

這輕輕的一句話，嚇了張有全一大跳，連酒杯都握不住；杯子未破，一大杯啤酒卻都倒了在身上，於是亂了一陣，才能繼續往下談。

「怪不得陳龍不肯說；說了非送命不可。」

「你現在識得利害輕重了吧？」虞亞德說：「不要自己惹是非上身。」

張有全怔怔地想了好一會，自語似地說：「陳龍不知道會怎麼樣？恐怕兇多吉少；關個十年八年都說不定。」

「那也不要緊，反正他的老婆有你養。」

張有全不答，匆匆吃完飯，跟虞亞德到殯儀館料理了小黃的後事，直到晚上才分手。

「不要忘記林之江的話。」臨走，虞亞德還叮囑了一句。

張有全深深點頭；一個人考慮了一下，決定回自己的住處。不道一上三樓，就發現自己所租的那間「亭子間」，電燈亮著；不由得一驚，躡手躡腳地走近了，從門縫中往裡窺視，非常意外地，是陳龍的老婆，坐在他的床沿上想心事；床上睡著一個小孩，就是他的小寶。

此來必有緣故，張有全摸一摸自己的臉，保持著正常的表情去推開門來。像她這種移樽就教的情形，偶而也有；所以他不必用詫異的語氣，只是裝得歡迎地說：「你也在這裡！」

「你一天到哪裡去了？我到處找你；都說沒有看見。是不是跟那個虞先生在一起？」

「是啊！」張有全答說：「我們倆在替我的表弟小黃收屍。」

「你曉不曉得，老陳被抓走了？」

「我不曉得。」張有全故意吃驚地說：「是誰來抓的？」

「穿的便衣。聽說是 七十六號的人。」

「那就麻煩了。」

「現在只有去找日本人。」陳龍的老婆說：「在他被抓走以前，私下關照我，如果下半天三點鐘還不回來，亦沒有消息，就要我通知你，去找統稅局的一個日本顧問，名字叫川端；他會說中國話的。」

「喔，找到川端怎麼說？」

「就說陳龍讓穿便衣的人抓走了，請川端先生想辦法。他自然會去查明白，是哪裡來抓的。」

「那，那是明天上午的事了。」

「也不知道隔了這一夜，會出甚麼事。」她怨懟地說：「你要去辦喪事，也應該告訴我一聲；害得我到處找，心裡像火燒油煎一樣。」

「是我不好，是我不好！明天一早我就去找川端。」

「早點去。」陳龍的老婆說：「我要回去了。」

「你不睡在這裡？」

「家裡還有兩個，怎麼辦？我是託對門的楊太太照看；人家也快要睡了。」陳龍的老婆說：「或者你送了我回去。」

這原是順理成章的事，但張有全決定要跟虞亞德去見個面；便藉口太累，只叫了一輛三輪車，將她們母子送回家。然後打電話找虞亞德，居然一接就通。

「我有個消息要告訴你，電話裡面不便談；我們在哪裡見面？」

「我到你那裡來好了。」虞亞德問：「你住在哪裡？」

張有全便說了地址，掛斷電話，回家坐等；虞亞德倒是很快就到了，敲開了門，先左右張望，是保持戒備的神氣。

「沒有別的人。」張有全說：「你放心大膽進來好了。」

「不是我不放心，我要看看陳龍的老婆在不在這裡。」

「她先在這裡，一直等我。我就是因爲她來了，才打電話給你的。」接著，張有全將陳龍被捕之前叮囑妻子的話，告訴了虞亞德。

「你怎麼回答她？」

「我說明天一早去找。」

虞亞德不作聲，點起一枝煙，將自己的臉躲入煙氛之中。張有全爲人老實，看他的樣子，有些緊張了。

「是不是麻煩很大？」

「你說誰？」

「說我們惹上麻煩了？」

「我們有甚麼麻煩？」虞亞德說：「我是說陳龍自己。」

「陳龍？」張有全困惑地，「我不知道該怎麼說？陳龍現在有麻煩；如果川端知道了，會想法子救他，麻煩不就沒有了。」

「那末，你找我來，告訴我這個消息，是爲了甚麼呢？」

「爲了林之江不要誤會我嘴太快。」

虞亞德點點頭，又想了一會問道：「陳龍的老婆跟陳龍的感情，到底怎麼樣？」

這好像是題外之話；不過張有全還是回答了，「夫妻總是夫妻。」他說：「遇到這種事，既然有話交代，她總要替陳龍辦到。」

「對你呢？」

「你爲甚麼問這話？」

「你不必管。只老實告訴我就是。」

「當然不壞，而且陳龍也承認了的。」

「這樣說，如果她是寡婦，或者離了婚，你就會娶她？」

「那還用說！」

「好，你跟我實說了，我才好替你出主意。我現在告訴你兩種情形，一種是你不必去找川端，對陳龍的老婆，只說去過了。照這樣，陳龍或許還有生路。」

「為甚麼？」張有全越發困惑，「照你的話，如果我去看了川端，對陳龍反而不好？」

「一點不錯。」虞亞德說：「你只要把這件事一告訴川端；陳龍的性命就不保了。」

「這又是甚麼道理，我實在不懂。」

「跟你說，你也不明白。不過，有一點我要先提醒你，如果你不理會這件事，一旦陳龍放出來了，跟川端一碰頭，知道你根本沒有去說。那時候一定要質問你，你應該有一套話說。」

「是啊！」張有全急急問道：「那時候我有甚麼話說？我也不能說是你說的；就算我說了，他問我是甚麼道理，我又怎麼回答他？」

「是啊！」虞亞德也承認他的話不錯，不過沒有疑問，只說：「這個道理要你自己去想。」

「我想不出。」

「你如果想不出；那末，我說了你也不會明白。」虞亞德略停一下又說，「我看你就告訴川端好了。」

「我告訴了川端；川端會去查明白。說不定就會跟林之江說，是某某人來告訴我的。那一來，林之江不就要起誤會。」

「這不要緊，明天我先告訴他好了。」虞亞德又說：「如果你想通了，不去看川端了，明天上午先通知我一聲。」

「不必通知。」張有全很有決斷地說：「照他的話做總不錯。你我也沒有麻煩。」

「對了！你不但沒有麻煩，還有好處。」

「甚麼好處？」

虞亞德笑笑站起身來，「到時候你就知道了。」他走到門口又說：「明天不管怎麼樣，你給我一個電話。」

「好！」

到了第二天上午十點多鐘，張有全果然有電話給虞亞德；告訴他說，已經見到了川端，說受陳龍的老婆之託，去告訴他，陳龍被不知名的人所逮捕，請他設法營救。

「川端怎樣？」

「川端好像很關心，問了我好些話；我都說我不知道。」

「對！你做得對。」虞亞德說：「這幾天有甚麼情況，隨時保持聯絡。」

「我知道。」

掛上電話，虞亞德毫不耽擱，出門跳上三輪車，一直到極斯非而路七十六號；很順利地見到了林之江。

「我特為來告訴你一件事。陳龍跟川端的關係，看起來很密切。」接著，他將始末經過情形，細細說了給林之江聽。

「喔，多謝你來通知我。」林之江又問：「到我這裡來幫忙吧？」

「等過了這件事再說。」

「這件事遲早要過去的。麻煩不大。」

「我希望知道結果。」

「我一定告訴你。」林之江問：「我跟你怎麼聯絡？」

「打電話給我好了：我住在——。」虞亞德找張紙寫了住址跟電話號碼給他。

「還有句話，我要請問你，你跟陳龍怎麼樣？」

「我跟他不認識。」

「好！我知道了。」

2 御倭妙著

「儲備鈔」中「中央馬上來」。

爲了陳龍的案子，七十六號的高級幹部，特地集會研究。準備行刺周佛海，自然是件大案，但小黃已死，陳龍矢口不認，又牽涉到日本人，無法深究；同時，風聲所播，說日本人打算殺掉周佛海，是件足以影響社會，造成動蕩不安的事。因此，最聰明的辦法，便是將這件案子壓了下來。

但大事化小，小事化無，顯出怕事的態度，亦是示人以弱；甚至變成對日本浪人的鼓勵，那就後患無窮了。所以幾乎毫無例外地，一致認爲對陳龍應該嚴辦。

但嚴到甚麼程度呢？十年刑；長期監禁；還是處決？對這一點，林之江提出了他的看法，看日本人的態度而定。

「如果日本人識相，不來干預我們的公事；那末，把陳龍辦得重，辦得輕，沒有太大的關係。如果要來干預，正好殺雞駭猴，給他點顏色看看，那就非重不可了。」

「我們去要人，他給我們一個屍首；如果他們來要人呢？」一身刀疤的萬裡浪問：「給他活的，還是死的？」

「活的也不給；死的也不給。」林之江又說：「當然，死的他也不要；要了陳龍的屍首去，難道還要替他大出喪？」

「我贊成。」主持會議的蘇成德開始作結論：「第一、看日本人方面的態度，如果他們來要人，就說已經槍斃了；第二、對於整個事件，保守秘密，免得引起流言，影響人心；第三、等整個事件告一段落，再面報周主任委員。」

周佛海是「特工委員會」的「主任委員」，所以蘇成德用此稱呼。散會以後，林之江剛回辦公室，就接到蘇成德的電話，請他立刻去一趟。

「巧得很！」蘇成德說：「我剛接到荻原的電話，他要帶統稅局的顧問川端來看我。我想，請你一手主持這個交涉。」

「好！我知道了。」

「立場不妨堅定，態度要懇切。」

「我懂。」

大約半小時左右，荻原帶著川端來了。荻原是滬西憲兵隊的隊長，官拜大尉；七十六號跟他的關係很密切。川端大概就是知道這種關係，想借重荻原來賣個交情；林之江心想，荻原不見得會瞭解其中的內幕；也想不到這裡已經作了決定，採取最強硬的態度。如果他一開口就要人，而且由於太熟的緣故，可能在措詞上很率直；那時候他碰的釘子就是硬釘子，這樣傷了和氣，以後辦事就棘手了。

因此，他使了個瞞天過海的手法；一見了荻原，不等他介紹川端，便用那種無一天不見面的熟朋友的口吻說：「來、來！你要的『寶貝』我替你找到了。」

原來荻原有樣嗜好，是收藏「春冊」；改七薌、仇十洲的作品都有。有天聽人說起，大名鼎鼎的唐伯虎落魄的時候，亦曾畫過春冊；曾託林之江代爲留意。「寶貝」指的就是春冊；荻原一聽他的話，以爲唐畫有了著落，喜不可言。

這種東西的授受，自然不宜有陌生人在旁邊；所以他跟川端說了句「吃鬥莫倒」，隨即灑開大步，跟著林之江匆匆而去。

「『寶貝』確是有了，一共六幅；要從天津送來，大概有半個月的功夫，你就可以看到了。這是我私人送你的，請你不要客氣。」

「謝謝，謝謝！」荻原規規矩矩地鞠了個躬。

「不過，有件事我要先打你的招呼；川端的來意，我已經知道。他託你來要的這個人，犯的案子很重；而且也沒有辦法交給你了。我想請你警告川端，不要管這種閒事，免得損害『中日邦交』。」

荻原微微一驚，「甚麼案子？」他問：「會損害到『邦交』」。

「難道你還不知道？莫非川端沒有告訴你？」林之江趁機放了枝冷箭，「託人一件事，不把這件事告訴人家；這種做事的方式很不夠意思。」

「嗯！」荻原閉著嘴咕了一下，有些生氣的樣子了。

「請你不要這樣。用『平常的』態度。」

荻原省悟了，放鬆了臉上的肌肉，跟著林之江回到外面客廳，這才正式爲他介紹川端。彼此說了兩句客氣話，荻原開口了：「川端君那裡有個『使用人』，爲你們這裡逮捕了，希望能夠釋放，或者交保。」他轉臉說道：「川端君，請你自己說。」

於是川端先找張紙寫了一個名字，然後說道：「這個人，是爲貴局逮捕了。」說著，將一張紙條遞過去，自然是「陳龍」二字。

林之江趁機打聽：「這姓陳，請問川端先生，是你們局裡甚麼人？」

「調查員。」川端補充說：「是秘密的稅務調查員。」

「既然如此，何以不由統稅局來辦交涉？」

「我就是統稅局的人；陳龍是配屬給我工作的人。」

「這樣說，川端先生應該對他很瞭解。」林之江逼視著他問：「是嗎？」

一上來先被人家套問了一陣，而且話中藏著機牙；川端自覺落了下風，不由得有些氣餒，就越發要考慮一會才能回答。

「關於他的工作方面，我比較瞭解；此外就不太清楚。」川端又說：「他的私生活，我不便干涉。」

「那末，我可以告訴川端先生，陳龍是本局奉令逮捕的，他牽涉到行刺中國政府要員的陰謀。」

川端的神色凝重了，但看得出來，是極力保持著鎮靜，「有這樣的事？」他說：「你們不會株連無辜吧？」

「株連？」林之江問：「川端先生希望我們株連？」

聽得這話，連荻原都發覺了，當即向川端說道：「川端君，你應該管束你的部下。」

「在我的工作部分，我是管得很嚴格的。」川端忽然態度變得強硬，「你們一定弄錯了！是冤枉無辜的人，對我的工作妨礙很大。」

林之江很沉著，沉著得看來有些陰險了，用一種深不可測的微笑答說：「我也知道妨礙了你的工作；我向你道歉。」

「這不是道歉的事；我要求讓我帶陳龍回去，或者移交給荻原隊長。」

這一下，林之江不能不以堅定的態度回答：「荻原隊長並未提出這個要求；他連如何妨礙你的工作都不知道，接收了這個人有何用處？而且，就算荻原隊長提出這個要求，我們也只能向他抱歉，求取他的諒解，因爲我們無法將陳龍移交給他！」

「爲甚麼？」

「這個原因不能告訴你；除非荻原隊長提出詢問。」

這個釘子碰得川端臉色發青；荻原又不作聲，他只好出聲央求了。

「請荻原隊長問問他，爲甚麼不能將陳龍交出來。」

荻原點點頭，向林之江說：「請你跟他說。」

「好！」林之江看著川端說：「陳龍已經承認，他在從事一項叛逆性的陰謀；案情太嚴重，陳龍已經移解到南京去了。」

「走吧！」荻原很快地站起身來；他對川端說：「你不要再管這個人了。」

原是請來壯聲勢的，不想竟說出這樣的話來：川端大感狼狽，一言不發地跟著荻原告辭。

林之江顧到禮貌，一直送他們上汽車；荻原在車子離去以前，從車窗中伸出手來，作了個翻書的手勢。林之江會意，是指許了送他的「寶貝」。

「一定會有。請你耐心等待。」

「不要讓我等得太久！」荻原還叮嚀一句。

* * *

林之江對這個交涉，自覺辦得很滿意，但對荻原所許的願心，卻不知如何還法？心想虞亞德爲人靈活，不如跟他談。

於是，打了電話約他一起吃晚飯；林之江十分得意地談他如何利用荻原抵制的經過，最後卻又皺眉了。

「當時沒有辦法，非利用這件荻原最感興趣的事，不能取得他的充分合作。現在可爲難了，哪裡去弄這六幅唐伯虎畫的春宮？」林之江用很親熱的稱呼說：「小虞，你替我動動腦筋。」

「這何用動腦筋，到城隍廟的茶會上，去找一個專門造假畫的人，問題就解決了。」

「對、對！眞是你的腦筋好。」林之江很高興，「不過，造假要造得像。」

「那當然。」

林之江點點頭又說：「小虞，買這六幅畫送荻原，是可以報公帳的。自己弟兄，我挑挑你，假的你照眞的報好了。」

這是件無須客氣的事；虞亞德道謝過了又問：「那末，陳龍是不是要送南京呢？」

「現在還不知道。局裡只是將整個案子報上去；看上頭的意思。」林之江又說：「我看陳龍難逃公道。」

「照現在的情形，是不是要通知他的家屬呢？」

「應該要通知的。現在案子已經不在我手裡了，我沒有辦法答覆你。不過，如果你認爲要通知家屬，我可以跟局裡說。」林之江又說：「現在你最要緊的，是替我去弄唐伯虎的古畫，越快越好。明天能不能給我一個確實答覆？」

「我極快去辦。明天一定有電話給你。」

因爲如此，虞亞德第二天絕早起身，趕到城隍廟，在古玩書畫商人每天聚會的茶會上，找到一個專造假畫的任不凡，問他願不願承攬這件生意？

「像你這種生意，我還是第一回遇到。」任不凡想了一下說：「這要另外尋一個人合作；我是不畫春宮的。」

「你的意思是，畫春宮另外請人；畫好由你來加上唐伯虎的名字？」

「對！我只管題款，蓋唐伯虎的圖章；別的不管。」

「一客不煩二主，這個人歸你去找。你只說個價錢好了。」

「冊頁是一兩金子一幅；兩個人合作算雙份，六幅十二兩金子；抹掉零頭，算一條條子。」

「可以。不過要快；一個星期夠不夠？」

「差不多。不過，話說在前面，期限要從收定金的那天算起。」任不凡又說：「鈔票不值錢，不能折價。」

「明天上午，仍舊這時候，我拿兩個『小黃魚』給你。」虞亞德又問：「譬如說，這六幅畫如果眞的是唐伯虎畫的，値多少錢？」

「那就沒有一定了。」

「你不妨說個價錢我聽。」

任不凡想了一下說：「要一根條子一幅，不算貴。」虞亞德心裡有數了，隨即到 七十六號去看林之江，將跟任不凡接頭的情形，和盤托出。林之江考慮了好一會說：「六條條子，數目是大了點。應該另外有個做法，你有沒有專門做這路生意的熟人？」

「我只認識一家裱畫店的老闆。」

「有沒有交情？」

「有的。」

「有交情，就好辦了。」林之江說：「我先墊一條條子出來，你去把那六幅畫弄好，送到裱書店；我跟局裡說，那家裱書店有這麼六幅東西，請局裡派人去買。你那面咬定要六條條子，少一個不行；一樣非買下來不可。這樣不經我的手，事情比較冠冕堂皇。」

虞亞德自然唯命是聽。當下收了林之江的一條條子；一個星期以後，如期辦妥。那六幅春冊，每一幅題一句唐詩；詩中都有一個春字。

爲了表示做事認眞，同時讓林之江有個先睹爲快的機會，虞亞德特地約林之江小酌，順便欣賞那六幅春冊。林之江欣然同意；但時間卻不能確定，要臨時聯絡。

小酌的地點，就在裱畫店老闆的家裡；此人姓周，蘇州人，裱褙世家。他也很想認識林之江，因爲是個靠山；因而向虞亞德表示，這趟生意他完全「白當差」。當然，虞亞德也有盤算，要給林之江提高大分；然後他再跟周老闆分帳。

約了兩天，第三天約到了。一到經過介紹，首先看畫，六幅冊頁，紙墨古色古香，做假做得極像；每一幅提一句唐詩，都帶了一個春字，第一幅是「全知偏知春氣暖」；第二幅是「春潮帶雨晚來急」；第三幅是「雨中春樹萬人家」；第四幅是「春城無處不飛花」；第五幅是「隔座送鉤春酒暖」；最後一幅是「銅雀春深鎖二喬」。

「這一幅是『六指頭搔癢』，加工討好。」周老闆指著最後一幅說：「照規矩一男兩女算兩幅。」

「喔！」林之江問：「這是唐伯虎的字？像不像？」

「像、像！怎麼不像。」

「『六如居士』就是唐伯虎。」

「是啊！」

「我怕我那個朋友只知道唐伯虎。」林之江仔細看了一下說：「喔，圖章是『唐寅』二字。」

「林大隊長，你請放心好了。越是做假的人，越想得周到，不會錯的。你看，款上題的是『六如居士時客洪都』，洪都就是南昌，也是有道理的。」

「這個道理，你要說給我聽聽。」林之江說：「我好講給我的朋友聽。」

「明朝寧王造反的故事，林大隊長總知道？」

「知道的。」

「寧王宸濠，把唐伯虎請了去做清客；『時客南昌』就表示這六幅冊頁是爲宸濠畫的。」

「那末，爲甚麼不題上款呢？」

周老闆哈哈大笑，笑停了用蘇州話說：「林大隊長，格末倷叫外行哉！啥教春宮畫浪還題還俚上款篤！說出去仔，聽格人嘴吧阿要笑歪？」

林之江想想不錯，自己也失笑了。

「林大隊長，東西眞是不錯；騙內行都騙得過。」周老闆說：「這份禮要送給喜歡的人，眞正是『寶貝！』」

聽得這樣說，林之江越發高興；心想荻原定必激賞，交情又厚一層，以後辦事更加方便；有甚麼大油水的案子，荻原只要說句話，黃金美鈔就會滾滾而來。說這六幅冊頁是「寶貝」，一點不錯。

「周老闆，我明天就會叫人來看；你不妨開口多要一點，還價還到甚麼程度，看你自己的本事。」

言外之意是六十兩金子以外，還可以多要；周老闆亦不免心動。但這件事是虞亞德所託；話中要照顧到，當即答說：「林大隊長交代的事，我自然盡心盡力去辦；生意怎麼談，我會跟亞德兄商量。」

「對了！你們去商量。裡頭有我，這筆生意一定做得成。」

「多謝、多謝！」周老闆將春宮畫收好了說：「請亞德兄陪林大隊長略坐一坐，我看內人預備齊了沒有。」

等他一走，虞亞德便坐到林之江身旁，促膝說道：「大隊長，我想這樣分派，本錢先歸大隊長；多下的請大隊長拿一半；我跟周老闆分一半。」

「不必！」林之江說：「本錢還我就是了。」

「沒有這個規矩——。」話只說得半句，周老闆的影子已現；虞亞德就不便再說下去了。

「請裡面坐！」周老闆說：「沒有甚麼好東西請林大隊長吃。」

「周太太，」虞亞德接口說道：「燒得一手好船菜。」

「那是外面吃不到的。」林之江欣然起身，「今天口福不淺。」

到得飯廳裡落坐，已擺滿了一桌子的菜；船菜講究冷葷跟慢火煨的大件，周太太爲請客花了三天工夫，這一桌子的菜，自然不同凡響，因而益助酒興。

周老闆的談鋒甚健，他不但懂書畫，還懂金石磁器；談起許多有名眞蹟流傳的經過，將

那些名人巧取豪奪，作假行騙的故事，說得活龍活現，不信不可。

「書畫古董這些東西，講起來很風雅，其實最俗氣。不過，到底是中國的東西，流到外洋，實在可惜。」有了幾分酒意的周老闆說：「林大隊長，你也是熱心人，像這種應該管管。」

「怎麼管法？」林之江問說。

「把預備運到外洋的好東西，想法子攔下來。」

「這——」林之江躊躇著說：「我沒有路，也不知道怎麼攔？」

由於林之江這一問，周老闆透露了許多內幕；也反映了一種過去所沒有過的現象——淪陷區內百分之九十幾的中國人希望抗戰勝利，蔣委員長重回南京；但這一天是哪一天，卻誰也說不出來。因此，除了間關萬里回到大後方以外，走不了的人便只是耐心的守著漫漫長夜。但這兩三個月以來，尤其是在一張「中央儲備銀行」的鈔票花紋中，發現了「中央馬上來」的字樣以後，談論何時「天亮」，是至親好友間茶餘酒後的最佳話題。

但這個話題在有些場合是忌諱的，那就是當有眞正漢奸在座時。淪陷區的人，對漢奸的定義，與大後方不同；大後方是從法律的規定去認定，在淪陷區卻須看事實，一種是「皇軍」到處，首先拿著白旗子去歡迎的「維持會長」；一種是確確實實爲了利欲薰心，去替日本人服務的大漢奸，一種是惡名昭彰，甘爲日本憲兵鷹犬的密探、翻譯。除此以外，在汪政府做個中下級職員，完全爲了糊口之計的人，他們自道是「飯奸」；旁人亦持同樣的看法，並無絲毫岐視之意。

熱烈談論蔣委員長又發表了甚麼談話；麥克阿瑟已經打到那裡，這些深夜從短波無線電中收聽來的消息的人，多半是「飯奸」。至於眞正的漢奸，有些是表面故作鎭靜，表示問心無愧；有些絕口不提，彷彿胸有成竹，其實內心無不恐懼，日夕縈繞在腦海中的一個念頭，便是如何免禍。

這有好幾種做法，公認爲最正當的做法是改過自新，將功贖罪；也就是說，自動變爲政府的「地下工作」人員。次一等的，結納一個「重慶來的」人，以爲護身符。再有一種是悄悄地轉移財產，遷地爲良；或者仿狡兔之三窟，另外經營一兩個秘密的存身之處。

因爲如此，便應運而生了好些神秘身分的人；以前是淪陷區常見的人，消失了一段時間以後，突然間又現身了。高談闊論，盡是些淪陷區所聽不到的「秘辛」——因爲他們所談論的人物，不在重慶，便在華盛頓，或者印度，都是淪陷區報紙上所見不到的名字。這些人愈是在「高等」的場合，愈受人注目；然後，便有人悄悄登門拜訪，送上一份重禮，卑詞表示仰慕。

這樣交往了一兩次，交情套得近了；方始吐露肺腑，自道迫不得已，爲人「拖下水」去，如今悔之莫及。希望能夠「仰仗大力」，獲得庇護。當然，這時候送的禮，就不是火腿之類的貴重食品了；而是貴重的黃金、美鈔。

這些情形，林之江也知道；但他不知道的是，延安所派出的好些共產黨，冒充來自重慶的地下工作人員在大肆活動。由於派來的人，都能說會道，所以受蠱惑的很多。

有個「糧官」，官卑職小，但在配給「戶口米」上動了手腳，積少成多，發了大財。此人精於賞鑒；淪陷區中許多舊家，爲生活所迫，將家藏的書法名畫，取出來換米，此人收藏得不少；最近亦是受了共產黨「勾魂使者」的引誘，預備盡攜所有悄悄出洋，目的地是中立的瑞士，其中頗多罕見的精品；周老闆覺得「國寶」流失國外，令人痛心，如果林之江願意採取行動，他可以打聽到走私的詳細情形，以便攔截。

聽完以後，林之江答說：「等你將詳細情形打聽清楚，我再來研究。不過，既是延安派來的人，不會勾引人家；是勾引到新四軍盤據的地方。這裡面的曲折，請你要弄清楚。」

「當然，當然。」

「酒醉飯飽要告辭了。」林之江又對虞亞德說：「你到哪裡，我送你。」

虞亞德還是有話要跟他談，就隨便說了個地方；目的是共一段路程。林之江這部汽車是英國式，司機與後座之間，有玻璃隔斷；虞亞德說話不須顧忌，便又提到了賣假畫「劈靶」這件事。

「我講過了，我是挑你發個小財；你不必再說下去了。不過，我還是希望你來幫我的忙。」林之江說：「我不是要你到局裡來，是私人幫我忙；有甚麼消息，替我打聽打聽，或者我有甚麼不便出面的事，請你替我辦一辦。」

「如果是這樣，我當然應該出力。」

「那就一言爲定了。有事我會找你。」林之江問：「你經常在哪裡會朋友？」

「我們有個『公司房間』，大滬飯店六二六號。」虞亞德說：「下午我總在那裡。」

「好！我知道了。」

「林大隊長，」虞亞德問：「陳龍那件案子辦得怎麼樣？」

「『做』掉了。」

虞亞德一驚，心裡忽忽若有所失；好半天說不出話。

「成全了張有全。」林之江又說：「他可以順順利利接收陳龍的老婆了。」

「林大隊長，」虞亞德忍不住發問：「不是說要報上去？做掉陳龍，是上頭的意思？」

「不是。」林之江說：「這件案子，從我交了出去，就不管了；我是聽人說，川端託人來打招呼，希望把陳龍殺掉。」

「這就奇怪了！川端不是要救他的嗎？」

「救不成就只好殺他了！這你還不懂嗎？」

虞亞德恍然大悟，原來又是殺人滅口。

「據我所知，要殺陳龍還不是川端的意思，幕後另有人指使。」

「誰？」虞亞德問：「是邵式軍？」

「不是他還有哪個？」林之江說：「我們案子還沒有報上去，金先生已經告訴周部長了，把邵式軍叫了來問，他死不肯承認。拿他沒有辦法。」

「照這樣說，周部長問起來，爲甚麼不留活口；你們怎麼說？」

「當然要耽處分。好在這個處分也不是白耽的。」

弦外有音，非常清楚；七十六號有人受了邵式軍的賄，不惜耽個擅自處分的罪名。虞亞德還想再問，司機已把車子停了下來；是浦東同鄉會門口，正是虞亞德指定的地點。

道別下車，卻不回家；他借了個電話打到陳家，是陳龍的老婆的聲音。他故意逼緊了喉嚨問說：「張有全在不在？」

「在。」

等張有全來接電話，虞亞德叮囑：「我是亞德。你只聽我說，不要開口！你馬上回家，我到你那裡去。」

「好！」張有全答應著，將電話掛上了。

*　　*　　*

「我還不知道出了事。」張有全怔怔地望著虞亞德，再無別話。

虞亞德亦頗感意外，「莫非沒有通知陳龍的老婆去收屍？」他問。

「沒有。」

「怪不得電話裡，陳龍的老婆沒有甚麼變化。」虞亞德有些困惑，「總不能說，一個人這樣殺掉了，連家屬都不通知一聲。」

「我想也不會。」張有全問道：「現在我怎麼辦？回去要不要說？」

「當然不要說。不但不要說，你臉上還不能『露相』。」

「這我懂。」張有全嘆口氣：「不明不白兩條命！不知道是送在哪個手裡的。」

「你我兩個人都有分。」虞亞德說：「你總還有好處，我爲了甚麼？」

虞亞德跟林之江的看法一樣，認爲陳龍一死，張有全接收了他的老婆，這無論如何是一種收穫。哪知張有全的答覆，出人意料。

「我不敢！」他說：「陳龍這條命有四分之一到五分之一，送在我手裡；再跟他老婆睡一床，不怕陳龍來作怪？算了，算了，我跟她的緣分，也算滿了。」

虞亞德一楞，「那末，」他問：「你拿陳龍的老婆怎麼辦？」

「勸她另外嫁人。」

「你怎麼勸她？她問你一句，爲甚麼到可以嫁給你的時候，你倒不要了。你怎麼回答她？除非你把眞相戳穿，不然沒有話好說。我現在要警告你，你要戳穿眞相是你的自由；不過你不要牽涉到旁人。已經冤冤枉枉送掉兩條命了；不要再有第三條、第四條白送在裡面。」

聽他語氣嚴重，使得張有全意亂如麻，好久，才嘆口氣說：「唉！麻煩要找上門來，逃都逃不掉！當初我不管小黃的事就好了；一搭上手，就是『濕手捏了燥乾麵』。要想乾淨都不行。」

最後兩句話，對虞亞德大有啓示。像現在林之江一再邀他幫忙的情形來看，似乎就是「濕手捏了燥乾麵」；但畢竟還不曾「搭上手」，懸崖勒馬還來得及。

只有開碼頭！他心裡在想，如果仍舊在上海，很難避免林之江的糾纏；到最後不是情不可卻做他的下手，就是變成不夠朋友，惹得林之江翻臉。看起來眞是「三十六計，走爲上計」。

＊　＊　＊

賣假畫的事總算順利，周老闆討價十根條子，還到五十五兩金子成交。來談的人是七十六號的庶務科長，抽了五兩金子的回扣，實得五根條子。

「喏，都在這裡！」周老闆將金光燦爛五條金子，一字排開，「白當差」的話也不說了。

「這是林大隊長的本錢。」虞亞德移開一根條子，「餘下的，四股派，你看怎麼樣？」

「我沒有意見。不過，你、我、林大隊長以外，不知道第四個是誰？」

「這筆生意，不是天上憑空掉下來的，總有個來頭；不過，我不便透露。」虞亞德說：「如果你不相信，我們就作三股派也可以。」

「笑話、笑話！」周老闆急忙解釋，「我不過隨便問一聲，怎麼會不相信你？」

「那好！」虞亞德取了根條子擺到他面前，「該你得的該你得。」

周老闆做一年的裱糊生意，也賺不到一根條子；而且還結識了林之江這麼一個朋友，自然非常高興，要請虞亞德吃飯。

「改天吧！今天我要去看林之江。」

這是託辭，他帶了金子回家，寫好一封信；另外找了一只裝手錶的錦盒，裝入二根條

子，用棉花塞緊，再取張牛皮紙密封好，然後打電話給張有全。

電話打到陳家，又是接到陳龍的老婆手中；「他重傷風，睡在床上起不來。」是有氣無力的聲音。

「那末，」虞亞德毅然決然地說：「我來看他。請你把地址告訴我。」

依照陳龍的老婆所說的地址，找到他以前釘張有全的梢來過的那條弄堂；敲開門來，觸目心驚，恰好看到靈堂上高懸著陳龍的照片。

「陳大嫂！」虞亞德招呼了這一聲，到靈堂上三鞠躬，然後問說：「老張在哪裡？」

「我在這裡。」

張有全已經扶病出迎；虞亞德心想，重傷風不是甚麼大毛病，還是約他出去說話，來得妥當，因此問說：「看了醫生沒有？」

「沒有。買了點藥吃；睡兩天就好了。」

「我有個做醫生的朋友，住得不遠；走，走，我陪你去看一看。」

「是嘛！」脂粉不施，一身素服的陳龍的老婆，在一邊搭腔，「老早要他去看醫生，就是不肯。」

「不是不肯，想省兩個錢。既然虞先生的朋友，總可以白看；我自然要去看一看。」

於是陳龍的老婆，為他添衣服，戴帽子，很體貼地照料著；一直打光棍的虞亞德，看在眼裡，倒不由得興起了室家之想。

出門坐上三輪車，虞亞德說：「到你家裡去談。」

「路上不能談？」

「還有東西要給你；你一定要送回家的。」

「甚麼東西？」

虞亞德不肯說；「到家你就知道了。」他問：「十天不見，你怎麼瘦了這許多？」

「怎麼不要瘦？又累，又生病；又有心事。」

「你的心事我知道。我多少要幫你的忙。」虞亞德說：「留得青山在，不怕沒柴燒；你要保重身體。」

張有全苦笑著；停了一會才開口：「好像做了一場夢！」

虞亞德不答；張有全心情不好，也懶得開口。一直到家，虞亞德將他扶了上樓，等開了鎖進門，張有全坐在床沿上，喘息不止。

「你身體真是要當心，」虞亞德說：「兩家人家的擔子都在你一個人身上。」說著，掏出一個紙包交到他手裡。

張有全覺得那個紙包很壓手，便即問道：「甚麼東西？」

「你打開來看。」

一看是根金條，張有全驚喜交集；半晌說不出話。

「我無意中發了一筆小財；大家分了用。」虞亞德說：「我明天要走了。」

「到哪裡？」

「到內地。」

「到內地！重慶？」

「不一定。反正往西南走就是了。」

「你，你怎麼突如其來，有這麼一個計畫？」張有全大感困惑，「事先一點風聲都沒有。」

「我也是跟你上次見了面才決定的。閒話少說，我有件要緊事託你。」虞亞德將一封信，一個盒子交了出去，「等我一走，你把這封信跟這個盒子送給林之江；要當面交給他。」

那個盒子很沉；張有全掂了掂笑道：「莫非是金子？」

「不錯，是金子。」

一句戲言，不道竟猜對了。但張有全卻反而沒有話說了。

「老張，」虞亞德說：「你這個人雖有點糊塗，人是好人，我就老實告訴你吧！」

於是虞亞德從荻原陪著川端去看林之江說起，一直談到 七十六號花五十五兩金子買那六幅唐伯虎的「眞跡」；然後再談盈餘分配的辦法。

「多下四根條子四股開，恰好每人一根；喏，這根是你的。」

「我的？」張有全喜出望外，反有點不太相信了。

「十兩金子，你我的身價說起來，說大不大；說小也不小了。我勸你娶了陳龍的老婆，把他的兒女當做自己的兒女；回到鄉下，正正經經做個小生意。」虞亞德又說：「天快要亮了，夢也可以醒了。上海是非太多，沒有啥混頭。老張，你聽我的勸！」

張有全考慮了好一會、毅然決然地說：「好！我聽你的勸。陳龍怎麼死的，前因後果，我當場跟她說明白。」

「隨你，反正我要走了，是非不會到我頭上。不過，我勸你不要急，到有把握了再說不遲。」

「當然，我不會莽撞的。」張有全又指著信問：「你給林之江的信，說點甚麼？」

「勸勸他，也好歇手了。」虞亞德說：「你把東西放在家裡，不要帶到陳家，我就在這兩三天之內動身，確實日期我會打電話告訴你；你等我走了，再去送東西送信。」

張有全點點頭、望著虞亞德悽然欲淚，著實有些難捨難分。虞亞德雖也有離情別意，但爲嚮往大後方的豪情壯志所淹沒，所以反覺得張有全太軟弱。

「不要這麼娘娘腔好吧？」

張有全眨了兩下眼，挺一挺胸，振作了些：「你甚麼時候回來？」他問。

「當然等勝利了才回來。這個日子，不會太遠！」虞亞德又說：「不過，汪精衛是一定等不到了。」

3 大限將至

汪精衛病入膏肓。

來自重慶的情報人員，全力在追求的一個目標，就是汪精衛在日本治療的眞相。

但是他們失望了。唯一所知道的是，汪精衛是住在日本名古屋帝國大學附屬第四病院。這還是因爲這個病院附近，突然戒備森嚴，以及名古屋鬧區出現了若干一望而知新近才到日本的中國人，加以研判而推斷出來的結果。至於汪精衛治療的經過，病情是好是壞，全無所知；連汪政府的許多要員，亦不明瞭。因爲汪精衛全家，還有親信，都到了日本；陳璧君嚴密封鎖消息，滴水不漏；有時陳公博、周佛海亦密電去問，也是模稜兩可，含含糊糊的答覆。

但終於找到了一條意想不到的線索。有一個久居上海的德國外科醫生，名叫諾爾，他由

擔任汪精衛的醫藥顧問，而結成至交。當汪精衛為了兩廣的政治恩怨而被刺時，諾爾恰好趁秋高氣爽，到西安去打獵；得到消息趕到南京，已在一星期之後。

汪精衛當時是住在鼓樓醫院，只動了一次手術，取出左腮中的碎骨與彈片；因為流血過多，身體虛弱不敢再動第二次手術，只好將左頰及背部的兩枚子彈，仍舊留在那裡。諾爾仔細診察以後，認為左頰那枚子彈不趕緊拿掉，眼旁的高度紅腫不會消退，將有失明之虞；因而冒險又開了一次刀。傷勢仍然非常嚴重，極力主張移到醫療條件最好的上海去治療。

到了上海，汪精衛住在他的岳家，滬西安和寺路上的一座大宅。由於背部的子彈挾住在肋骨之間，所以開刀要請骨科醫生；當時上海中西聞名的骨科權威是牛氏兄弟。替汪精衛動手術的是老大牛惠霖。

牛老大見過的要人極多，並沒有將汪精衛當做一個了不起的病人看待；加以「藝高人膽大」，看了X光片子以後，認為一刀下去，就可以把子彈箝出來，因而越加不當回事。

開刀的地點就在汪精衛岳家的小客廳中。因為陳璧君的蠻不講理是有名的；如果將汪精衛移到他的設備完善的上海骨科醫院，陳璧君會干預醫生、護士的職務，勢必搞得很不愉快；既然是小手術，哪裡開刀都一樣。

牛老大的想法沒有錯；錯在開刀時間定在下午，時間又晚了一點。牛老大的酒癮極大；

不到下午五點鐘就要弄半杯白蘭地在手裡，邊晃邊飲。這天要開刀，容不得他捧杯徐飲，倒了一大杯喝乾，坐上汽車由楓林橋到安和寺路中；由於喝得太急，已頗有幾分酒意。

一有了酒意，事情看得更輕；而自信卻又更甚，但他的一雙手已不大聽大腦的指揮。結果手術失敗，而汪精衛吃盡了苦頭，氣得陳璧君幾乎連「丟那媽」都快罵出口了。

子彈仍舊留在背部，不幸地原已漸次痊可的糖尿病，卻又復發。於是接納了諾爾的建議，出國療養；目的地是德國，因爲鄰近奧國的嘉士伯的礦泉水，對汪精衛的糖尿病很有用處。糖尿病人動外科手術，往往不容易收口：所以汪精衛要動第三次手術取出背部的子彈，治好糖尿病是個先決條件。

沒有多久，發生震動全世界的「西安事變」。從北伐以來，汪精衛幾度出國；而回國的原因，總是爲了政局關係，陳璧君認爲「少不得要汪先生出來收拾」，兼程趕回國來「觀變」。

接著，抗戰爆發，政府西遷；無論時間上、設備上，都不容許他動第三次手術。

遷延日久，潛伏在汪精衛身上的那一小塊頑鐵，終於因爲生銹而作怪。

作怪是在三十二年八月間，忍受了三個多月的疼痛，終於在這年耶誕以前，由南京日本陸軍病院，將這顆子彈從汪精衛身體內排除。住院兩個星期，醫生認爲情況良好，出院回歸私邸，那天是三十三年元旦；不過新年假期剛剛完畢，頭一天到院辦公，就覺得身體不舒服。考慮下來，決定還是求教於諾爾。

諾爾從上海奉召而至，診察的過程，出乎意外地慎重；聽了又聽、看了又看，汪精衛的妻兒已感覺到情況不妙。最後諾爾請汪精衛起床，走幾步路給他看。這一看，諾爾竟致痛哭失聲。

據說，病雖初發，但情勢嚴重；且有癌症的跡象。陳璧君不相信；只以爲諾爾的一哭，大部分是感情作用。可是，症狀畢竟一天壞似一天；腰部以下，漸漸痳痹，高燒不斷，請了中日名醫會診，判斷不是癌症；那末是甚麼病呢？不知道！

這一下，陳璧君急得胃病復發，來勢亦頗不輕。當時看胃病最出名的是個日本人，名叫黑川利雄，任職於日本東京帝國大學；特別派飛機把他接了來，爲陳璧君看胃病的同時，順便替汪精衛也看一看。他的結論是：汪夫人的病不要緊，他有把握；汪先生的病，已到危險階段，倘不立即施行手術，旦夕可以生變。

於是陳璧君同意，委託黑川向日本政府接洽。日本政府當然不致於見死不救；但是所謂「絕對國防圈」，已瀕臨崩潰的邊緣，盟軍空襲，日甚一日，對於汪精衛的安全問題，不能不作愼重考慮。

幾經策畫，日本政府選定了名古屋帝國大學附屬醫院，作爲汪精衛的治療之地。

於是這年——民國三十三年三月三日，一架專機載了汪精衛全家，到了日本，以名古屋帝大醫院四樓的全部及三樓的一部分，撥歸汪家專用。名古屋師團負責警戒；同時嚴密封鎖消息，連日本人都不知道發生了甚麼事；只知道許多外科、內科、整形科、放射線科的名醫，忽然到名古屋「旅行」去了。

這些名醫組成了一個「醫團」，爲汪精衛的代名「梅號」，展開了一連串精細的醫療作業。但這時的日本可憐得很，連橡皮手套亦很難買到；因此，這個醫團的負責人齋藤眞教授，動輒大發雷霆。

齋藤是名古屋帝大的教授，是日本神經系外科的權威；經由黑川的推薦，膺此重任，經他主持會診的結果，斷定汪精衛所患的是，由彈傷所誘發的「多發性的骨髓腫症」。此病極其罕見；許多開業多年的醫生，連這種毛病的名稱都沒有聽說過。

到達日本的第一天診斷確實，連夜準備；第二天傍晚動手術。齋藤眞在兩名主要助手的協助之下操刀，所施行的手術，名爲「椎弓切除術」。局部痲醉後，由汪精衛的背部切開，深入前胸，切除了第四至第七排胸骨；手術很順利，只一個多小時。當時汪精衛的腿部就有感覺，而且能作極輕度的活動。

手術的第一階段算是成功了，但是往後的工作仍然不樂觀，這是個大手術，一刀開下去容易，汪精衛身體的復原，則大費周章；日軍的敗退，使得物質極缺，日本方面雖然有心幫汪精衛治好身體，無奈醫療用品來源有限，不易籌措，加上醫院四周，日軍嚴密佈防，如臨大敵，弄得陳璧君心裡很不是味道。

「梅號」醫團的大夫都是被徵召而來，多爲各地好手，因爲風雲日亟，這些名醫雖身在名古屋，但是多記惦著家中的老小，日常工作之間，也是神不守舍，上上下下的人都愁眉不展，那種際況眞是可想而知，汪精衛看在眼裡，眞是欲哭無淚，心也不禁跟著沉了下去，想想自己的前途，頗有「英雄末路」之嘆！

日本號稱軍國主義，一切唯國家至上，這些醫務人員受命行事，敢有不效忠之理，但是他們的心情因戰局影響而萎靡，卻也屬人情之常，汪精衛和陳璧君想起當年日人前來談判，大言倡倡，塗抹出一幅「大東亞共榮圈」的幻夢藍圖，眞也成了此一時彼一時了。

重慶方面因爲局勢的扭轉，工作上也更加激奮，但是陳璧君的緊密封鎖，卻也眞是很難「做」到確切的消息。

情況就這樣僵持了頗有一段時日，只是等待，別無他法。

醫院方面的人員進出，也是要嚴密搜身調查，很難冒充混入。倒是汪精衛可以稍動了的這個「進展」，輾轉傳了出來。

傳出這個消息來的人，就是諾爾；來自重慶的國際情報人員，循線追蹤，終於獲知詳情。據說「醫團」中特設一名「聯絡官」，名叫太田元次；原是那座醫院中的外科住院醫師，本來已決定派他到塞班島的「玉碎部隊」；正如「神風特攻隊」一樣，顧名思義，便知有出無還。那知他命不該絕，汪精衛一行第一天到醫院時，即由他照料；細心體貼，能言善道，大得汪精衛夫婦的好感，便向院方要求，希望能得到他的經常服務。院方轉報軍部，特准緩役；在醫團中擔任聯絡官的任務，當手術完成後，喜孜孜地向在別室等候消息的汪氏家屬，及東京派來的軍部代表，報告治療經過。

「汪主席閣下，當手術進行中，足部即恢復溫暖的感覺。手術歷時一小時又三十八分完成；汪主席向全體醫療人員致謝，表示一旦康復，將益愈爲『大東亞和平』而努力。由汪主席體內切除的骨片，連同血液，已作了詳細的檢查；確定是『多發性骨髓腫症』。」

「癒後如何？」軍部代表中的一名大佐問。

「應該是可以樂觀的。」

在此後三四天，情況確可樂觀：包括七位名醫；四名助手的「醫團」，一天三次爲汪精衛診察，然後由太田發佈的醫療消息，一直是「病況持續進步中」。

可惜好景不常，有一天，太田元次不再春風滿面了；他說，汪精衛四夜有大量的盜汗。

而且從這天以後，也不再公開汪精衛的病情。

＊　＊　＊

日本的局勢，亦跟汪精衛的病一樣，已入膏肓，無可救藥。

四月間，天皇裕仁的胞弟三笠宮，向軍部暗示，應該考慮宣佈京都和奈良是不設防都市。但是軍部並無反應；因爲他們還沒有工夫來研究本土的防衛問題，正以全力在對付美國向日本「絕對國防圈」邊緣各島嶼的攻勢。新任陸軍參謀長後宮淳大將表示：到了六月間，局勢將更困難。

這個夏天，對日本軍閥來說，眞如一個噩夢，關島、提尼安島與塞班島，一起都落入美軍手中。塞班島陷落的惡耗到達東京，軍令部長永野修身說：「日本將面臨崩潰的邊緣。」

六月十九日爆發菲律賓海戰，歷時兩天結束：馬利安納群島失陷，陸軍軍務局長武藤章向他的副官喟然長嘆：「日本敗了！」

病榻上的汪精衛也跟日本的國民一樣，許多戰敗、敗得淒慘無比的消息，是無法從報上看得到的，陳璧君所知亦不多；就是知道也不敢告訴他。不過從醫生與護士那種憂鬱的神色，以及供應越來越困難的情況中，他也可以猜想得出，戰局正在迅速惡化。只是惡化到如何程度，卻不明白。

他渴望得到眞實的消息；但在醫院中是無法辨得到的。因此，當七月間，林柏生冒著溽暑來探病時，他決定不放鬆這個得以瞭解眞相的機會。

避開陳璧君的監視，汪精衛從林柏生口中，知道了塞班島失陷的經過，以及又一次大規模海戰——馬利安納海戰，喪失了殘餘航空母艦的詳細情形。

「三百三十架飛機，只剩下二五架。」林柏生說：「聯合艦隊司令豐田大將事先說過：『帝國興亡，在此一戰』，結果失敗了。」

意思很明顯，這一戰決定了「帝國」必亡。汪精衛喟然長嘆：「實在沒有想到會有今天！」

同樣地，東條英機也沒想到，會有如此悽慘的「今天」；終於，他不能不辭職了。

* * *

六月十六日，以成都爲根據地的美國駐華空軍，以B二四、B二九重轟炸機，編隊空襲九州北部的幡倉地區；七月八日又有十幾架空襲九州西北部，使得日本人很深刻地感覺到戰爭已經逐漸迫近日本本土了。

反對戰爭的聲浪，逐漸可聞；以近衛爲中心的重臣，在暗中發動反戰運動。在塞班島失陷以後，近衛看出：如果陸軍繼續執政，結束戰爭的希望，永難實現。惟有倒閣，讓東條

「退陣」，才有向英美試探停戰的可能。於是，第一步具體行動，是解除東條的參謀總長的職務。

東條是首相，兼任陸相，又兼任參謀總長；這是不合理的措施，海軍早嘖有煩言。因此，這個計畫一發動，立即獲得了有利的反應。

於是由木戶內府出面與東條展開談判，要求參謀總長與內閣分離，以確立統帥權；此外還希望調換海軍大臣，以及請重臣入閣，完成舉國一致的強有力內閣。

東條答應了第一點要求，請求任命關東軍司令官梅津美治郎大將接替參謀總長。對於另外兩點要求，覺得太過分了。

所謂「重臣」是習慣上的稱呼；他們之受到現在首相的尊重，亦是逐漸形成的，究其根本，到底沒有制度上的規定，現任首相必須受他們的約束。而況，曾經擔任過首相的所謂重臣，計有七人之多，從資格上推次序是：若槻禮次郎、岡田啓介、廣田弘毅、近衛文磨、平治騏一郎、阿部信行、米內光政。如果都邀請入閣，如何容納得下。

另一方面，七重臣亦認爲參加內閣是不可能的事，但他們的倒閣的想法是一致的，原因很多，如近衛是討厭東條；岡田與米內一開頭就反對陸軍；廣田與阿部倒是爲瞭解決問題，尤其是阿部，基本上是同情東條的，替他在重臣面前，做了好些疏通的工作，可是他也認爲東條不走，戰爭不了。

在內閣中，亦有不滿意東條的閣員，一個是國務相岸信介；一個是外相重光葵。由於他們在有意無意間的鼓吹，使得重臣們倒閣的傾向，益愈強烈，以致於連一向支持東條的木戶內府亦愛莫能助——事實上由他出面提出三點要求，還是有著勸東條讓步，以期保全的善意在內的。

無奈這份善意很難接受。調換島田海相的要求，來自岡田與米內，即因島田支持陸軍之故；在東條，道義上就不能捨棄他的「患難之交」。

幸而島田爲大局著想，自甘讓步，接受要求，推薦佐世保鎮守府長官野村大將接他的手；不過島田仍舊留任軍令部總長的要職。

邀請重臣入閣，東條亦想努力使它實現；哪知一部分重臣，早已在岸信介那裡下了工夫——請人入閣，先須留出容納之地；判斷第一個被要求讓位的，必是國務相；所以只要岸信介不讓，重臣即無法入閣。果然，當東條婉言求懇時，岸信介嚴詞拒絕。他的答覆是：要辭就總辭；單獨辭職，彷彿他有了甚麼過失，歉難照辦。

當東條猶在繼續掙扎時，七月十七日晚上，七重臣聚集在平治驥一家舉行餐會，正式決議：一致要求東條辭職。

於是局勢急轉直下，東條在黎明時分接到報告後，在九點半晉見裕仁天皇，奏明辭職決心；十點鐘召集閣議，決定總辭——四年前的同一天，東條受託第二次近衛內閣的陸相，連夜搭機飛赴東京；那時的意氣風發，回想起來，恍如一夢。

當天下午四點鐘，天皇召集重臣會議，參加人員還有原樞密相及木戶內府。首先由木戶說明東條辭職情形；接著是米內報告拒絕入閣的經過，接下來討論繼任人選。

阿部認爲際此非常時局，仍以現役軍人擔任首相爲宜，即席推薦米內出馬。這是「將」他的「軍」；米內很巧妙地推託，說關於政治，仍由文官負責爲宜。而作爲文官的若槻，立即反駁，同意阿部的意見，在戰爭中，應由軍人主政。近衛接著發言，主張縮小範圍，先決定是由海軍還是陸軍組閣？

這是原則之一，另外原樞密相提出由軍人出身的五重臣合組內閣；廣田試探有無組織皇族內閣的必要，都遭否決了。最後採納了近衛的原則，縮小範圍，在陸海軍人之中選擇。

於是阿部與米內，針鋒相對地互推海陸軍出任艱鉅；阿部自道「陸軍不得人心，國民輿論傾向海軍」。平治與近衛則認爲國民對陸軍批評惡劣，只是少數人的作風問題。尤其是近衛說得更爲率直，他說東條之垮台，是因爲陸軍予社會的印象很壞；這一部分的陸軍——意思是東條那一系的激進派、應改變態度，俾能一新耳目。同時，陸軍內部發現思想左傾，此較戰敗更爲危險；因爲戰敗猶可望維持皇室國體，左翼「革命」成功，就甚麼都沒有了。他的這番議論頗引起在座重臣的重視，因此不但確定了由陸軍組閣，以便壓制左傾勢力的原則，而且希望組閣者，應具有政治經驗。

因此，米內所提出來的現任南方軍總司令官寺內壽一元帥，僅被列爲參考人選之一；若槻提出宇垣一成大將；阿部提出新任參謀總長梅津美治郎大將等。

宇垣一成由於木戶認爲有疑問；很快地便不談了。同樣地，曾任中國派遣軍總司令的畑俊六元帥，由於木戶的提議，立即列入候選名單。

名單的順序，阿部認爲應該是寺內、梅津、畑。而木戶覺得梅津有問題，因爲剛被任命爲參謀總長，而且並無大臣經歷。他問：「陸軍大將之中，還有誰？」

「還有，」阿部是照資歷來說：「本庄繁、荒木貞夫、小磯國昭。其次，才數得到東條。」

小磯國昭現任朝鮮總督，木戶對他的印象不壞，便即問說：「小磯如何？」

海軍的米內表示支持：「小磯很適當，既有手腕亦有魄力。」

「是不是類似宇垣的人物？」近衛發問。

「完全不同。」阿部答說。

與宇垣完全不同，便使得木戶更感興趣了，他問阿部：「他和陸軍現役方面，關係如何？」

「並沒有甚麼特殊關係，與東條的情形不同。」

平治對小磯亦有好感，插進來說道：「他的品格很高的，是敬神家。」

「思想問題呢？」木戶問說。

大家都認爲他的思想不會有甚麼問題，這就很可以放心了；商定的名單順序是寺內、小磯、畑。

這個會開了四小時。木戶一面招待重臣在宮內晚餐；一面在大內文庫昭和天皇的書房中，奏聞決定的經過。事實上木戶已經決定了由小磯國昭；他的操縱的手法很巧妙，事先不作徵詢，及至奏陳完畢，才又補充：「第一候選人寺內元帥，現任南方總司令官；如果決定聘用，請先垂詢統帥部，對於作戰上有無妨礙？」

於是裕仁派侍從長入江相政，去詢問恰好陪梅津參謀總長入宮舉行親任式的東條，對此有何意見？東條亦是木戶所支持的，自然深知其中的奧妙；如果木戶支持寺內，根本就不會請天皇派人來問！問到就是暗示，不贊成寺內。

「當此反攻激烈之際，第一線總司令官缺位一天都會引起極嚴重的後果，此其一：第一線總司令官忽然奉調組閣，在前線一定會引起許多猜測，而且『東亞共榮圈』及其他中立國，說不定會生誤會。此種不利影響，必須考慮。」東條鞠個九十度的躬：「請上覆陛下。」

裕仁「陛下」當然不再考慮寺內，決定由小磯國昭組閣，當夜通知陸軍相，急電「朝鮮之虎」小磯「上京」。

＊　＊　＊

經過澈夜地考慮，近衛決定彌補他未曾想到的變局——在他以爲寺內壽一現在第一線指揮作戰；如果不宜調動，木戶早就應該像不贊成宇垣及梅津組閣那樣，在重臣會議中，即應有所表示。即無表示，便等於成了定局；卻想不到是由名單上的第二名膺受大命。

儘管平沼稱許小磯的品格；但他的聲望遠不及寺內，陸海軍中的士兵，也許是頭一回聽說有這樣一位大將。近衛期望新任首相能夠早日結束戰爭；而小磯是否有此魄力及能力收拾難局，實在大成疑問。苦思焦慮，無法推翻已成之局，唯一的彌補之道，是組織陸海軍聯合內閣；建議邀請米內光政。

木戶肚子裡雪亮；如果拒絕近衛的要求，他在操縱大局的野心，說不定就會暴露。因此，立表同意；派他的秘書官松平庚爲侯爵，徵詢其他重臣的意見。除了阿部以外，其餘亦都同意了。

於是再下一天，召集第二次重臣會議，阿部亦撤消了反對，變成一致贊成。其時小磯已奉召抵達東京，陸軍省所派的汽車，將他自機場直接送入宮內；木戶這時才正式說明，由他與米內組織聯合內閣。奏謁天皇以後，隨即開始組閣的任務。

首先，當然是向陸海軍申請派出陸、海兩相。小磯中意有「馬來亞之虎」之稱的山下奉文，認爲山下的「鐵腕」，有助於他控制由於早經列爲「預備役」，關係已經疏遠的陸軍；其次是在滿洲擔任第二方面軍司令官的阿南惟幾陸軍大將，因爲他曾當過四年的侍從武官，將來帷幄上奏及參加御前會議時，比較易於瞭解裕仁天皇的意圖。

此外，他也要求，總理大臣能夠列席大本營。而由東條召集的「陸軍三長官」——陸軍大臣、參謀總長、教育總監會議，對於小磯要求以總理大臣列席大本營會議，斷然拒絕。申請以山下或阿南爲陸相亦礙難同意；推薦杉山元元帥爲陸相。從第二次近衛內閣到東條內閣，杉山一直是參謀總長；後來東條爲了想兼得陸軍指揮權，把他擠了下來，自行兼任。這一次推薦杉山擔任陸相，自有補過與補情的作用在內。

海軍方面同樣不願內閣總理分享軍部獨有的「帷幄上奏」權；不過對於小磯申請將米內光政由預備役恢復爲現役，並出任海軍大臣，卻是毫無保留地同意了——這是一個罕見特例；在此以前，只有一九一九年，預備役的海軍大將齋藤實，以特旨在朝鮮總督任內，恢復爲現役。

向來組閣最花工夫的是，協調陸海兩相；如果軍部對首相人選不滿意，可用拒絕推薦的手段，使新閣流產。小磯的組閣工作算是順利的；在七月二十一日傍晚，陸海兩相決定後，一夜的時間，產生了全部名單；令人矚目的是，十四名閣員只留任了兩個，而這兩個恰恰是內閣中最重要的職位，外務大臣兼大東亞大臣重光葵；大藏大臣石渡荘太郎。

*　*　*

就在小磯、光政聯合內閣舉行親任式之際，美國對作爲日本「絕對國防圈」中心的關島，發動了猛烈的攻勢。

在美軍登陸以前，美國飛機對關島已施行了五千五百架次的攻擊；由美國軍艦所發射、落在關島的炮彈，約計一萬八千發。駐在關島的日本陸軍約一萬八千五百人，完全處於挨打的情況之下。

美軍登陸後，立即構築橋頭堡，站穩了腳步。相持三日以後，日軍在七月廿五日夜發動反攻；此時美軍反成以逸待勞之勢，況藉憑優勢的火力，以及海上軍艦的助戰，輕易地擋住了攻勢。到了七月廿八日，師團長、旅團長相繼陣亡；殘存兵力約五千人，由三十一軍司令官小畑中將親自指揮，作困獸之鬥，到八月初十，關島日軍對外斷絕聯絡；第二天，美軍宣佈，關島日軍有組織的抵抗，已經結束；小畑中將的遺骸亦已發現。

在東京，正在檢討戰略指導原則；或者說重新擬定作戰指導綱領。陸軍方面由梅津與杉山會商決定，以總兵力的百分之七十應付決戰；百分之三十應付長期戰。但基本上希望避免短期內見勝負的決戰；儘量保留實力在長期戰中拖垮英美。

因此，陸軍作了一個重大的決定：「以忍痛犧牲的條件，誘使遷都重慶的中國講和。」

* * *

日本積極對華求和，是「最高戰爭指導會議」所通過的議案。

本來指導戰爭的最高機關名義上是「大本營、政府聯席會議」，實際上由大本營負責；而所謂大本營，不過軍部利用天皇的名義，作成決定，必要時可以奏請作「御前兵棋」、「御前研究」，由陸海軍統帥，相互質詢，得出一致的結論，由天皇裁可——這也是一種形式，天皇是無法推翻軍部事先協調好的結果的，至多，有一些補充意見；或者在執行上提示特須注意之點而已。

由於「大本營、政府聯席會議」的作用，只是軍部將已決定的戰爭指導原則，傳達給內閣執行，所以小磯組閣之前，即提出參加大本營會議的要求；軍部雖斷然拒絕，但亦瞭解，以首相而不能參預軍事決策，事實上是大有問題的。所以舊事重提，在東條未兼任陸相及參謀總長以前，由於不便而提出的改革意見，再度受到重視，這些意見中，最具體的是兩種，一是合併陸海軍設立「國防部」，與民主國家的軍事控制組織相同；一是設立戰爭指導機關。前者改弦易轍，相當費事；雖然具體，決非此時所能實施。

因此，小磯提議創設「最高戰爭指導會議」的意見，很快地獲得軍部的同意。但會議的辦法，仍舊充滿了「軍權至上」的意味，首先在「構成員」的順序上爲陸軍的參謀總長，海軍的軍令部總長，然後才是內閣總理大臣、外務大臣、陸軍大臣、海軍大臣。下設「幹事」三名，由代表內閣的書記官長，及陸海軍兩省的軍務局長組成。

而在第一次會議中，參謀總長梅津以「構成員」居首的地位，立即創下了兩條規例：第一是「構成員中有一人缺席，決定即屬無效」；第二是，必要時可下令幹事出席會議。

在第一條規例中，陸海軍可以輕易地發動抵制；在第二條中，實際上是必要時可排除內閣書記官長列席會議。而負最高戰爭指導責任的六名「構成員」陸、海軍，內閣各二。所以只要陸海軍取得一致意見，在會中即構成絕對多數。

關於「對華誘和工作」，正式的議案名稱，叫做「關於實施中國政治工作事項」，其中最重要的一項，當然是條件。共分八大項，要點是要求中國保持「善意的中立」，亦就是退出協約國陣營；日本所願給予的條件，除了「滿洲國不得變更現狀」以外，其他都可以商量。

爲了進行誘和工作，特派陸軍次官柴山兼四郎中將到南京，將日本的決定通知陳公博；同時尋覓能與重慶直接聯絡的適當人選。

除此以外，小磯爲了造成一種「推進政治工作」的氣氛，特派宇垣大將帶同阪西利八郎中將到韓國、滿洲、中國去作「旅行」；目的也是示人以日本想跟中國講和——阪西利八郎一直是北洋政府的顧問；與「安福系」淵源更深，由他透過李思浩、曹汝霖等人的關係，使得重慶能夠徹底瞭解日本的意向。

至於柴山兼四郎要找能直接聯絡重慶的人，這個任務，仍舊交給了今井武夫。他此時已是「中國派遣軍總司令部」的副參謀長；在暗中物色多時，終於找到了一個人，名叫繆斌。

此人籍隸江蘇無錫；家世比較奇特，是一個道士的兒子。道士原有兩種，一種是由王重陽，邱長春這個系統傳下來的「全眞道士」，戒律甚嚴；一種叫做「火居道士」，「火」是不斷人間煙火之火；「居」是男女居室之居，一樣娶妻生子，像張天師，便好算是火居道士。

因此，繆斌有個外號叫「小道士」。他書念得不壞，是交大出身，是陸定一同學，聯俄容共時期，繆斌是國民黨，陸定一也是國民黨；及至武漢分共、京滬清共以後，繆陸分道揚鑣，陸定一歸入共產黨，繆斌仍舊是國民黨——他是民國十三年一月，中國國民黨第一次全國代表大會中，唯一的上海學生代表；會後留在廣州，參加北伐，出任何應欽的東路軍司令部政治部主任。

到得民國十八年，繆斌由軍而政，當上了江蘇省民政廳長，由於鬻官賣缺，賄賂公行，爲輿論所攻擊，因而爲中央撤職查辦。那時正是勵精圖治之時；官員因貪污落職，政治生命就算完了。繆斌在南方無法立足，跑到北方去鬼混。

及至蘆溝橋事變爆發，平津淪陷，群魔亂舞；繆斌因爲與北洋政府並無淵源，無法擠進王克敏的「臨時政府」，只弄到一個日本人爲驅策中國百姓而設立的「大民會」副會長。這個機構的「浪人氣息」頗爲濃厚；軍統認爲以繆斌的性格，會利用「大民會」搞出很多出賣國家利益的勾當來，決定加以公開制裁。

其時繆斌正迷戀於坤伶中學程豔秋最有成就的新豔秋，排夕捧場；軍統人員即在戲園中下手，但因投鼠忌器，怕累及無辜，得讓繆斌逃脫一條性命。

這一來，北方又不敢住了。於是繆斌一面南下投汪；一面託人向戴雨農輸誠，軍統亦樂得加以利用，但知道他詭詐多變，從未交代他任何重要任務。但繆斌卻在錯綜複雜的關係中，看出來一個矛盾，利用這個矛盾，在日本軍人中，大肆活躍。

他看出來的這個矛盾是，日本跟中國，一面作戰，一面想求和。所以「重慶分子」如果是小腳色，有爲日本憲兵逮捕，隨時送命的危險。但如眞的能跟國民政府要人接得上頭，反

能受日本軍人的尊重。

繆斌就是看透了這一點，所以大吹起牛；他說他跟「何敬之」是如何如何深的關係；由於他當過北伐東路軍司令部政治部主任，日本人相信了。

他說他跟「顧墨三」如何如何深的關係；由於他當過顧祝同的民政廳長，而且有將當年同僚——江蘇省保安處長李明揚拉到汪政府這面來的實績，日本人更相信了。

他還說他跟「吳稚老」如何如何深的關係；由於他是吳稚暉的小同鄉，且當年確蒙賞識，所以日本人也相信了。

今井武夫所以找到他的原故，主要的也是看中了他跟吳稚暉的關係。因爲大家都知道吳稚暉「以布衣而爲國之大老」，素來受蔣委員長的尊敬。日本人感覺到重慶求和最大的困難，就是無法經過一重關係，便能「通天」。而繆斌卻說，只要他跟「稚老」說明了，「稚老」隨時可以去見委員長；而且也不必像別人那樣，跟委員長說話，先要考慮考慮，甚麼話能說，甚麼話不能說。稚老向來口沒遮攔；公開演講能用『X寬債緊』這樣的譬喻，是大家知道的。所說的話如果過於率直，委員長一定也能諒解的。

這番說法，使得今井武夫大爲動心；反映到日本內閣，受小磯委任，專門掌管此項工作的，出身《朝日新聞》的國務大臣兼情報局總裁緒方竹虎，同樣地大感興奮，決定請繆斌正式向重慶接觸。

但繆斌卻提出了一個條件，他必須先能覲見裕仁天皇；親身聽到裕仁天皇願意談和的話，才能取信於重慶；同時非如此不足以使蔣委員長對日本的意向作鄭重的考慮。

日本人向來有一種尊重對方——哪怕是敵人的身分的習慣。他們以前認爲以近衛公爵作蔣委員長的對手，身分相似；現在中國已躍爲四強之一，蔣委員長與羅斯福、邱吉爾、史達林是同一等級的國際領袖；則理應由天皇致意，才合道理。所以原則上接納了繆斌的要求。

就在今井武夫返東京與上海之間，聯絡此事之際，林柏生到了名古屋，由於汪精衛的堅持，林柏生對整個局勢的發展，都告訴了他，對於日本戰敗的戰況，他是有保留的，因爲怕太刺激汪精衛，而且也怕日本人知道了，指他危言聳聽，不過東京通過繆斌的關係，直接向重慶求和這一點，林柏生是不敢也不能瞞他的。

然而就是這一點，已使得汪精衛大爲傷心。當初是近衛發表聲明，不以國民政府，實際是不以蔣委員長爲交涉對象，他才出來的。結果是日政府仍舊要以國民政府，也就是蔣委員長爲交涉對象。而且爲了表示誠意，竟允許只有廳長資格，而且因貪污撤職，聲名狼藉的繆斌所提出的要求，由裕仁天皇接見。這使得他有被日本軍閥出賣了的感覺；心情惡劣，病勢立即大增，並且有嚴重貧血的現象。由他的兩個兒子及血型相同的侍從，各輸血五百ＣＣ，卻仍無補於已入膏肓的痼疾。

4 其言也哀

陳公博為中央接收鋪路。

到了十月裡，汪精衛自知爲日無多，決定留下一篇最後的文章；但已無法書寫，只能口述，由陳璧君紀錄。

就在這時候，小磯國昭突然來探病，事實上是來「送終」。汪精衛覺得這個機會必須把握；他要把他最大的一個心願，向這個已在求和的日本首相作最後的「奮鬥」。

「首相先生，」他說：「關於中國東北及內蒙的地位問題，日本必須重新考慮。如果在這個問題上，不能滿足中國人的願望，中日之間永遠不可能有眞正的和平。你們現在所作的努力，完全是白費氣力。」

小磯聽了這話，閉上眼作了有兩三分鐘的考慮，然後睜開眼來，以鄭重的語氣答說：

「我可以負責奉告主席閣下，這個問題，並非不能解決；中國東北及內蒙的地位，應該有變更的餘地。但是變到甚麼樣子，完全視乎在談判時，對於解決中日共同利害問題的談判而定。此刻，我無法作任何預測。」

小磯等於來替汪精衛打了一劑強心針。從「滿洲國」成立以來，日本的軍部也好，內閣也好，在這個問題上，從沒有讓過步，即使是九月十七日的「御前會議」，對於對華談和的條件，仍然堅持「滿洲國」的「現狀不得變更」，可是終於有「改變的餘地」了！

縱或小磯的話中暗示「改變的餘地」極其有限，或者需要中國在另一方面作極大的犧牲，以爲交換；但畢竟是一項原則的打破，有了一個起點，就能站住腳，逐步推進，不難達到恢復原狀的終極目標。

因此，汪精衛便有了一段比較能自我鼓舞的「最後之心情」。他在題記中說：

> 兆銘來日療醫，已逾八月，連日發熱甚劇，六二之齡，或有不測。念銘一生隨　國父奔走革命，不遑寧處；晚年目睹鉅變，自謂操危慮深。今國事演變不可知；東西局勢亦難逆睹，口授此文，並由冰如謄正，交專人妥爲保存，於國事適當時間，或兆銘沒後二十年發表。

所謂「適當時間」是何時，汪精衛自己都說不上來。但「最後之心情」顯然已與離開重慶時所抱的失敗主義大不相同；一開頭就說：「兆銘於民國二十七年離渝，迄今六載。當時國際情形，今已大變；我由孤立無援而與英美結爲同一陣線，中國前途，忽有一線曙光，此兆銘數年來所切望而慮其不能實現者。」

「回憶民國二十七年時，歐戰局勢，一蹶千里，遠東成日本獨霸之局，各國袖手，以陳舊飛機助我者唯一蘇俄。推求其故，無非欲我苦撐糜爛到底，以解東方日本之威脅，隱以弱我國本。爲蘇俄計，實計之得！爲中國計，詎能供人犧牲至此，而不自圖保存保全之道？捨忍痛言和莫若！」

不但心情改變，立場亦已不同，隱隱然贊成與英美同盟而抗戰了。接下來正好談到發起和平運動的原始動機。

開頭一段話是表明他的反共立場。不但他也承認，「脫渝主和」是「與虎謀皮」，目的是「爲淪陷區中人民獲得若干生存條件之保障。」又說：「即將來戰事敉平，兆銘等負責將陷區交還政府，亦當勝於日本直接卵翼之組織或維持會之倫。」

這是指「維新政府」、「臨時政府」而言，在後面還有一段解說：

「蔣委員長守土有責，無高唱議和之理；其他利用抗戰之局而坐大觀成敗者，亦必於蔣言和之後，造爲謠諑，以促使國府解組混亂，國將不國，非兆銘脫離渝方，不能無礙於渝局；非深入陷區，無以保存起因戰爭失陷之大部土地；既入陷區，則必外與日人交涉，而內與舊軍閥政客，及敵人卵翼下之各政權交涉。

即國府過去所打倒者如吳佩孚，所斥如安福餘孽梁鴻志、王揖唐輩，以及日人特殊之鷹犬、東北亡國十餘年之叛將，銘亦必儘量假以詞色，以期對日交涉之無梗。」

這又是反共的進一步引申，如果蔣委員長一有言和的表示，延安的共產黨，立即就會展開猛烈地攻擊，「非兆銘脫離渝方，不能無礙於渝局」，雖是表功之語，多少也是實情。

汪精衛也知道，他的「脫渝主和」是「行險僥倖」或者「不爲一時一地之國人所諒」，不過他是這樣想：國際情勢演變，已至千鈞一髮的局面，此時不趕緊想辦法，將來「內外夾攻」，更艱險、更不忍見的局勢發生，也許想要「自爲之謀而不可得」。所謂「內外夾攻」是指延安的共產黨將於戰爭中擴大。在那個時候來說，也許高估了延安，但不能不說他也是一種看法。

接下來，汪精衛說他近年來的主張是：「說老實話，負責任。」他的「老實話」是：「今日中國，由於寇入愈深，經濟瀕破產，仍爲　國父所云次殖民地位。而戰事蔓延，生民痛熬痛苦，亦瀕於無可忍受之一境。侈言自大自強，徒可勵民起於一時，不能救戰事擴大未來慘痛之遭遇。如盡早能作結束，我或能苟全於世界變局之外，多樹與國，暫謀小康，只要國人認識現狀，風氣改變，凡事實事求是，切忌虛驕，日本亦不能便亡中國。三五十年，吾國仍有翻身之一日。」

所謂「負責任」，是說他從民國二十一年，就任行政院長，十幾年來以「跳火坑」自誓；個人生死，置之度外：「瞻望前途，今日中國之情形，固猶勝於戊戌瓜分之局，亦仍勝於袁氏二十一條之厄。清末不亡，袁氏時亦不亡，今日亦必不亡。兆銘即死，亦何所憾！」

這兩段話，說得少氣沒力，還不如不說。但以下有段話，卻很動聽：「 國父於民國六年歐戰之際，著中國存亡問題，以爲中國未來，當於中日美三國之聯盟求出路。蓋以日人品狹而重意氣，然 國父革命，實有賴於當年日本之若干志士，苟其秉國鈞者能有遠大眼光，知兩國輔車相依之利，對我國之建設加以諒解，東亞前途，尙有可爲。美國對中國夙無領土野心，七十年來，中國人民對之向無積憤，可引以爲經濟開發，振興實業之大助。」

由於汪精衛對日本的戰事，所知的眞相不多，所以雖認爲必敗於美國的「海空兩權」，但卻用了「遙瞻」的字樣；即是「遙瞻」，還來得及補救，「如能早日覺悟及此，以中國爲日美謀和之橋樑，歸還中國東北四省之領土主權，則中國當能爲之勉籌化干戈爲玉帛之良圖。 國父之遠大主張，便能一旦實現。」

提到 國父的主張，正好順便表白，他說：「今兆銘六年以來，僅能與日人談 國父之大亞洲主義，尚不能談民初　國父之主張，即因日本人軍人品焰高張，而不知亡國斷種之可於俄頃者。」同時，他也憂慮日本軍人戰敗後的態度，「中國目前因中美之聯合，固可站穩，然戰至最後，日本軍人橫決之思想，必使我國土糜爛，廬舍盡墟，我仍陷甲辰乙巳日俄戰爭之局面，絲毫無補實際。日本則敗降之辱，勢不能忍，則其極右勢力與極左勢力必相激盪，而傾於反美之一念，則三十年後遠東局勢，仍有大可慮者也。」

至於他的「政府」突然「對外宣戰」，亦知「貽笑外邦」，殊不知「強弱之國，萬無同儘可能，有之則強以我為餌」。汪精衛說他是利用這種情勢，作為與日本爭主權、爭物資之一種權宜手段，對英美實無一兵一矢之加」。接著便談到「解除不平等條約與收回租界等事宜，得以因勢利導」，終告實現，這是他可以引為快慰之事。當然，這是他的欺人之談；因為他不會不知道美國與中國談判重訂「平等新約」，日本便不能不搶先有所表示的事實。

由此，汪精衛檢討了他的對日交涉，雖是「與虎謀皮」，卻有兩方面可談。

一是「『國府』目前所在之地區為淪陷區，其所代表者為淪陷區之人民；其所交涉之對象，為淪陷區中鐵蹄蹂躪之敵人」，因此，他如「交涉有得，無傷於渝之規復；交涉無成，仍可延緩敵人之進攻。故民國三十年有句云『不望為釜望為薪』」。

二是民國二十一年淞滬協定簽訂時，他兩任行政院長，「深知日方對華，並無整個政策；而我之對日，仍有全國立場。日本自維新以後，號稱民主，而天皇制度之下，軍人有帷幄上奏之權，自清末兩次得利。固已睥睨於一時；民初對我大肆橫欺，至華府會議，始解剖厄，固已礙於英美之集體壓迫，早欲乘釁而動矣。」

「人之將死，其言也哀」；汪精衛一生大言炎炎，只以一著錯，滿盤輸，到此亦不能不低聲下氣，作品取歷史矜憐的哀鳴：他說：「銘蓋自毀其人格，置四十年來爲國事奮鬥之歷史於不顧！亦以此爲歷史所未有之非常時期，計非出此險局危策，不足以延國脈於一線。幸而有一隙可乘，而國土重光，輯撫流亡，艱難餘生，有識者亦必以兆銘之腐心爲可哀，尙暇責銘自謀之不當乎？」

所謂「險局危策」，充其量只是爭取「喘息之機」；他說：「銘之主張，其基本之見解：爲日本必不能亡中國。日本本身之矛盾重重，必不致放棄對『國府』之利用，及知其不能利用，我已得喘息之機。」這話跟他以前的言論是有矛盾的，以前他說：「我看透了，並且斷定了中日兩國明明白白戰爭則兩傷；和平則共存。」現在卻說：「日本必不能亡中國」。無論古今中外，以傾國之師而不能亡鄰國，則必自亡而後已。這是事實上承認抗戰政策，完全正確；但無法改口，只好說是他的求和，是爲求得強鄰壓境的「喘息之機」。宛轉自辯的心情，當然是可想而知的。

不過，汪精衛懺悔之餘，確有補過之心；而勝於「安福餘孽」之只求個人的利益，亦自有事實可以證明，他說他：「可爲渝方同志稍述一二，俾互知其甘苦者：一爲恢復黨之組織與 國父遺教之公開講授；一爲『中央軍校』之校門，以及銘屢次在『軍校』及『中央幹部學校』之演講；一爲教科書決不奴化，課內岳武穆、文文山之文，照常誦讀。凡銘之講詞以及口號文字皆曾再三斟酌。如近年言『復興中華、保衛東亞』，如清末同盟會『驅除韃虜、復興中華』之餘音。」這是很含蓄的話，意思是只不過想將英美勢力逐出東亞而已。卻又不便明說；因爲一說明了，與他所服膺的 國父所提出的中日美三國聯盟的主張，便自相矛盾了。

他的補過之道，在求戰後使政府能順利完成整地接收光復地區；首先著眼於華北五省，說：「尚未受『中央』之直接控制。然日既已放鬆，我當緊力準備，俾將來國土完整，無意外變化發生。銘於十三年奉 國父命先入北京，其後擴大會議偕公博入晉，前年赴東北，頗知北方形勢，應得一與『政府』及『黨』的關係密切之人主持之。『政府』應推公博以代主席名義，常駐華北，而以京滬地區交佛海負責，在一年內實現重點駐軍計畫，俾渝方將來得作接防準備。」他這個決定，將由陳璧君與陳公博商量以後，用他的名義向「中政會」提出。

「實現重點駐軍」的目的，就在防止共產黨的接收失地。汪精衛在最後一段中，竟發出了對延安的警告：「中國自乙未革命失敗，迄今五十年；抗戰軍興，亦已七載，不論國家前途演變如何，我同志當知黨必統一，國不可分的主張，不可逞私煽動分裂。其在軍人天職，抗戰爲生存，求和尤應有國家觀念，不得擁兵自重，騎牆觀變。對於日本，將來亦當使其明瞭中國抵抗，出於被侵略自衛，並無征服者之心。」

「擁兵自重，騎牆觀變」即指延安而言。最後對於他認爲仍是「同志」的「渝方」，「當使其瞭解和運發生，演化至今，亦仍不失其自惜與自重。將來戰後兩國，能否自動提攜，互利互賴，仍有賴於日本民族之徹底覺悟，及我對日本之寬大政策。兆銘最後之主張及最後之心情，期與吾黨各同志及全國同胞，爲共同之認證與共勉者也。」

陳璧君的文字，跟她的性情一樣，質直勉強，自以爲是，本不宜曲曲傳達汪精衛幽微複雜的心情，所以這篇紀錄，在汪精衛很不滿意，覺得許多地方，言不達意；不過他已無力刪改，只由護士扶持著，草草寫下了題目《最後之心情》，並簽了「兆銘」二字。

*　　　*　　　*

病況由於咳嗽頻仍，而益形惡化，汪精衛的咳嗽起於夏天，同住在病房中的陳璧君，肥胖怕熱，白天不必說，晚上亦非開窗不可；她還振振有詞地說：「病房要空氣流通。」那知

夜涼如水，在她好夢正酣時，汪精衛卻因風寒侵襲，立刻就發燒了。不知是畏懼，還是出於愛意，他始終不肯說破，他的感冒咳嗽是由於陳璧君開窗睡覺的緣故。

咳嗽影響睡眠，體力越發衰頹；不過醫療服務周到，估計還可以拖一段日子。

不道十一月初九那天，美國飛機空襲名古屋，發佈的警報，一開始就是短促而接連不斷的緊急警報；護士長慌了手腳，找了幾個人來，連人帶病床推入電梯，直降地下防空室。

在名古屋，那時已是嚴冬。地下室陰凝酷寒，常人身處其中，已難忍受，何況以汪精衛久病垂危之身？加以電梯上下，病床進出，七手八腳，受了震動；所以汪精衛當時就已面無人色。

等空襲警報解除，送回病房；汪精衛呃逆不止，病情劇變。接著是發高燒。澈夜急救，始終並無氣色；第二天上午六點鐘，燒到四十一度，脈搏每分鐘一百二十幾跳，呼吸困難陷於半昏迷狀態；到得下午四點多鐘，終於嚥氣，送終的是陳璧君和他的小兒子文悌。

從這時候開始，陳璧君就除了子女以外，甚麼人都看不順眼了。十一月十二那天，遺體由專機「海鶼號」送回南京，下午五點鐘到達明故宮機場；機門開處，一身黑色喪服的陳璧君首先出現；在場的汪政府要人一看，都打了個寒噤，因為陳璧君的那張寡婦臉，不但難看，而且可怕，凡是接觸到她視線的，都有這樣一個感覺，似乎她在指責：「汪先生是死在你手裡的！」

因此，從陳公博以下，一個個戒愼恐懼。當晚移靈到汪政府大禮堂；預先佈置好的停靈位子是橫置的東西向，此名爲「如意停」，較之直置的南北向來得合理。但陳璧君一見便大發雷霆。

「這是誰出的主意？」她大聲吼道：「汪先生的遺體自然要正擺；這像甚麼樣子？重新擺過。」

這「重新擺過」就費事了，因爲由橫而直所佔的空間不同，靈幃、靈桌都要重新懸掛挪動。忙了個把鐘頭，陳公博才能領導行禮，完成「魂兮歸來」的迎靈式。

到得第二天中午，重新大殮，組織治喪委員會。陳璧君又有意見，嫌名稱太平凡，改爲「哀典委員會」，陳公博是「委員長」；下設三名「副委員長」：王克敏、周佛海、褚民誼。但實際上是陳璧君在發號施令；她就住在大禮堂左側的「朝房」，整日進進出出，事無大小，無不要過問；而且一開口不是責備，就是譏諷，以致於人人敬而遠之——唯有一個人逃不掉，就是褚民誼；因爲他跟汪家是至親，「哀典委員會」就推他當「聯絡官」，有甚麼決定，由褚民誼去向陳璧君接頭請示，以致挨罵的機會特別多。因此，汪精衛之死，看起來最哀戚的不是陳璧君，而是褚民誼。

陳璧君又下令「哀典委員會」，開了一張守夜陪靈人員的名單，黨方「中委」以上，政府「部長」以上，分班輪流，從黃昏到黎明，一共分做三班。第一班比較輕鬆；第二班也還好；第三班就是醫院裡所說的「大夜班」，從凌晨兩點到六點，時逢隆冬，嚴寒砭骨；「中委」、「部長」的少壯派都吃不消，何況六七十歲以上的老頭？但懍於陳璧君的雌威，一個個敢怒而不敢言。

即令如此，陳璧君還不滿意，半夜裡都會起來「查勤」，看到輕聲閒談，立刻雙眼一瞪；遇到打瞌睡的，上前一推，大聲叫醒：「起來、起來！」

最不合道理的是，喪家半夜不招待陪夜的人吃點心，還倒罷了；自己帶了食物來果腹，她居然亦會站在那裡，冷眼看人進食。這一來還有誰能下嚥？

最倒霉的是丁默邨，他的身體早爲酒色掏空了，格外怕冷；帶了床毛毯蓋雙腿，她毫不客氣地上前說道：「汪先生一生爲了國家，死亦不怕；你們只陪了一夜靈，都要講究舒服；要舒服，索性不要裝模作樣了，何不回到公館裡去納福。」

丁默邨勃然大怒，眞想跳起來指著陳璧君的鼻子罵：「汪先生一生就害在你手裡！如果不是你蠻不講理，一意孤行，汪先生是讀書人，何至於朝秦暮楚，出爾反爾，到頭來一事無成，身死異域，還落個漢奸的名聲！」

但看到陳璧君二百磅的「福體」，自顧雞肋不足以當她一巴掌，只好忍氣吞聲，挨她一頓訓。

*　　*　　*

在汪精衛未死以前，就私下談過汪政府的繼承人問題。廣東人罵敗家子，稱爲「二世祖」；意思是像秦始皇一樣，想傳萬世於無窮，結果是老子創業，兒子敗家，只得二世。所以有個廣東籍的官兒，說了一句雋語：「誰來繼承，都是『二世祖』」。

這個汪政府的「二世祖」，一般來說，都認爲理當屬諸陳公博；而且陳璧君又帶來了汪精衛的遺命，希望陳公博以「國府主席」駐華北；周佛海擔任「行政院長」，負責京滬一帶的秩序。更使得他無可推諉。但是，陳公博另有想法。

原來從汪精衛赴日就醫以後，東南地區包括已淪陷的南京、上海、杭州、蘇州各城及膏腴之地，與仍爲政府所屬的浙東、蘇北等地，一度出現了非常危險的情勢。在東條內閣末期，爲了想在戰局上打開一條出路，眞如困獸之鬥，喪失了理性，竟不惜與中共勾結。曾有情報說東京的參謀本部，已直接派人到延安聯絡，卻未能證實；但陳公博所能接觸到的情況，卻確有令人幾乎無法置信的離奇事實出現。

這些都獲得證實的事實，第一件是：許多地區的日本軍與「新四軍」或者「八路軍」取得了默契。蘇北的「清鄉計劃」，日軍不但通知「新四軍」，而且雙方實行了物資交換。

第二件：「新四軍」首腦陳毅一度負傷，由日本憲兵秘密護送至上海治療。

第三件：中共的代表，在上海公然活動；住處亦是半公開的，在很有名的一家老式旅館滄洲飯店。

第四件：日本大使館的書記池田，被指定照料在上海的中共代表；池田自稱是「托派」，而實際上是替史達林、毛澤東作宣傳。

然後，不可思議的第五件來了！日本「駐華大使」谷正之，向陳公博說：「共產黨並不壞。政治上比重慶、南京都來得好。」

由於汪精衛在赴日就醫之前，有一個明確的交代：軍事和政治由陳公博與周佛海分別擔負全責；因此對於日本軍人與中共勾結這一近乎不可思議的情報，格外關心。最後得到來自東京的確實消息，近衛對於東條縱容部份少壯派軍官左傾，深表不滿。正在醞釀倒閣；才知道東南日軍與新四軍、八路軍暗通款曲，決非偶發的局部現象，而是有相當背景的；那就越發可慮了。

此外，從延安方面輾轉來了個情報，說中共決定以蘇北的阜寧爲第二根據地。這個情報所顯示的意義是，日本戰敗、會將蘇北交給中共；如果美軍登陸日本，日本展開「本土決戰」，抽調侵華日軍回國，亦會利用中共牽制國民政府。陳公博在離開重慶時，留呈一封信給蔣委員長，自誓必照「國必統一、黨不可分」的原則去從事「和平運動」。爲了實踐他的誓言，同時爲了補過，也爲了不負汪精衛的託付，他覺得在這方面，他應該挑起這副千斤重擔。

但是，汪政府的武力實在有限，只有任援道的「第一方面軍」；項致莊改編李明揚舊部，並合併一些雜牌部隊，整訓的兩個「軍」。這些部隊爲日軍司令部以「分防」爲名，拆散了單擺浮擱，不但缺乏集訓的機會，而且大部分爲共軍所包圍。

此外還有三個「警衛師」，第一師留守南京；二、三兩師，亦是分防各處，待遇微薄，開小差的很多。陳公博經過多次「參謀會議」以後，決定暫時北以隴海路爲限；南以錢塘江爲限，在這個區域內部署防共的軍事措施。首先將江蘇、浙江、蘇北諸地區的「地方長官」一律換作軍人，江蘇是任援道，浙江是項致莊，蘇北是孫良誠。

就在命令發表的那天，陳公博在南京召集了一個「高級將領會議」，陳公博在報告了當前的國內外形勢以後，慷慨陳詞：「日本不和中共妥協，我們也剿共；日本和中共妥協，我們也剿共。我是不惜因爲剿共問題和日本翻臉的！」

接著，陳公博提出了部署的計畫：第一、孫良誠在河南的部隊，帶至蘇北；第二、項致莊在蘇北所訓練的三個師，調浙江，因爲浙江只有「第一方面軍」所派的一個師；第三、集中「第一方面軍」防守京滬線；第四、上海由周佛海的「稅警團」和「保安隊」負責；第五、將三個「警衛師」集中南京，由陳公博親自指揮，清剿茅山的共軍和土匪，打破中共的「三山一湖」計畫，同時防備共軍渡江。

當然，這樣的調動，瞞不過日軍司令部；與共軍勾結的若干握有實權的少佐、中佐、甚至還有大佐，多方阻撓，所以，孫良誠的部隊，一直無法調至蘇北。虧得東條內閣垮台，軍隊和中共妥協的計畫，由於小磯內閣中陸相杉山、參謀總長梅津的壓制，暫告停頓；否則，共軍早就有所行動。

在汪政府中的人看，小磯內閣出現，阻遏了少壯軍人與中共的勾結，是件可喜的事；但特派參謀次長柴山到南京，帶來東京直接向重慶謀和的五條件，則不免有秋扇捐棄的悲哀。陳公博的下意識中也有這樣的情緒；但爲理智所掩遮了。因此，當討論繼承「國府主席」人選時，雖然他被認作「責無旁貸」，但卻一直說是「佛海比我適當」。因爲他有個想法，如果東京跟重慶談判成功，南京的「國民政府」不如自己先解散；果眞到了有此需要的這一天，論公，以非「主席」的地位作此提議，比以「主席」的身分作此宣佈，在措詞上比較可以暢所欲言，易於邀得同情；談私，不是「主席」對解散的悲哀，可能會輕得多。

這種微妙曲折而複雜的心情，是沒有人能夠體會的；因此，終於一致壓力，於汪精衛下葬梅花山的前三天，三十三年十一月二十日，就任「國府主席」，而且只是「代理」；跟汪精衛初期「代理」的意義一樣，表示等待眞正的國民政府主席還都，國家復歸統一。

因此，他在接事當天就發了一個聲明說：「南京國民政府自還都以來，自始即無與重慶爲敵之心。」

* * *

一切的發展，都指向一個再麻木不仁的人也能覺察到的趨勢：快天亮了！

天亮了另是一番局面，對於守著漫漫長夜的人，自然大感鼓舞；但在黑暗中活躍過的人，卻大起恐慌。有些人早就在尋庇護之路了；而有些人自覺無路可走，不如聽天由命，因此發展出一種世紀末的頹廢的傾向。加以物價暴漲、幣値暴跌，一日數變；因而普遍流行著一個觀念：錢，越早用出去越便宜。這樣，原本紙醉金迷的上海，更出現了前所未有的極高度畸形繁榮；但不僅「朱門酒肉臭，路有凍死骨」，就是在朱門之中，亦有禁不住這畸形繁榮的衝擊，終於倒了下去的——赫赫有名的「耿秘書」就是如此。

耿績之看不清那種畸形繁榮，只是一種人心虛脫而造成的幻象，更不明白「絢爛之後歸於平淡」的道理，只覺得「素富貴行乎富貴」，要不改常度才夠味道。所以雖已外強中乾，仍然照畸形繁榮的水準，在勞爾東路一號設立了一個私人俱樂部，酒食餚饌，無一不精；服務供應，無所不有，而只要是他的朋友，能夠踏得進去，一切免費。

最大的一個漏洞是，他做包賠不賺的頭家。每晚有四五桌麻將，以黃金計算，八圈的輸贏，最少也得兩根條子；多則沒有限制，有人四圈不開和，輸了六百兩金子。

賭局終了，帳房照籌碼記帳，贏家第二天上午取現；輸家如果不見人面，由他代賠。於是，耿家在松江的附郭良田；在上海的整條弄堂，就這樣逐次出手了。

到汪政府收回租界，法租界改爲上海市第八區。陳公博很想利用他在舊法租界的關係，派他當區長，結果只當了一名處長，因爲有人中傷，說他原就抽頭聚賭，一當區長就更方便了。

這對耿績之的打擊很大，因爲當時有一副諧聯，爲人傳誦：「陳公博兼選特簡薦委，五官俱備；汪精衛有蘇浙皖鄂粵，一省不全。」所謂五官指五官等，陳公博的「立法院長」的選任；「軍委會政治部長」是特任；「上海市長」爲簡任；而「區長」則在薦委之間。讀了這副對聯，接下來往往批評陳公博，不該再兼「第八區區長」，忒嫌攬權。如果有人爲陳公博辯護，說法租界情況複雜，沒有人拿得下來；熟於法租界一切的人就會反駁：從前歷任上海市長，都靠耿績之跟法租界打交道；莫非如今法租界收回來了，耿績之對法租界的複雜情況，反而吃不開，拿不下？決無此事！爲甚麼不叫耿績之當區長？

話說到此，無辭以對；那就只有一個結論；耿績之不是在法租界吃不開；是在陳公博、周佛海面前吃不開。這一來，最直接的影響是，耿績之在經濟調度上，大感困難：新債借不動，舊債又來逼，雙重夾攻，很難招架了。

於是耿績之不能不另外「動腦筋」。這當然動做生意的腦筋；而以他的個性，生意不做則已，做就要做大生意。便有他的一個幫閒朋友替他出了個主意。

此人叫白乾靖，有兩個外號都是由他的名字上諧音而來的。他能言善道，足智多謀，但奇懶無比，坐而言不肯起而行，因此爲人喚做「不前進」。

還有個外號就更不高明了，做事拖泥帶水不乾脆；銀錢出入，更是不清不楚，所以又叫「不乾淨」。他跟耿績之說：「民以食爲天，當今凡與民生有關的，都是大生意；『私鹽越禁越好賣』，所以凡是統制的東西，最容易賺錢。耿先生，你跟『三老』都是老朋友；找袁履老在『米糧統制』上動個腦筋，比甚麼都好！」

耿績之覺得他的話很有道理，決定去找「袁履老」——小報上稱之爲「上海三老」之一的袁履登。

5

春申三老

聞蘭亭、袁履登、林康侯的故事。

上海的聞人，最有名的自是數「三大亨」；商界則公認「阿德哥」虞洽卿爲繼朱葆山以後的領袖；其次是「多子大王」王曉籟。這些人走的走，死的死；而上海社會不能沒有聞人，猶如內地不能沒有紳士一樣。於是「三老」應運而生。

這「三老」的事業不大，家境不裕，但多年來以熱心正直，贏得親友及同業的尊敬。此時自然而然地擴大了影響，因友結友，輾轉邀請，先是社團都要他掛個名義；繼而公司銀行請他當名義上的董事長，至於排解糾紛、發起公益，以及喜事證婚、喪事點主，不僅無日無之，而且日必數起。有人說笑話：「當袁履登的汽車司機，是要出頂費的。」因爲每處飯局，司機都可以領飯錢；三老的司機，飯錢格外從豐。一天十來個飯局，收入著實可觀。

三老之首叫聞蘭亭，他是常州人；早年從家鄉到上海來學生意，進的是紗布這一行。到民國初年，已經嶄露頭角。民國十年前後上海盛行交易所，各式各樣的名堂，如雨後春筍，成長極快；其中以「阿德哥」主持的「華商證券物品交易所」為最具規模；聞蘭亭就是那裡的常務理事。同時，他自己主持一家「華商紗布交易所」——交易所的投機風氣很盛；那時革命事業，正值低潮，為了籌措經費，陳果夫、孫鶴皋都在證券物品交易所領照當過經紀人；為革命而從商，所得自虞洽卿幫助很大，而聞蘭亭間接也是有貢獻的。

第二老便是袁履登，他是寧波一所教會學校的學生；畢業時恰好上海聖約翰大學開辦，順理成章地升了學，成為聖約翰的第一屆畢業生。

袁履登生得一貌堂堂，性情謙和厚道，所以人緣極好；加以一口純正的英語，在當時商場中，無人可及，因此，他不但所創辦的寧紹輪船公司、寧紹保險公司，牌子極其響亮；而且商而優則仕，先後被選任為公共租界的華董，以及作為上海租界中民意機關的「納稅華人會」的理事。一生樂育英才；「學生子」很多，遍佈於各行各業，在三老中的交遊最廣。

再有一老就是太平洋戰爭爆發，在香港為日軍所俘的林康侯。當時僑寓香港的名人，在過了約莫五個月的高級俘虜生活以後，除了極少數的兩三個人，如段祺端的要角曾雲霈，及以「萬金油」起家的胡文虎等，以特殊淵源，獲得釋放以外，其餘的都用專機送到上海，有的韜光養晦，如梅蘭芳蓄鬚明志；有的虛與委蛇，如顏惠慶，葉恭綽，都擔任過一個半官方的名義，但從不管事；有的被迫下海如銀行家周作民、唐壽民之不能不出任財經要職；有的是願入地獄如張一鵬、李思浩；當然也有的是自以爲因禍得福，如鄭洪生出任京滬、滬杭名義上的管理機構──「華中鐵道公司」總裁。

至於像林康侯，卻以來自社會的壓力，不容他不拋頭露面。他是上海本地人，前清進過學，做過南洋公學的小學校長，也加入《上海時報》當過主筆。民國二年轉入實業界，是新華儲蓄銀行的創辦人之一。由於他的書生的底子，自民國十七年以後，一直擔任上海銀行公會秘書長；這個職位使得他在財金界，無人不識。在三老中，只有他跟杜月笙的關係最深。

其時汪政府爲了抵制日本軍部的經濟獨佔政策，決定用社會的關係成立一個「全國商業統制委員會」；聞蘭亭的身分、地位、年齡以及他的方正廉潔膺選爲主任委員。爲了保全物資、爲老百姓爭取較好的生活條件，他以七十開外的高齡，毅然不辭；不過提出一個要求，必須有兩個人幫他的忙，其中之一就是林康侯。幾度登門勸駕，也有不少商界的朋友來遊說，他終於擔任了「商統會」的秘書長一職。

「商統會」下面設立好幾個專業委員會，分爲「米糧」、「粉麥」、「紗布」、「日用品」等等。「紗布」部門，由於聞蘭亭是內行；對於日本所提出的，在淪陷區全面收購紗布的要

求，策畫出一個很完整的抵制方案。

不過，這個方案的執行，卻以聞蘭亭年邁體衰，不能不辭職，而交由後任唐壽民去執行。唐壽民與周佛海就聞蘭亭所策畫的方案，幾度密議，竟發展成爲一個將計就計的反擊計畫。

於是在交涉時，唐壽民表示，日本與汪政府已經是攻守一致，禍福相共的盟國；日本不應視汪政府爲戰敗國，兩國關係，應該用公平的原則去處理。既然講公平，應該先收購日商的紗布；因爲日商手裡的紗布，多過華商好幾倍。這樣不但符合公平的原則，也讓中國人看看日商如何擁護政府，對於中國人的支持「大東亞戰爭」，有良好的誘導作用。

接著又聲明：如果收購日商的紗布，已經夠用；華商的紗布，應該留歸中國平民的日常需要。這番道理駁不倒；而且日本軍部原就在計畫收購日商紗布，朝三暮四與朝四暮三，毫無分別，所以很爽快地同意了。

至於收購紗布的價格，應該按照市價，斟量打一個優待的折扣。用何種通貨來支付，請向「財政部」接頭，「商統會」毫無意見。

到得「財政部」去接頭，周佛海表示，戰時需要的是物資，日本既與英、美宣戰，斷絕國際貿易；原本用來作爲國際市場上支付工具的黃金，已等於廢物。廢物利用，就是到中國收購紗布。如果以「中儲券」支付，將使通膨加速，汪政府的財經崩潰，對日本一點好處都沒有。所以日本在淪陷區收購紗布，以黃金支付是有利無害的做法。而且在收購以前，就應該從日本將黃金運來，以實力建立了信用，收購紗布才會順利。

這一點日本當然不會輕易同意，但周佛海絕不鬆口，一口咬定，用「中儲券」支付，造成通貨膨脹，後果嚴重。如果日本不願用黃金支付，汪政府不能支持這種自殺性的政策。

經過幾個月嚴重到彼此拍桌相爭、互相詬責的交涉，日本軍部終於屈服在理直氣壯的堅持之下，一飛機一飛機將黃金運到上海，由「中儲行」代爲保管。

至日商紗布收購完畢，華商方開始登記；然後按照數量折算黃金價格、紗布送至指定倉庫，立即發給領取黃金憑條，滿十兩向「中儲行」領取；不成條的零數，委託各銀樓代爲發放——銀樓平空做了一筆好生意，因爲塊金折成了首飾，那時最通行的是金印戒指，白相人尤爲愛好；無名指上一個可當圖章用的名字金戒，又厚又大，沒有一兩，也有八錢。

及至紗布開始入庫，汪政府提出一個問題：如果紗布全部由你們收購去了，中國百姓穿甚麼？日本軍部瞠目不知所對。於是汪政府提出計畫，每人依照收購價，配給可做一件長衫的布料，亦即是營造尺一丈三尺。日本軍部無奈，唯有同意。當然在配給時，人數以少報多；相對地日本收購的數量又少了好些。

「商統會」中，比紗布更重要的一個單位，是「米糧統制委員會」，即由袁履登擔任。在此以前，他應邀擔任「保甲委員會主任委員」時，提出的一個交換條件是，不許再有封鎖事件——這是上海租界爲日軍侵入後，老百姓最感痛苦的一件事；日軍可以突然之間封鎖某一地區，只用繩子攔一攔，便有一大片地區斷絕交通；這種「畫地爲牢」的暴政，使得正好經過那裡的行人，欲歸不得，欲哭無淚，而終於由袁履登的堅持而不再受此痛苦了。

根據既有的經驗，袁履登在出任「米統會」主委時，也提出了一個交換條件，即是必須按期配給民食，稱爲「戶口米」。這個條件必須日本軍方承諾才算數，因爲自古艷稱的東南膏腴之地的糧區，已爲日軍所控制。

日本軍部搜括淪陷區的物資，由特組的「興亞院」負責。興亞院下設兩部，第一部爲政治；第二部爲經濟，並在北平、青島、上海、漢口、廈門、廣州分設六個聯絡部，亦即六個搜括中心，陸海軍劃分勢力範圍，廈門、青島歸海軍；北平、漢口、廣州歸陸軍；上海則陸海各半。於是，日本財閥所經營的三井、三菱等大公司，便各自尋找在陸海軍方面的關係，獲得特許，組織某一類獨佔性的徵購公司，在爲軍部壓榨中國百姓的同時，大發軍財。

「商統會」的基本任務，便是對抗日本軍方的搜括；所以袁履登所提出的條件，必須日本軍方作出答覆。因爲沿太湖的蘇松產米區域，已爲日軍劃爲「軍米區」；如果要保證民食供應不缺，必須從「軍米區」讓出部分地區。經過多次交涉，日本軍部讓步。在松江、青浦等地，「放棄」了部分地區，容許汪政府去收購食米。

「民以食爲天」，汪政府爲此成了各省市的「糧食管理局」，與「米統會」協調解決整個民食問題。關於米糧的採購，招商承辦；這部分的業務，袁履登有很大的發言權，所以耿績之找到袁履登，很順利地取得了松江、青浦、太倉三個縣中「軍米區」以外的米糧採購權。

當然，耿績之自己是不會下手去做的；而且就想親自下手亦不可能，因爲他另有更重要的任務。首先是周佛海找他去談一次話，有所委託。

原來周佛海這時全力在籌劃的一件大事。根據麥克阿瑟在太平洋展開反攻所採用的跳島戰術，以及戴雨農與美國海軍梅樂思中校所組的中美合作所，判斷中美聯軍將會在東南沿海某個地區登陸；最可能的是照日軍侵華當年走過的老路，在松江的金山衛搶灘，建立橋頭堡。這樣，策應的主要責任，便落在他身上了。全力籌劃的一件大事，便是如何有效配合；只要中美聯軍一登陸，情勢就會立刻改觀。縱不能希望兵不血刃而收復淞滬地區；卻無論如何要縮短戰爭的時間，將可能的犧牲減至最低。

這就必需有各種因素的配合，其中之一是在上海的外僑。英、美僑民固然都已進入集中營，但在上海外僑人數中，比例相當高的法僑，由於貝當政府與汪政府的性質相同，所以他

們只要表示效忠於貝當政府，與戴高樂的流亡政府無關，便仍能安居樂業。但是，不知有多少法僑是反軸心的？周佛海所賦予耿績之的第一項，也是主要的任務，就是去聯絡這些反軸心的法僑，一旦有事時，能配合他的要求，採取積極行動。

第二項，也仍然是主要的任務是，聯絡浦東的武裝隊伍。本來汪精衛從河內到上海「組府」時，分文武兩途進行，軍事方面最先收編的是在浦東方面，未能隨國軍西撤的一支部隊，由「七十六號」接頭，改編以後的番號是「第十三師」，人數約有三萬。「師長」叫何天風；民國二十八年耶誕前夕，何天風帶了十名衛士，約了許多朋友到愚園路底的兆豐總會，作通霄狂歡。那知舞興正酣，槍聲驟起，而且是肘腋之變；十名衛士之一，原是軍統的工作人員，一槍制裁了何天風，趁全場大亂時，全身而退。

何天風一死，由他的副手丁錫山坐升「師長」。丁錫山跟吳四寶一樣，是汽車司機出身；無惡不作，也是一樣，包庇煙賭、敲詐勒索，不在話下，最不成話的是公然綁票，肉票就窩在他的「司令部」之內。

丁錫山的惡名昭彰，不在「七十六號」之下；汪精衛之被人罵漢奸，像丁錫山之流，實在要負相當責任。但浦東濱海，地形複雜，號稱難治；丁錫山盤踞多年，又有一批惡訟師式的狗頭軍師替他出主意，一面勾結日本憲兵；一面聯絡上海的黑社會，所以一時動他不得，汪政府中的負責人，對他不勝頭痛。

好不容易先分其勢，抽出他的一部分隊伍、改編成「第二軍」；然後找到機會，加以逮捕，關在鎮江監獄。不料丁錫山神通廣大，竟能裡外接應，破獄而逃，先由杭州轉入內地，據說常潛回浦東，雖不敢公開露面，但仍有相當的潛勢力。

「十三師」從丁錫山被捕以後，四分五裂，「各成一軍」；往正路上走是打游擊，往歪路上走，不客氣的說，就是土匪。其時浦東由於杜月笙已轉入內地；地方上沒有人能夠罩得住這班亡命之徒；不過浦東與稱爲「浦南」的松江接壤，都在黃浦江的彼岸，所以「耿秘書」的聲望，不但在「浦南」極響，浦東亦很「服貼」。此所以周佛海要求耿績之出面去聯絡浦東的武裝部隊；等到中美聯軍登陸，首先響應。

此外，撤退以前的上海市長俞鴻鈞、吳鐵城，亦都有親筆私函帶給耿績之，表示諒解他的處境，但希望國軍反攻時，能有出色的表現；這樣在光復以後，不但無罪，而且仍將獲得重用。

這使得耿績之非常興奮，本來「十弟兄」中，個個都有抱負，想出人頭地，大大幹一番事業；但各人的背景、性情不同，加以有羅君強在中間興風作浪，擾得如俗語所說的「六缸水渾」，因而有人消極，甚至有人消沉。耿績之就屬於消沉的一類；醇酒婦人，心情與信陵君無異。如今消沉的原因已經消失；潛隱的雄心復起，加以靜極思動，人之常情，所以對周佛海交付的兩個任務，活動得非常起勁。

於是他的勞爾東路的個人俱樂部，盛況重開；這當然需要大把的銀子。本來他的主要經濟後台是金雄白；後來自覺累人過甚，不好意思開口，直到去承包食米採購時，方又向「南京興業銀行」調動了一筆資金。不過這一回的揮霍，是爲了辦正事，知道金雄白仍會支持，打個電話去，果然，金雄白答說：「沒問題。不過，我想跟你碰個頭，當面談談。」

「好！我馬上就來。」掛上電話就走，不過一刻鐘，已經跟金雄白見面了。

「績之兄，」金雄白在允許繼續予以經濟支持的同時，提出一個忠告；事實上也等於是一個條件；他說：「吃吃玩玩，排場再講究，總也有個底；只有你那種代賭客結帳的辦法，是個無底洞。『博施濟眾，堯舜猶病』，照你那種辦法，『煤油大王』都『頂不住』。還有，慷慨也要慷慨出個名堂來，且不說馮諼爲孟嘗君去討帳的那個典故；就是從前揚州鹽商當中的敗家精，到金山寺去散金葉子，看大家爭奪爲樂，總也是出了一回風頭。像你這樣不明不白塞狗洞，在上海做人是大忌；因爲有個『瘟生』的名義在外，動你腦筋的人一定很多。這樣，想跟你在事業上合作的人，顧慮必多，躊躇不前；最後是望望然而去之。我們自己弟兄，說話沒有保留；你不要動氣。」

「哪裡，哪裡！莫非我連好話都不懂？」耿績之答說：「代賭客結帳這個辦法，我決計取消。」

這一次，他倒是說到做到。但在有些人看來，這不是他學得比較精明了，只當作他力有未逮，不能再如以前那樣豪闊，在本質上，仍舊是個「瘟生」——他的派到青浦、太倉各地去採購食米的人，就是這樣看法，採購價格以少報多；入倉米穀以多報少，耿績之懵然不覺，甚至連帳簿都懶得看。

「你要多留意！」有人向他提出警告，「『民以食爲天』，你手下的人，萬一有甚麼妨礙『糧食政策』的行爲，你會脫不了關係。后大椿、胡政的前車可鑒。」

后大椿與胡政是汪政府派在松江與南京的糧食管理局長；由於貪污舞弊，爲汪精衛的「法院」判處死刑而槍決。汪政府成立以來，貪官不知幾許；但處死的只有這兩個，可知破壞「糧食政策」的後果之嚴重。

但耿績之表面接受，謝謝人家好意忠告；心裡卻不以爲然，「浙江糧食管理局」中，莫非就沒有人貪污舞弊？只以浙江的「局長」汪希文是汪精衛的胞侄，所以安然無事。總而言之，「朝裡無人莫做官」，有關係就不要緊。

因此，耿績之仍是我行我素，只想把在近處的周佛海，在遠處的吳鐵城、俞鴻鈞的關係搞好，其餘的事都不必太關心。

就在這時候，繆斌將有日本之行，耿績之爲他設宴餞行。事先打電話問他：「我想邀一位陪客；不過，不知道你的意思怎麼樣，是不是相見見她？」

「誰？」

「新老闆。」

繆斌當是「辛老闆」；想了半天說：「我沒有一個姓辛，做生意的朋友啊！」

「不是男的，是女的。」

繆斌恍然大悟，梨園行稱伶人爲「老闆」；耿績之說的是「新老闆」——新艷秋。

「她幾時來的？」

「來了有三、五天了。很想跟你見個面；又怕你不願意見她。所以我想趁這個機會邀她作陪；如果你不願意，就算了。」

「沒有甚麼不願意。不過，我倒不知你跟她很熟。」

「我認識她比你早。不過，我沒有做過她的入幕之賓。」耿績之說：「你別忘了，我是曾仲鳴極熟的朋友。」

*　　*　　*

耿績之與新艷秋熟識，是由於曾仲鳴的關係；曾仲鳴與耿績之一樣，從小就在法國讀書，前後十幾年，他們的交情由於同視法國爲第二故鄉的緣故，有一種無可言喻的親切，是不難理解的事。

但是，新艷秋與曾仲鳴的特殊關係，卻完全出於偶然。這要從北伐成功說起。

北伐成功，繼以東北易幟；全國終於復告統一。但從袁世凱竊國以來，十幾年之間，內傳的說法是，中央是在「削藩」。因此醞釀而成爲一次「新三藩之亂」的「中原大戰」。

這時是民國十九年初夏，在香港的汪精衛，由於陳璧君的朝夕絮聒，領袖慾又發作了，與心腹曾仲鳴、陳公博商定了一個在北方組府的計畫；初步是聯合閻、馮、李發表「共同宣言」。由陳公博攜著宣言草稿到太原去接頭，由閻錫山主持政治；汪精衛主持黨務；馮玉祥、李宗仁主持軍事。

所以至此，乃因內戰稍戢後，好不容易打倒北洋軍閥，重新建立民國，但伴隨而來的大問題是，民窮財盡的中央政府，如何養得起四個集團軍？因此，大局一定，立即召開編遣會議，計畫裁軍。這本來是民國十七年七月六日，蔣、馮、閻、李四總司令在北平市西山碧雲寺，祭告　國父時，所一致同意的辦法，取消各集團軍司令；將來軍隊以師爲單位，留國防軍五十至六十個師；另編憲兵二十六萬人。但馮玉祥、閻錫山、李宗仁一回防區以後，異議紛起，致有這一協議之產生。

閻錫山對於這樣安排，深表滿意；於是汪精衛起草了一份《北方黨務問題宣言》，主張另開「第三次全國代表大會」；閻錫山桴鼓相應，派桂系的葉琪到香港，迎汪精衛北上，解決黨務問題。到了七月十三日，由汪、閻、馮等人發起的「擴大會議」出現，並發表《總宣言》。接著，汪精衛帶著曾仲鳴，由海道抵塘沽，轉赴北平，參與「擴大會議」。招待記者，發表通電，花樣馬上就多了。

「擴大會議」一直開到九月一日，通電公佈《國民政府組織大綱》推定七名「國府委員」爲止。在這一個多月中，曾仲鳴由於是汪精衛第一號心腹的緣故，成了新貴中最令人矚目的要人；每天有七八個飯局，而且大多爲他所特設。北平的大宴會，還不脫同光以來的遺風，有宴必有戲；「擴大會議」遍召名伶，排夕堂會。其時崛起一個坤伶，正就是新艷秋；曾仲鳴一見驚爲天人，於是當天夜裡便有人撮合，帶他造訪香閨。

這新艷秋是從清朝嘉慶，道光年間「亂彈」興起，取昆腔而代之以來，梨園行中最奇特的人物。從她的藝名，一望而知是程派青衣；程硯秋的「游絲腔」學得唯妙唯肖，自不在話下；程硯秋的私房戲應有盡有，也還不足爲奇；最奇的是，程硯秋的「秋聲社」的班底，包括當家老生郭仲衡，小生王又荃、老旦文亮臣，都在新艷秋的裙角拂拭之下。

照此情形看來，誰都會以爲新艷秋是程硯秋承香煙的嫡傳高弟，爲使愛徒成名，不惜以班底相助。其實恰好相反，新艷秋既未拜過程硯秋的門；程硯秋亦從不承認有此弟子。提起新艷秋來，程硯秋簡直是欲哭無淚；原來程硯秋的班底，都是新艷秋的一個姐姐，唱梆子青衣的「珍珠鑽」，和一個替她提琴而心計特工的哥哥，以及一幫「捧角家」，用各種挑撥離間的手段，挖了過來的。

程硯秋爲新艷秋整得慘兮兮的致命傷是，他的琴師亦爲新艷秋所羅致。「京朝派」的琴師中，有兩個人派頭奇大，一個是楊寶森的胞兄楊寶忠，抱著胡琴上場便有人叫好，他也就笑容滿面地連連打躬作揖；再有個就是程硯秋的琴師穆鐵芬，他是余叔岩所辦的春陽票房的名票，下了海，還不脫玩票時那種講究一個「帥」字的派頭，剃了個小平頭，蓄著小鬍子，永遠修剪得整整齊齊，衣著華麗異常，常是寶藍華絲葛的袍子，團花緞子琵琶襟的坎肩、珊瑚鈕扣、翡翠墜子的金錶鏈。上場捲袖，露出雪白一大截紡綢小褂袖頭；架起二郎腿，用一大塊紡綢墊著，拿起胡琴調弦，不過三兩聲即已妥當；然後將胡琴橫置在腿上，取出帶打火機的金煙盒，悠然抽煙。

等程硯秋將上場，打鼓佬開始打「倒板頭」，才慢條斯理地熄了煙，扶起胡琴，恰好倒板頭打完，琴聲一響，滿場肅靜無譁。那股派頭，眞是「夠瞧老半天的」。

因爲如此，穆鐵芬有個外號叫「處長」。程硯秋的新腔，轉彎抹角；何處應該使勁，何處可以取巧，何處必須換氣，以及何處一定有「俅」，奧妙都在穆「處長」那把胡琴之中；所以新艷秋自從得穆爲佐，眞所謂「如虎添翼」，立於不敗之地了。

當然，唱旦腳的，尤其是唱旦腳的坤伶，要大紅大紫，必得色藝雙全；新艷秋雖不如當年的劉喜奎那樣，有顚倒眾生的魔力，但亦足當美人之稱；在剪水雙瞳中所透出來的一股清逸之氣，更爲風塵女子所僅見。曾仲鳴久居法國，審美標準很高；他從任何角度看，都覺得新艷秋是一件有靈魂的藝術品。

不久，曾仲鳴做了「入幕之賓」；據說新艷秋滅燭留髡，也還是頭一回。恰如《三堂會審》中《藍袍》所道：「一十六歲，開得懷了。」

不知是曾仲鳴報答紅粉，還是新艷秋捨身相報；總之，曾仲鳴點了一齣戲，對於提高新艷秋的聲價，大有關係。他點的一齣戲是《霸王別姬》；新艷秋初出道時，藝名「玉蘭芳」，原由梅派入手，不但有「別姬」這齣戲，而且經梅蘭芳的琴師徐蘭沅指點過。其時新艷秋已經成名，公認爲是標準的程派青衣；不意居然會動梅蘭芳的「打泡戲」之中的別姬；這在「噱頭」上已足以號召。而更轟動九城的是，曾仲鳴指定楊小樓唱楚霸王；不知哪個大有力的「提調」，居然辦到了。

楊小樓的霸王，只陪梅蘭芳演過；名貴非凡。現在居然肯與新艷秋合作，等於承認她的地位與「四大名旦」是同一等級。因此，這天的堂會，不但名伶名票，聞風而集；北平、天津夠資格的戲迷，都千方百計，想弄一份請帖，得以入場。當然，台上一個新艷秋，台下一個曾仲鳴，目睹如此盛況，得意之情，可想而知。

但曾仲鳴的好景不常，九月十八那天，東北邊防總司令長官張學良，不但不就由擴大會議產生的「國民政府委員」，而且通電擁護中央，提軍入關；「主席」閻錫山「在位」只得十天，便即通電「下野」，率部由「太行八陘」，回師河東。汪精衛亦於九月二十，倉皇遁走；曾仲鳴亦只有揮淚別「秋」了。

不過新艷秋卻交了一步好運。「中原大戰」結束；張學良駐節北平順承王府私邸，東北文武，復又相率進關，北平又熱鬧了好一陣；捧新艷秋的一班人，打鐵趁熱，促成楊、新在開明戲院合作，生涯茂美，名利雙收。

九一八事變，政府又有了變動，寧粵由分裂而合作，汪精衛如願以償地當上了行政院長。曾仲鳴奉派為副秘書長，實權在秘書長褚民誼之上；一朝得志，自然想起了新艷秋；而他只要開一句口，自然有人樂於將新艷秋接到上海來，演出於更新舞台。那時雖說國難當頭，但曾仲鳴卻是每星期五夜車一定到上海；星期日夜車回南京。曾仲鳴的妻子方君璧，一方面秉承了舊時代賢惠妻子的「美德」；一方面濡染了法國的浪漫氣氛，覺得丈夫有個情婦是無足爲奇的事，所以不但容忍曾仲鳴與新艷秋雙宿雙飛，而且有時候還會伴著丈夫到更新舞台去捧新艷秋的場。

他的包廂中，還常出現潘有聲，胡蝶夫婦，所以「看戲兼看看戲人」，評價再貴，亦很值得。

在上海唱了年把，新艷秋的舞台生涯，又起了一個高潮。當時是程硯秋在南京演出；曾仲鳴爲了自己方便，慫恿新艷秋移幟秦淮河畔去跟程硯秋打對台。那時她已有一個「坤伶主席」的「尊號」；及至「坤伶主席」新艷秋將在南京大戲院登台消息一見報，程硯秋的聲光頓時減了一大截。及至一登了台，有曾仲鳴撐腰，「經勵科」肆無忌憚，程硯秋貼「文姬歸漢」，她也是「文姬歸漢」；程硯秋貼「紅拂」，她也是「紅拂」，總而言之，如影隨形，冤魂不散；程硯秋恨不得三天工夫就能排出一齣新艷秋所沒有的程派「私房戲」，無奈辦不到，只好忍氣吞聲，鎩羽而去。

6 燕京鋤奸

繆斌倖逃一命，張嘯林難逃制裁。

繼曾仲鳴而得新艷秋鄰澤的就是「小道士」繆斌，他是受曾仲鳴所託，照料新艷秋。結果照料得「無微不至」，及至汪精衛河內被刺，曾仲鳴死於非命；關於新艷秋是「白虎星君」的說法，就漸漸流傳開來了。

於是有人對繆斌提出警告：「曾仲鳴前車可鑒！早在南京就有人說新艷秋是『白虎星』，碰不得。如今證實了！閣下以避凶趨吉爲宜。」

繆斌付之一笑，根本不作考慮。不久，果然被刺了。

不過，這一次是他命大，陰錯陽差地躲過了一場災難，原來繆斌捧新艷秋，除了自己經常定一個包廂以外，每次總買幾十張「池座」的票，邀人去爲新艷秋喝采。這天正坐在包廂中看新艷秋的《三堂會審》，偶而回頭，發現他太太的影子；心中一驚，奪路而走。繆太太是深度近視，竟容丈夫交臂而過；及至發覺追了下去，已經無影無蹤了。

這時候來了個「替死鬼」。此人姓關，廣東人，在上海行醫；新近納了一名舞女爲妾，特地北上來度「蜜月」。他有個朋友，即是王吉的「前夫」，做過硝磺局長的「秦局長」；這天應秦局長之邀，來聽新艷秋。上樓一看，秦局長在第二包；第三包卻是空的，老實不客氣，先坐了下來，隔著半道木牆，與秦處長打了招呼，剛把視線移向舞台，第三包後面轉出來一個黑衣漢子，對準關醫生一連數槍。當時正是滿場采聲之際，槍聲不顯；所以黑衣漢子得以在目的達成後，從容遁去。

當然，這個黑衣人是有任務、有目標的。任務是鋤奸，目標是繆斌，只以關醫生長得跟繆斌極像，而又陰錯陽差，偏在此時此地坐上繆斌每天所坐的位子，以致於作了不知因何送命的替死鬼。

但關醫生到死糊塗，在第二包的秦局長，卻是心中雪亮，知道繆斌倖逃一命。剛想拔腳避開，突然醒悟，走不得！一走嫌疑重大，說他佈置了陷阱，要害關醫生，那就跳到黃河都洗不清，說不定會做了兇手的替死鬼。

因此，他從座位上站了起來，大喊一聲：「打死人了！」

此時秩序已亂，台上還不明白是怎麼回事？看到戴副墨晶眼鏡的秦局長的手勢，才知事態嚴重；打鼓佬當機立斷，拿鼓簡子向司鎖吶的下手指一下，隨即雙簡齊下，領起「尾聲」；鎖吶咪哩嗎啦地吹了起來。

「會審」的王金龍與藍袍、紅袍，一聽「尾聲」如逢大赦，撩袍端帶，往後台直奔。崇公道趕緊扶著蘇三，就近由上場門下場。

「出了甚麼事？」新艷秋一面讓「崇公道」「開鎖卸枷」，一面大聲問說。

「出了命案子。」有人答說：「第三包。」

一聽「第三包」三字，新艷秋頓時雙眼發黑，站都站不穩；這時後台管事與新艷秋的跟包二禿子，匆匆趕了過來，「新老闆，繆委員被刺。」繆斌一直以候補中委的身分在華北活動，所以後台管事這樣稱呼，他說：「日本憲兵已經在抓人了。趕緊去吧！」

「我還沒有卸粧吶。」

「來不及了！」二禿子不由分說，將件灰背大衣罩在她的「罪衣罪裙」上，與後台的管事擁著她就走。

穿過一條尿臭薰天的夾弄，出後台便門，上了汽車；後台管事的說：「還不能回家。得找個地方躲一躲。」

「躲到哪裡？」

「最妥當不過，躲到『提督』那裡去。」在前座的二禿子接口。

所謂「提督」是指「北平市長」江朝宗。他在前清當過漢中鎮總兵；入民國後，從袁世凱時代一直到北洋政府整個垮台，斷斷續續地總在當步軍統領；這個職位，在前清俗稱「九門提督」。江朝宗喜歡這個俗稱；所以大家一直管他叫「提督」。

「怎麼啦？」江朝宗笑著說：「我這兒可不是『都察院』；別是走錯了門兒了吧？」

新艷秋白了他一眼，只發怨聲：「提督還有心思跟我開玩笑！不想想我心裡的急？」

「妳急甚麼？你讓我香香妳的臉，我告訴妳一個好消息。」

看樣子不像騙人，新艷秋便將臉偏著，湊了過去，江朝宗親了一下才說：「我告訴你。打死的不是『小道士』；是上海來的大醫師。」

新艷秋自是一喜，但還有些將信將疑，而就在這當兒，繆斌已經有電話追踪到江宅；新艷秋親耳聽了聲音，心中一塊石頭，方始落地。

於是就在江朝宗新娶的四姨太屋子卸粧。這時她的一兄一姐也都趕到了；帶來許多她日常所用的衣物，暗示她最好在江宅多住幾天。

這就使得新艷秋心頭疑雲又起。照她的想法，如果繆斌被刺身死，日本憲兵一定會疑心她跟兇手是否有何勾結？調查盤問，甚至被扣押用刑，不死也去了半條生命；既然繆斌未死，一切都由他自己負責，人家爲甚麼要行刺；是不是他跟甚麼人結了不解之怨；何以陰錯陽差會有關醫生做了替死鬼？繆斌一定「啞巴吃扁食」，肚中有數；會跟日本憲兵合作偵兇，與她毫不相干。

然則，何以又不能回家，要在江宅躲幾天呢？這話當時因爲人多不便問；隨後才私下向江四姨太太吐露，表示困惑。

「你哥哥、姐姐大概也是膽小的意思；你儘管安心在這裡多住幾天。」

「怎麼安得下心來。我想請四姨太太替我問一問提督，到底怎麼回事？」

「我看他回來了沒有？」江四姨太太喊丫頭說：「你到前面去問一問，如果老爺回來了，就說我請他馬上到上房來。」

去不多時，江朝宗來了；一進門就說：「新老闆，意外的麻煩，不過也不要緊。繆太太跟你搗亂，咬了你一口！」

新艷秋大驚，問說：「我跟她無冤無仇，她爲甚麼咬我？」

「妳把她老爺迷得神魂顛倒，她跟妳怎麼沒有仇？」

「那末，她怎麼咬我呢？」

「她說你一定知道刺客的姓名。」江朝宗又說：「事情總辦得清楚的。你也不必著急，在我這裡住著；反正遲早包妳沒事就是。」

「你聽見了沒有？」江四姨太太說：「妳就死心塌地吧！大概妳替我把《鎖麟囊》的那幾個新腔說會了；時候也就差不多了。」

新艷秋無奈，只得在江宅住下；由於不能出門，每天只跟江家的姨太太、小姐們作伴，不是打牌，便是說戲，連江家的丫頭都會哼程派戲了。

這一天，正在說戲，突然有個丫頭奔了進來，將江四姨太太拉到一邊，悄悄說了兩句；江四姨太太頓時緊張，拉著新艷秋便往她臥室裡走。

原來江朝宗所承受的壓力太大，無可奈何，想由警察局過個關，了此一重公案。那知日本憲兵眞成了她的命宮魔蝎，執意要提人去問；這一問當然飽受凌辱。總算繆斌還有良心，千方百計走路子，異常艱苦地將她救了出來。

經此災禍，新艷秋很想換換環境。其時上海正以內地難民，挾帶細軟湧入租界，出現了夢想不到的畸形繁榮；更新舞台得知她已脫縲絏之災，特派專人北上邀請。那時對「京朝大角」所開的條件，異常優渥，鉅額包銀以外，管接管送，管吃管住，名爲「四管」。新艷秋正要開碼頭，自是一拍即合。

由於梅蘭芳避地香港，已有表示，決不回爲日軍所包圍的「孤島」——自由地區對上海兩租界所起的別名；程硯秋歸隱北平近郊青龍橋；而尙小雲、荀慧生在江南的聲譽又遠不及梅、程，所以新艷秋這一次捲土重來，聲名更盛於五、六年前初度演出於上海之時。

更妙的是，小生王又荃病故，得俞振飛爲助。俞振飛原是蘇州世家子，他的父親俞粟廬爲崑曲名家；課子極嚴，讀書以外，親自擫笛教俞振飛「拍曲」。他的教授法是取一大疊銅元，約有二、三十枚，置於桌角；習唱一遍，取下一枚，置於他處；銅元全數易地，功課方始完畢，俞振飛就可拿了這些銅元出遊了。

經此嚴格陶育，所以俞振飛年紀輕輕，崑曲的造詣，著實可觀。加以儀表出眾，有蘇州人的溫文爾雅，卻無蘇州人的瘦弱單薄；所以弱冠之年，一到上海，即爲昆曲前輩而又爲洪幫大亨的徐淩雲所激賞，一經揄揚，聲名大起。

誰知道這一來反倒害了俞振飛；陷入脂粉陣中，不克自拔。

這樣，爲了維持他的生活習慣，唯一的一條路就是下海；由「羊毛」變成「內行」，有個必須經過的程序，便是拜內行爲師。俞振飛北上「鍍金」，拜的是小生行的領袖，程長庚的孫子程繼仙。

但是，俞振飛的崑曲雖好，皮簧卻不行，所以雖下了海，卻紅不起來；一度替程硯秋配過戲，也不怎麼得意。北方難混，仍回上海；人地相宜，境況跟在北平大不相同。新艷秋邀他合作，說實在的，是她沾了俞振飛的光；愛屋及烏，益增聲光。

初到上海，當然要「拜碼頭」，那時黃金榮閉門謝客；杜月笙遠走香江，「三大亨」只有張嘯林依然門庭如市；新艷秋到得張家，更新舞台派人陪著她拜客，第一家到的就是張公館。

不想這一拜客，又惹上一段孽緣。話要從張嘯林說起；他是杭州人，「機戶」出身。清朝設江寧、蘇州、杭州三個「織造」衙門，承應製綢織緞的機坊，名爲「機戶」，多集中在杭州城內「下城」一帶。機戶人多，又有官差的身分，所以形成一股特殊勢力；杭州人稱之爲「機坊鬼兒」，大致不安分的居多。張嘯林就是個有名的「機坊鬼兒」。

前清末年，張嘯林做了一件大快人心，也是有功地方的義行，一舉成名，那年是光緒三十四年，致仕大學士王文韶積聚甚豐，孝子賢孫喪事，刻意鋪張，大出喪的行列，長達數里，花樣極多。其中有一班「灘簧」——自南宋以來逐漸形成的清唱戲，生旦淨丑，一應俱全；用三弦、琵琶、二胡伴奏、自拉自唱。其中以丑的地位最高，猶是南宋雜劇的遺風。應王家雇請，在大出喪中扮戲的這班「灘簧」，便由一個唱丑角的陳咬臍領頭。

陳咬臍與張嘯林是好朋友；所以遇到有生意上門，總有張嘯林一份。但他不會唱灘簧，只好打雜，「揹絲絃傢伙」、舖場子等等，都是他的事。這天大出喪，肩荷琵琶、伴隨在陳咬臍身邊，經過「上城」黃金地段的清和坊，由於觀眾過於擁擠，撞倒了一個日本小孩。那一帶的日本商店很多，日本人欺侮慣了杭州人的，無事尚且生非；有了這麼一個因頭，更可借題發揮，一下子湧現了大批穿和服的矮子，圍住孝幃，喧嚷不已。

張嘯林平時就看不慣日本人的橫行霸道，見此光景，大喝一聲：「打！」掄起琵琶就往日本人頭上砸。

一呼百諾，扛旗的、抬轎的，紛紛圍了上來；日本人看眾怒難犯，鼠竄而逃。張嘯林氣猶未出，但不能擾亂喪家，重新排好「導子」繼續出殯。

及至諸事皆畢，喪家道了「辛苦」，解散隊伍；張嘯林跟陳咬臍商量，決定闖一場禍。沿途邀集機坊朋友，直奔商業區的清和坊、保佑坊、三元坊，專找日本人店舖及住家，見人就打，見物就砸，鬧出一場軒然大波。

總算交涉得法，也因爲平時光緒皇帝，慈禧太后相繼崩殂未幾，方在雙重國喪期間，日本政府表示諒解，將此案作爲地方事件處理。陳咬臍挺身而出，自承禍首；被判在運河起點，清幫家廟及日本租界所在地的拱宸橋上，枷號一月。

這一來激起了杭州人的義憤，相約不買日本貨；同時，在這種仇日的氣氛之下，日本人的安全，自然很成問題，因而中日雙方達成協議，日本商店及僑民，都遷至拱宸橋的日租界。杭州城內肅清了國恥的遺蹟；蒙不潔的西子，依然明媚可人。

在當地縉紳先生中有一個叫杭辛齋，以洪門大哥在北方辦報，是特立獨行之士，對張嘯林的行徑格外欣賞；多方提拔，使得張嘯林漸漸成了氣候，地方上有甚麼公益慈善事業，常由他出頭糾合，居然長袍馬褂，列入士紳階級了。

陳咬臍亦不必再唱灘簧；而且改了聲音相近的名字，陳效沂；張嘯林跟他結成乾親家，兩人焦不離孟，孟不離焦，民國初年在浙軍中結識了好些朋友。交情最深的一個叫俞葉封，他們在「清幫」是「同參弟兄」。清幫本稱漕幫，所以一本講「家門」幫派源流的「海底」名為「通漕」。俞葉封由於漕船上的關係，在水路上很有勢力；前清是水巡炮艇上的哨官，到了民國成立緝私營，慢慢爬到了統領的職位。

當時上海屬浙江的勢力範圍；浙江督軍楊善德病故，遺缺由皖系大將淞滬鎮守使盧永祥調升；盧永祥的得力部下何豐林，繼任淞滬鎮守使。俞葉封升緝私營統領便在此時，駐紮蘇浙交界密邇松江的嘉興。

見此光景，張嘯林認為機不可失，借助浙軍的勢力；特別是俞葉封的地位，「開碼頭」到上海，與嶄露頭角的杜月笙合作，打通了何豐林的關係，使得鴉片走私，通行無阻，就此奠定了「三大亨」之一的地位。

到得北伐以後，「三大亨」漸有分攜的趨勢。黃金榮急流勇退，由絢爛歸於平淡；杜月笙逆取順守，極力想修成正果；唯有張嘯林我行我素，依舊戀溺於「煙、賭」兩項行當中打出來的花花世界。但統一全國以後的中央政府，勵精圖治；「新生活運動」加上嚴格的「禁煙政策」，粉碎了「有土斯有財」這句別解的成語，張嘯林只得在上海租界上「小做做」。當然，杜月笙蒸蒸日上的聲譽，在他心裡是很不是味道的。

張嘯林之不能脫胎換骨，與他的交遊有關；他左右依舊是當年「打天下」的弟兄，早已棄官跟了張嘯林的俞葉封；他到底做過一任緝私營統領，談到官場上的一切，比張嘯林熟悉得多，因此，當抗戰爆發，日軍所到之處，土豪縉紳紛紛當了「維持會長」，高車駟馬，一呼百諾時，俞葉封便鼓動張嘯林，說他命中快要交一步「官運」了。

因此，在上海淪陷以前，儘管杜月笙苦口婆心勸他一起到香港，而張嘯林毫不爲動。其時日本軍閥正在炮製傀儡政權，首先看重的是唐紹儀，結果爲軍統所制裁，不得已而求其次，找到李鴻章的長孫李國杰，事亦中變。最後拉出段祺瑞的秘書長，安福系的梁鴻志；與清黨時立過大功，卻以作風不符合革命要求，而被投閒置散的陳羣，在南京組織了一個「維新政府」。

「維新政府」的轄區，號稱有「蘇浙皖」三省。當時角逐「浙江省長」的有兩個人，一個是孫傳芳的舊部周鳳歧；一個就是張嘯林。當新艷秋去拜客時，恰是俞葉封在爲張嘯林積極圖謀此事之時。

在此以前，張嘯林組織了一個「新亞和平促進會」，是日本人搜括物資的一個代理機構；米糧、煤炭、花紗，甚麼生意都做；俞葉封專門負責搜購棉花，很發了些財。

算命的說他「財星已透，官星將現」；不道還走了一步桃花運——像繆斌一樣，在更新舞台定了包廂，排日狂捧新艷秋；有個半伶半票的「黑頭」吳老圃，是他捧新艷秋的「參謀」。在吳老圃的策畫之下，威脅利誘，俞葉封果然如願以償；得爲曾仲鳴、繆斌的後繼者。這段艷聞讓張嘯林知道了，大爲不滿，竟致「當場開銷」；「入你活得個×毛兒！」他用杭州土話破口大罵：「你當新艷秋那件『傢伙』是金鑲玉嵌的啊？她是『白虎』呀！你好去碰的？」

張嘯林的脾氣，上海無人不知；罵歸罵，交情歸交情，他跟俞葉封的關係是分不開的，而且眼前也正是用他的時候，所以不會過分干涉他的私生活；更新舞台的包廂中，依舊每天都可以看到俞葉封。

*　*　*

由俞葉封代張嘯林跟日本方面接頭的對手，恰是惡名昭彰，連初中學生都叫得出名字來的土肥原賢二。他的目的有二，一是利用張嘯林租界上的勢力，抵消一部分杜月笙在香港遙爲指揮的抗日活動；二是利用張嘯林在上海到杭州這一條水路上的關係，維持秩序、搜括物資。而所用以誘張嘯林的是，賦予一個日本軍部有權同意的名義及若干特權，讓他去「魚肉同胞」；不管做甚麼事情，只要於日本無損，是無不可以支持的。

但張嘯林卻一心想出個風頭爭口氣。他的名心極重，最看重「衣錦還鄉」四個字；但儘管他在莫干山建有華麗的別墅，初夏上山避暑，暑終下山回上海，經過杭州，總要大事招搖一番；可是杭州的世家大族，跟他是不來往的。這是張嘯林內心最大的苦悶；但如一旦做了浙江的「父母官」，地方士紳就不能不跟他打交道了。

「爭口氣」是要給杜月笙看看：「在東洋人這裡，照樣有苗頭。你說我弄不出名堂，偏要混個名堂你看看。」因此，一口咬定：「媽特個×，要末不做；要做就要做『浙江省長』。」又說：「張載陽姓張，老子也姓張；他好做，我就不好做？入你活得個×毛兒起來，老子一定要做『浙江省長』；做定了！」張載陽是浙軍師長出身，北伐以前做過一任浙江省長；卸職以後，定居杭州，社會地位非張嘯林可及。

因此，他在第二次跟土肥原見面時，正式提出兩個條件：一個是不但當「浙江省長」，而且要跟前清的巡撫一樣，「上馬管軍，下馬治民」，文武一把抓。

再一個是要「練軍」。前清總督、巡撫都有直轄的軍隊，總督所屬，稱爲「督標」；巡撫所屬，稱爲「撫標」。現在當然不能再生「標」的名稱與編制；仿用北洋時代的名目，叫做「省防軍」。

「省防軍要練一萬人，我來招；頭目，我來派。不過糧草槍械，要你們這面撥過來。」張嘯林又說：「餉亦要我來；不好亂七八糟派人來胡搞的。」

透過一個「紅幫裁縫」的翻譯；土肥原一聽，兩個條件，半個都不能接受。不過，如一說實話，立即不歡而散；所以滿口承諾：「好，好！我完全贊成。東京方面，一定也會支持的。」

「既然這樣子，口說無憑，我們要弄張筆據下來。」

於是做了一個西洋人稱爲「備忘錄」，日本人稱爲「覺書」的筆錄；雙方很鄭重地簽了字，盡歡而散。那知張嘯林一回家，掏摸衣袋，明明記得收藏妥當的筆錄，不知如何竟已不翼而飛。他還不曾悟出是土肥原叫人玩了一套「三隻手」的把戲，只當自己一時不小心失落了；心想反正土肥原不會知道這件事，這份「覺書」還是有約束力的。

因此，當土肥原奉調回國，擔任大本營航空總監，張嘯林爲他設宴送行時，特地重申其事；土肥原表示，等他一回東京，必定全力促成，請張嘯林靜候好音。

張、俞二人哪想得到土肥原請他們吃了一個「空心湯圓」。興高采烈地放出風聲去，「張大帥」榮任「浙江省長」，不日就要走馬上任了。於是甘心落水想做「新貴」的，為生活所迫、想謀個「一官半職」的，奔走於華格臬路張家，門庭如市，熱鬧非凡；與一牆之隔，杜家親屬閉門不問外事，靜悄悄的境況，形成了一個強烈的對比。

這時的張嘯林，意氣如雲，每天飽抽了鴉片，精神十足地談他到杭州「上任」以後要做的事。一班「篾片」，便也想出各種可以擺「浙江省長」威風的花樣，來討張嘯林的歡心。恰如邯鄲道上，黃粱夢中，「預支」的官癮，亦頗有味道。

在香港的杜月笙，對張嘯林的一舉一動，無不關心。雖知他是自我陶醉，但亦不能不防他愈陷愈深，不克自拔。不過杜月笙亦深知張嘯林是不容易勸醒的，唯一的辦法是把他「架空」，只要對狗頭軍師俞葉封提出警告，張嘯林就搞不出名堂來了。

因此，他派人傳話給俞葉封，請他悄悄到香港去一趟，有話要問。俞葉封不敢不去；同時也知道要問的是甚麼話，預先作了準備。

「聽說嘯林要去當甚麼『浙江省長』；你不是『秘書長』就是『民政廳長』。可有這麼一回事？」

「哪裡有這回事？」俞葉封答說：「那是大家『吃他的豆腐』！杜先生，你倒想，『張大帥』滿口『媽特個×』；像不像個『省長』？」

杜月笙笑了，「嘯林眞要做了『省長』，」他說：「不知道是怎麼個樣子？」

「那還不是『噱頭造反』，笑話比『韓青天』還要多！」

笑話說過了，杜月笙招呼一聲：「葉封兄，你請過來。」

杜月笙將俞葉封帶到專供密談的套房中，未曾開口，先長嘆一聲；神情抑鬱，似乎有萬語千言，不知從何說起之慨。

見此光景，俞葉封不由得心想，上海幾件制裁漢奸的案子，如陸連奎之死於非命等等，都有杜門子弟參預，當然也與杜月笙有關。何不趁此機會，動之以情；能夠有他一句「放你一馬」這句話，豈不就等於有了一道免死的「丹書鐵券」？

主意一定，隨即開口：「杜先生，你跟『張大帥』二十幾年的老弟兄；情分不比尋常。他的脾氣，沒有比杜先生再清楚的；發發牢騷，吹吹牛是有的。倘說要落水，是決不會有的事；就是他願意，我也會拉住他。不過上海的情形不比從前了；說句老實話，日本人當道，不能不敷衍敷衍。如果外頭起了誤會，自夥淘裡搞出笑話來給人家看；那也傷了杜先生的面子。」

「我是最要面子的人。不過現在的面子，不是甚麼排場講究，衣著風光能夠掙得來的！現在是全中國的一個大面子；要叫東洋赤佬撕破了。你回去跟嘯林說，如果他願意到香港來，我包他有面子；如果不願意來，就像黃老闆那樣，不給日本人面子，其實就是自己掙面子。至於自夥淘裡鬧笑話？這話要看怎麼說法？我想，在外頭跑跑的人，做事一定有分寸的。」

終於有了最後的那句話！在俞葉封聽來，意在言外，所謂「有分寸」即是「光棍只打九九，不打加一」，不管怎麼也不會下辣手。

於是他神色凜然地答說：「杜先生眞是大仁大義！這番話我一定隻字不漏，說給『張大帥』聽。總而言之，言而總之一句，我既然來過了，杜先生就可以放心了。」

*　　　*　　　*

俞葉封自以爲杜月笙已經中了他的緩兵之計，絕無性命之憂；倘或認爲他行動越軌得過分，亦會先提出警告，到那時候再來「煞車」也來得及。

至於對嘯林，他當然不會說眞話；只說杜月笙勸他最好像黃金榮那樣，連大門都不要出。

話還沒有完，張嘯林已連連冷笑，「月笙眞是鬼摸頭！他自以爲像煞是個人；人家看起來還不是『撩鬼兒』出身？」他說：「我爲啥大門不出？我喜歡到哪裡！就到哪裡！媽特個×，那個敢管我？」

「本來嘛，就算不跟日本人一淘，也不必連大門都不出。倒像怕了甚麼人似地，不是笑話！」

「我倒偏要跟他賭口氣！」張嘯林說：「他叫我不出大門，我索性走遠一點。你打電話給虹口憲兵隊，說我要到杭州轉莫干山，叫他關照北站，替我弄節『花車』。」

由於土肥原的關照，張嘯林要在這方面出出風頭、擺擺架子，是輕而易舉之事；閘北的日本憲兵隊同意通知車站，爲他掛一節「藍鋼車」，不過附帶提出一個警告：張嘯林到了杭州，尤其是到了莫干山，安全方面恐有問題，「皇軍」無法負保護之責。

這一來，色厲內荏的張嘯林，便處在一種非常尷尬的情勢之中，俞葉封便替他找個「落場勢」，有一番話說。

「安全不安全，保護不保護，都在其次。」他說：「現在事情正在要緊關頭，實在也離不開的。再說，你一上莫干山，大家以爲你的興致沒有了；人心一散，再收攏來很費事。我看，你是脫不了身的。」

「唉！」張嘯林嘆口氣，「脫不了身，只好算了。」

張嘯林一口氣又添了四個「保鏢」，因爲自德國駐華大使陶德曼調停中日和平失敗，政府遷至重慶以後，對敵後工作重新作了部署；軍統以香港爲指揮中心，在杜月笙的全力之下，肅奸工作，有聲有色，足以使熱中之徒膽寒。

第一件大案是唐紹儀死於藏在花瓶之中的利斧之下；下手的是當時尚未投到七十六號的林之江。第二件大案是，「維新政府」的「外交部長」，曾當過駐法公使的陳超，亦在寓所被刺；第三件大案，也是「維新政府」的要員，正在角逐浙江省長的「綏靖部長」周鳳歧，在亞爾培路寓所送客出門時被槍殺。

此外是新聞文化界，由於一枝筆對民心士氣的影響極大，所以是軍統格外注意的對象。其中兩個人之被制裁，最使人矚目，一個是余大雄；一個是蔡釣徒。

自北伐前後到抗戰，上海租界中最著名的一張小報，即爲余大雄所有；這張報是三日刊，因而取名爲《晶報》，當時第一流的斗方名士、洋場才子，以及具有特殊身分的聞人，諸如袁寒雲、步林屋、畢倚虹等等，無不爲余大雄羅致爲基本作者；內容在北里艷屑、闤闠秘聞、軍閥逸事、勝國遺韻之外，兼談文史掌故、金石書畫，不但言之有物，而且文字雅馴，確是第一的消閒讀物；因此，《晶報》在對社會的影響力方面，絕不可輕視。

因爲如此，當余大雄爲日本特務所收買，《晶報》漸有爲敵張目之勢時，軍統決定加以制裁。其時「維新政府」及其他「新貴」的大本營，是矗立在北四川路橋邊的新亞酒店；余大雄亦住在那裡。有一天為人發現，已被斬斃在浴缸之中。

蔡釣徒是加入黑社會的文化流氓，又是共產黨員，利用他所辦的一張《社會日報》，敲詐勒索、顛倒黑白，無惡不作；因此，他的死狀最慘，被梟首以後，還將他的腦袋掛在法租界的電線桿上示眾。

及至公共租界總探長陸連奎，在他獨資所設的中央飯店被刺，便有人警告俞葉封，說是杜門弟子一個姓陳的下的手；當然是杜月笙所同意的。陸連奎也算「自己人」，居然性命不保，看起來杜月笙大義滅親，只有國家，沒有「自己人」了。勸俞葉封跟張嘯林迷途知返，及早回頭。

能這樣進忠言人，自然是很夠交情的朋友；但勸不醒俞葉封，他說杜月笙還是重情面的；至於陸連奎之見殺，是因為過去得罪了國府要人之故。張嘯林對國府要人是無不尊敬的；與陸連奎的情形不同。若說杜月笙會准他的門下殺張嘯林，除非太陽從西邊出來；否則就是決不會有的事。

* * *

決不會有的事，終於發生了。新艷秋與俞振飛初度合作的這一局，最叫座的一齣戲是全本《連環計》。俞振飛的呂布，功力自然不及翎子生第一的葉盛蘭；但像「白門樓」那樣，一出場來個金雞獨立唱完大段「二六」，俞振飛自是相形見絀；至如跟貂蟬的對手戲，葉盛蘭亦有不及俞振飛的風流瀟灑之處。就因爲這齣戲中，俞振飛個人亦有相當號召力，所以每演必滿。

當然，在俞葉封眼中，只有新艷秋，沒有俞振飛。這齣戲他總看過七八回了，未免生厭；不過場不能不捧，爲的是要新艷秋在台上能看到包廂中有他。至於他是不是在看戲，卻無關緊要。

因此，台上正演到鳳儀亭擲戟，董卓跟乾兒子爭風吃醋，發生衝突，戲味很濃，全場視線都集中在台上時，而俞葉封一則看膩了這齣戲；再則既討厭「董卓」，也討厭「呂布」，所以扭轉臉去，隨意眺望。

這一望，突然心中一動，無巧不巧發現一條黑影，又像蛇，又像貓，輕柔而矯捷地在移動。俞葉封是有心病的，對於這樣的情況，特別敏感；因而幾乎是下意識地，身子往下一縮，再往前一伸，伏側在包廂前壁與座椅之間。

幾乎第二個念頭都來不及轉，便聽得「噠、噠、噠」地一陣連響；竟是手提機關槍的掃射。

「啊唷！」是吳老圃在急喊；也只喊得一聲，身子晃了幾晃，倒了下來，恰好壓在俞葉封身上——恰如關醫生之於繆斌；吳老圃做了俞葉封的替死鬼。

這時整個院子都沸騰了；「呂」擲下方天畫戟，直奔後台；倒是「貂蟬」沉著，因爲這是第二回了。她心裡在想，這不是戲院失火，大家逃命要緊；槍聲一過，便即無事，最怕觀眾一亂，自相踐踏，那就不知道會死多少人了。

因此，她示意「九龍口」照常進行；打鼓佬也想明白了，很佩服新艷秋的機智勇氣，先「刮啦啦」打了個「撕邊」，接著雙鎚領起大鑼，讓新艷秋做跌撲的身段。觀眾不聞槍聲，只聞鑼鼓，少不得回頭看一看；這一看便有許多人不走了，就近坐了下來，一面看戲，一面還等著看熱鬧。

等秩序略略恢復，可以保證台下不致於演出爭相逃命、踐踏傷人的悲劇；台上的戲自然「馬前」了。新艷秋一回後台，管事的上來翹著大拇指說：「新老闆，你的陰功積德大了！」

新艷秋報以苦笑，問得一聲：「包廂裡怎麼樣？」

「俞『統領』命大，沒有死；吳老圃冤枉送了一條命。」

一語未畢，管事的色變；捕房裡大批「包打聽」趕到。

新艷秋本人倒毫不驚慌，跟到巡捕房由政治部問話，反正問心無愧，有甚麼說甚麼，事實俱在，確無關聯；而且當時類此案件甚多，巡捕房不能管，也不宜管，到頭來總是不了了之，所以並沒有爲難新艷秋，交由更新舞台覓保釋放。

至於俞葉封「死罪」得免；「活罪」難逃，爲張嘯林狗血噴頭罵得一佛升天、二佛涅槃，「官興」就此大滅，只是拼命替日本人做生意。張嘯林卻仍舊在做他「浙江省長」的春夢；同時替日本人搜括物資的工作也擴大了。

看他愈陷愈深，只怕杜月笙也無法庇護他了；便有熱心正直的朋友，預備挨他一頓罵去勸他，說政府待他不錯，就不講民族大義，只是江湖上的道理，他也不應該走日本人的路線。

「政府待我不錯？哼、哼——」

這時他才吐露心裡的話；原來他之怨懟政府，已非一日。起因於他的寶貝兒子張法堯；由於上海地方法院院長、女法官鄭毓秀的影響，張嘯林將他的獨子送到法國去留學。張法堯是標準的花花大少，到了花都巴黎，花天酒地，自不待言；結交了一個好朋友，就是汪精衛的大兒子汪孟晉，也是個花花大少。汪精衛自奉甚儉，不會有錢供汪孟晉揮霍，但陳璧君自稱「生下來就是有錢的」，可以儘量供給汪孟晉；當然，這是瞞著汪精衛的。

張法堯與汪孟晉，一個老子多的是不義之財；一個是娘繼承了豐厚的遺產，在巴黎成了

「寶一對」。汪孟晉在法國買汽車，先問希特勒坐的是甚麼車子？汽車商告訴他：「希特勒是德國的元首，自然坐德國出的賓士。」於是汪孟晉也要買賓士。張法堯坐汽車是另一套講究，在設備上踵事增華，應有盡有之外，別出心裁，又加上許多花樣；他那輛汽車在晚上開出來成了怪物，前後左右上下都是燈，杜月笙的外甥徐忠霖替他數過，一共有十八盞之多。

張法堯在巴黎四、五年，花了幾十萬；學成歸國，滿以爲由推事而庭長，由庭長而院長，不過指顧間事。但政府正在勵精圖治之時，用這樣一個花花大少作法官，且不說會不會因爲張嘯林的干預，貪贓枉法；起碼那輛十八盞燈的汽車，就足以敗壞司法風氣而有餘，所以根本不考慮用他。

張法堯本人倒不覺得甚麼，因爲他知道一做了法官，私生活便須約束；不能花天酒地、從心所欲。但張嘯林卻大爲不滿，而且一直耿耿於懷。

就由於這種心情，使得他倒行逆施；看看情況，張嘯林是決無法挽回了，軍統決定加以制裁。不過這個任務交給陳默，須顧慮到杜月笙不會同意——他跟張嘯林到底共過患難也共過富貴；就「家門」的規矩而言，是很說不過去的。

因此，這件事只有瞞著杜月笙做。這也是有前例可援的，北伐之初，共產黨汪壽華拼命拉攏杜月笙；而他的得力弟兄顧嘉棠、葉焯山等人，卻已爲楊虎及陳羣說動了，決定「做掉」

汪壽華。

這天汪壽華又去看杜月笙，談到中途，杜月笙發現大門外人影幢幢，心中一動，立即趕了出去；嚴詞告誡顧、葉二人說：「不管怎麼說，汪壽華是我的客人，你們在這裡鬧出甚麼事來，教我怎麼交代？如果你們要傷我的面子，交情就算完了。」

顧嘉棠、葉焯山二人，異口同聲答說：「不會，不會！」相偕退出——華格臬路杜張二家比屋而居，兩家大門之外，是個院子；前面另有一道「總門」；總門之外即是馬路，亦是杜月笙視線所不及；顧、葉二人便埋伏在總門外。

等汪壽華告辭，出了總門；葉焯山右手握緊左臂，斜刺裡向汪壽華的右肩一撞；等他站立不住，踉踉蹌蹌倒向一邊時，顧嘉棠已從後面掐住他的脖子，推向一輛預先開好車門的汽車，疾馳而去。

這一手做得乾淨俐落，了無痕跡，幾秒鐘之內，就把一件艱鉅的工作，用最熟練的技巧給擺平了，這就顯示了杜月笙身邊的弟兄，不是沒有兩下子的，一切事情就決定於是否要幹，若是動了手，沒有不制伏的。

當然，杜月笙即時就知道了；可是他不但沒有責備之詞，而且承認這樣做法，有其必要。以昔例今，如果公然要求杜月笙同意制裁張嘯林，是不可能的事；只有瞞著他做了下來，倒不見得不能獲得他的心許。

這個自行其是的原則是確定了；在做法上，仍不妨殺雞駭猴，作爲警告。這隻待殺的雞，便是俞葉封。

二十八年陰曆年底，新艷秋已經貼出唱「封箱戲」以前「臨別紀念」的海報；聚日無多，俞葉封大著膽又出現在更新舞台的包廂中。陳默便悄悄地親自策畫，而且親自帶隊，坐在俞葉封間壁的一個包廂；這天貼的又是《三堂會審》，俞振飛的王金龍正高坐堂室在審問蘇三，全場鴉雀無聲時，陳默將行動員的衣服拉了一把，示意是下手的時刻了。

於是，行動員從大衣口袋中掏出手槍，雙手環抱胸前，右手藏在左腋下，前面有左臂遮住，略瞄一眼，仍舊望著台上；暗中一扣板機，「砰」地一響，正中俞葉封的心臟，連「哎呀」一聲都沒有得出來，人已經倒在血泊中了。

「幾次三番勸他，」張嘯林在萬國殯儀館揮淚長嘆，「這個女的是白虎星君，碰不得的；硬是勸他不醒。六十多歲交墓庫運，有啥話說？」

由於張嘯林認定俞葉封的送命，是遇見「白虎」之故；因而殺了這隻「雞」，並不能使張嘯林這隻老猴子迷途知返。不過生活方式變更了，白天深居不出，到了晚上才到設在大新公司五樓的一個俱樂部去賭錢、會客；同時又多用了幾個保鑣，出入共用三輛汽車，前後夾護，在車廂中亦是左右各坐一名保鑣。陳默想要下手，非常困難。

經過多次偵察，將他幾條出入的路線都摸清楚了；陳默又利用杜月笙的關係，取得了法租界巡捕房幾個高級探目的合作，終於策定了行動的計畫。

這天晚上七、八點鐘，陳默正在揚子飯店跟幾個朋友推牌九，接到一個電話，報告張嘯林的蹤跡；陳默隨即提了一個小提琴的匣子，像個「洋琴鬼」的模樣，趕到福煦路、成都路口的九星大戲院，已有接應的人在那裡等候了。

過不久，只見三輛汽車首尾相接，風馳電掣般，由東而來，將到十字路口，綠燈變紅燈，頭一輛車過去了；張嘯林所坐的第二輛車卻被留了下來。

於是陳默提著琴匣向前，很快地，匣出槍——對準張嘯林的那輛黑色大轎車便掃。

命是逃出來了，張嘯林的膽子也嚇破了，從此步門不出，躲在華格臬路住宅的三層樓上；終日吞雲吐霧，找些最親近、最信任得過的朋友和「弟佬」，來打打麻將擺擺攤。他本性好動，這種近乎幽居的生活，搞得他心煩意亂，五中不寧，脾氣就越發暴躁了。

其實他要解除心理上的困境，只在一念之間；只要派個人到一牆之隔的杜家，跟杜月笙留在上海的家屬說一聲：「張伯伯想到香港走一趟！」作爲回心轉意，不再爲虎作倀的表示，晚年仍可以過得很舒服的日子。但是，他辦不到。

第一、是他「死不賣帳」的脾氣害了他。杜、張兩家原有一道中門相通，他早就片面地將通道門封閉了；現在要他將此門閉而復開，就覺得是很難的一件事。何況，杜月笙幾次相勸，其心如鐵，及至機關槍一掃，反倒軟下來了。這在「杭鐵頭」的張嘯林看來，是最沒面子的事，所以寧願錯到底亦不肯回頭。

第二、是他的徒子徒孫，利用日本人所賦予的特權，生意正做得熱鬧；如果張嘯林一表示了轉向的態度，不但生意做不成，很可能日本人會找麻煩，因此拼命拖住他的後腿，不容他「上岸」。

另一方面，在軍統與陳默，始終沒有忘懷張嘯林。由於他在上海的名氣太大，所以九星戲院附近被刺未死這件事，知道的人很多，而且常掛在大家的口頭上。漸漸地產生一種論調：「到底是三大亨之一；重慶來的地下工作人員，拿他毫無辦法。」這種說法廣泛流傳開來，不但有傷軍統的威望，而且鐵血鋤奸的懲警作用，也將大打折扣。所以非得想辦法貫徹制裁的決定不可。

情勢是非常明顯的，張嘯林躲在三層樓上，有二十幾個保鏢分班守衛，除非能動用大批人馬公然圍捕，只憑少數兩三個志士發動突擊，是決難達成任務的。

「外打進」既不可能；唯一的辦法就是「裡打出」！

於是，細心謹愼地在張嘯林的二十幾個保鏢中動腦筋；一直經過半年，方始有了眉目，但行動卻須等待機會。這一次一定要像制裁俞葉封那樣，一槍就要成功，一擊不中，沒有開第二槍的機會，而且「裡打出」這個竅門一破，張嘯林另作防範的部署以後，很可能永遠都沒有制裁他的機會了。因此受命行動的志士，一再受到叮囑：「沒有把握，決不要動手；動到手就只許成功，不許失敗。」

這天是「八一四」。整整三年以前，中國空軍打了極其輝煌的一仗，振奮了大上海的民心士氣；也就是這一天，杜月笙應戴雨農的要求，與張嘯林澈夜商議，在「蘇浙行動委員會」之下，組織一支有一萬人的「別動隊」，協助國軍作戰。但三年後的今天，杜月笙在香港仍舊指揮著「蘇浙行動」；張嘯林在上海心亦未死，正與他的學生，「浙江箔稅局」吳「局長」，在鴉片燈旁邊，密密相談，到底有沒有做一任「浙江省長」的可能？

其時汪政府已經成立了半年，汪精衛向來看不起「維新政府」時代的所謂「前漢」；更看不起白相人——汪精衛之不能成大事，就因爲氣質中缺少了一分半的白相人氣。這樣，張嘯林如果想做「官」，充其量像謝葆生那樣，當個「警務處長」；要作「封疆大吏」，決無可能。

正當越談越煩之際，樓下天井中，喧嚷之聲，直透三樓；張嘯林一翻身坐了起來，手提煙槍，憑欄下望，只見十來個保鏢正在吵架，七嘴八舌，聲音越來越大。

「哇啦哇啦吵甚麼東西？一點規矩都沒有！」張嘯林拿煙槍指指點點地罵：「媽特個×、吃飽了飯沒有事做，吵架兒；老子白養了你們這批狗×的飯桶，明天通通替我滾蛋！」

越罵越起勁，上半身撲出欄杆外，目標非常顯著，久已想起義的保鏢之一的林懷部，當機立斷，答一聲「滾蛋就滾蛋！」拔出手槍，往上一指，隨即扣動扳機，只見張嘯林身子往前一倒，雙手在欄杆外面垂了下來，抽搐了兩下就不動了——林懷部好準的槍法，一槍正中嚥喉。

變起不測，大家都楞住了；只有林懷部健步如飛，直上三樓，撲進「大極間」，但見吳「局長」正在打電話；他發現林懷部的影子，正想逃命時，林懷部已手起一槍，把腦漿都打了出來。接著回身又向張嘯林補了一槍，後腦進，右眼出，眼珠靠一根微血管吊住，悠悠晃晃，死狀奇慘。

於是林懷部翻身下樓；他的同事沒有一個攔他，只有一個人說：「老林，好漢做事一身當！」

「我不逃！」林懷部衝出「總門」，在華格臬路上，高舉雙手，大聲喊道：「我殺了大漢奸，我殺了大漢奸！」

其時由於吳「局長」的報案，法捕房的警車已經趕到，林懷部憑槍投案。

由張嘯林之死，令人很容易連想到俞葉封之終於不免，而俞葉封之死於戲院，又不免令人連想到繆斌被刺倖免的經過，無獨有偶的是，卻都在新艷秋演出之時。加以曾仲鳴在河內爲汪精衛替死的記憶猶新；因此使得新艷秋無端蒙了「禍水」的惡名，她自己覺得心灰意亦懶，由絢爛歸於平淡，卸卻歌衫，預備擇人而事。

而繆斌卻由平淡而突現絢爛，獲得了一份多少年死心塌地，甘爲日本軍閥走狗的人，所夢想不到的「殊榮」。

*　　　*　　　*

在日本人心目中，認爲繆斌是個具有潛力的神秘人物。當然這也是他善於妝點的緣故；他一直用直接、間接的方式強調，跟中國軍事上的第二號人物何應欽將軍有極爲密切的關係；亦曾是第三戰區司令顧祝同主政江蘇時的主要助手。因此，在政治上雖不得意，在個人經濟上卻很有辦法——得力於日本軍部所賦予若干事業上的特權；很撈了些錢，在上海法租界置了一座住宅；業主本是個久居上海的德國工程師，房子不大而講究異常，他每用以自炫的是，浴缸是用整塊義大利大理石雕琢而成，據說在歐洲的豪門中亦不多見。

就在這座講究的住宅中，繆斌經常招待日本「大使館」及「駐華派遣軍總司令部」中，

職位不太高，卻握有實權的朋友。有個「大使館」的參事官中村，每邀必到；每到必飲；每飲必醉。但醉態卻慢慢不同了。

當太平洋戰爭初起時，中村興高采烈，杯倒酒乾，喝醉了大唱「忠臣藏」之類的「能劇」，或者拉住了繆家的年輕娘姨調笑；及至中途島大敗以後，醉後喜歡談戰局，強調「必勝」的信心；到得首相兼陸相兼參謀總長的東條英機「退陣」，日本的窘態畢露，中村就格外容易醉了，醉後常是痛哭流涕，自道葬身無地。這個醉態的變化，繆斌看得很清楚，日本非向中國求和不可了！

三十三年——一九四四年底，雋依賽決戰結束，日本的海空軍也完蛋了。以菲律賓爲中心的制海權、制空權完全喪失；麥帥自馬尼拉撤退時丟下的那句話：「我一定要回來！」已確定可以百分之百兌現。

於是，太平洋戰爭進入日本「本土決戰」的階級。本土決戰，全靠陸軍；如果能自中國戰場拔出泥淖，事猶可爲，否則就只有一個結果：無條件投降。

與其戰敗投降，莫如此時求和。繆斌從日本大佐級的少壯派軍人口中獲知，小磯內閣的基本任務，便是設法結束戰爭。但日本軍部向來認爲在中國談和，應由現地指揮官指導，不容內閣置喙；現在時移勢轉，軍部放出空氣，在適當的條件之下，亦不妨由內閣來試探和談。

於是小磯內閣的情報局總裁緒方竹虎，受命進行此事；而繆斌卻正好乘虛而入。

在此以前，繆斌曾經表示，他跟軍統已經接上頭，條件亦已開出來了。事實上軍統是虛與委蛇；因爲兵不厭詐，藉此可以獲取許多戰略上、情報上的利益。但是，軍統決未賦予繆斌任何任務；更未作出任何承諾。國人都看得出來，七八年苦戰快熬出頭了！爲甚麼要跟日本談和？只有日本政府跟軍部，在焦切的心情之下，一心以爲鴻鵠之將至；不但相信繆斌所賣的「膏藥」，而且確實寄予極深的期望。

7 東京末日

東京皇宮被炸；日皇準備求和。

守望最殷切的日本昭和天皇；由於民國三十四年元旦午前零時的大轟炸，直接而強烈地刺激他作出求和的決心。

第一次白晝大轟炸，始於小磯內閣登場後第四個月的十一月二十四日；從塞班島起飛的八十八架「空中堡壘」——B二九，摧毀了設在東京郊外的中島飛機工廠，轉而轟炸市區各官署及港灣中的船舶。由於是在白天，以及兩周以前，一架美軍照相偵察機，在東京上空，悠然來去，搜集了足夠的目標情報，所以這一次的空中攻擊，幾乎使整個日本政府的機能癱瘓。

十二月一個月內，東京被轟炸了十五次，全毀的房屋八百戶；每戶平均五個人；五個人

中平均有一個死或重傷，另外四個人無家可歸。

度過了噩夢樣的一年——一九四四年；美國空軍用七百枚燒夷彈，作爲給東京人民的新年賀禮。一百架B二九，於除夕告終，新年開始的子夜零時，抵達東京上空；燒夷彈將上野一帶的天空，染成紅色，好久好久都不曾消失。

消失的是元旦清晨，宮城瞻拜的熙熙攘攘的景色；這是昭和自有知識來的第一次。但是最使他感受到刺激的是，新年第一天便有人喪家；新年第一天便只有啜泣，絕無笑臉。

經過五天的沉思，在接到美軍運輸輪船團駛向菲律賓仁牙因灣，及美國機動部隊開始攻擊法屬越南的報告以後，昭和召見了內大臣木戶幸一侯爵。

「關於目前戰局的進展，有無徵詢重臣意見的必要？」

木戶對於戰局的信心，早就動搖了。但他一向以軍部的護法自居；而所謂「重臣」在傳統上主要的，也幾乎是唯一的職責是，在內閣總辭以後，推薦繼任首相的人選。天皇直接向重臣徵詢戰局意見，是嚴重地侵犯了陸海軍首腦的「帷幄上奏權」。他直覺地認爲有加以保護的必要。

「應先與陸海軍統帥部長懇談，再徵詢有關係的閣僚，如果認爲有決定最高方針之必要；再召集重臣及閣僚，舉行御前會議。」

了。

天皇默然。他就是要打破正常的程序；而木戶偏以正常程序作答，所以連話都懶得再說

一個星期以後，昭和得報，內閣舉行非常會議，討論結束戰爭的途徑；結果由於陸軍的反對，反作成了加速擬訂「本土決戰」計畫的決定。因此，昭和的舊事重提，而木戶近乎麻木不仁地照舊回答。

這昭和兩番想召見重臣而阻於木戶一事，終於洩漏，頗引起重臣的反感，已有三年未面謁天皇的近衛公爵，更爲憤怒。

在他跟平沼男爵、若槻男爵、岡田大將每月舉行一次的「四重臣會議」中，公然指摘木戶竟敢扼殺重臣向天皇奏陳國事意見的機會，是無法無天。

木戶聽到這話，內心當然很不安；於是在二月一日那天，奏請天皇個別召見重臣。避免採取全體重臣同時謁見，改以普通問安的方式秘密進行，是怕刺激軍部，引起嚴重的反應之故。

排出名單來，曾任首相的重臣，總共七個人；除了每月聚會一次的四重臣以外，另有廣田弘毅、阿部信行、東條英機等三人。阿部正繼小磯國昭爲朝鮮總督；此外六人自二月七日至二十六日，逐次召見完畢。

六個人的意見分爲三派，最多的一派意見，不脫鄉愿的論調，不分是非，只說應加強當面戰爭的指導，否則或將戰敗。不過多表示應在適當時機結束戰爭——這個說法等於支持軍部的立場；軍部一直有個一廂情願的想法：集結一切力量，好好打個勝仗，以便爭取談和較好的條件。

只有東條與近衛的主張，截然不同，成爲尖銳的對立。東條認爲戰爭勝負是五十對五十，雖難樂觀，亦決無悲觀的必要；尤其是進入「本土決戰」後，「發揮本土的特質，將國土之萬物萬象，均予以戰力化。當敵軍來攻之際，發揮一億國民的特攻精神，決心不使敵軍一兵一卒得能生還。」

這些形同夢囈的陳奏，昭和可說無動於衷；因爲就在前一天的二月二十五日，東京在美機輪番攻擊之下，有一萬家人家被燒毀；三萬五千人被焚。這個殘酷悲慘的事實，使得再富於想像力的人，也無法說得出「國土之萬物萬象」如何得能予以「戰力化」？

十天以前的二月十五日，大雪紛飛；一百三十架B二九，聯翩到東京上空來賞雪，在神田區投下六千枚燒夷彈；許多人都知道，皇宮亦被炸中，受災的是女官室、近衛兵宿舍、倉庫；卻不知道文庫亦爲燒夷彈直接命中——所謂「文庫」，實際上是一座御用的雙層防壕；從上年十一月二十四日，B二九白晝飛臨東京之日期，昭和夫婦就遷居於文庫了。

在被炸的前一天，近衛即在文庫謁見天皇。他率直奏稱：「現已面臨最惡劣的態勢，有儘速結束戰爭之必要。」照他的分析，現在結束戰爭，對於「國體之護持」，亦即維持天皇制度，尚有可能。否則，即令不亡於美國，內部亦有發生「共產革命」的可能。最危險的一個跡象是，陸軍少壯派軍人倡導「國體與共產主義並存論」；認爲一方面實行共產主義專政，一方面又可保全天皇制度。這是絕對荒謬的理論。「國體」與共產主義絕不能並存，換句話說，實行共產主義，即將改變「國體」；如果要維持「國」必須消滅共產主義。

儘管爲了禮節及緩和語氣，近衛以「國體」作爲「天皇」的代名詞；而昭和已深感刺激，當即問道：「照你看，結束戰爭的障礙是甚麼？」

「就是主張『國體與共產主義並存論』的陸軍少壯軍人；非實行消滅此輩黨徒的方策，不足以出現新的機運。」

「具體的方策如何？」

近衛想了一下答說：「以起用宇垣、香月、眞崎、小畑及石原等人爲最理想。如不得已，亦可起用阿南惟幾，山下奉文兩大將。」

聽近衛指名提出這些陸軍中的「名人」，昭和深爲注意，但也有一時想不通的地方。首先

提到宇垣，或是可以理解的；宇垣是日本軍人中眞正傑出的人物，超然於「皇道」、「統制」兩派以外，他的同僚及後輩對他既敬且恨，他做過四任陸相，第二任正當加藤內閣；那時日本由於經濟不景氣，加上關東大地震，因而不得不照歐戰結束以後，華府軍縮會議的決定，實施裁軍，前後三次，以第三次的規模較大，亦最成功，即由宇垣所主持。

第三次裁兵始於大正十四年五月，宇垣一舉撤消了四個師團的番號，裁減官兵六萬名，馬一萬三千四、大炮三百門。但另外創設了一般學校實施軍訓的制度，並以裁兵所節省的軍費，從事軍備科學化的計畫。因此，兵員雖減，戰力反而提高；但許多將校解甲歸田，或者派到文學校去當軍訓軍官，委委屈屈地大嘆髀肉復生；自然恨死了宇垣。

但眞正引起陸軍兩派一致反感的是，宇垣支持政黨政治，因而被垢罵之爲「國賊宇垣」。在蘆溝橋事變以後，近衛第二次內閣垮台，每次組閣的人選，都提到宇垣；但每次都以軍部的反對，始終被投閒置散。

如今復用宇垣，是否可能呢？昭和問說：「宇垣比較超然，他能組閣，確可以發揮裁抑少壯軍人的作用；但陸海軍是否會同意呢？」

「此全在聖斷。軍部既無力完成戰爭目標，則在收拾殘局的大責任下，宇垣確爲理想的人選。」近衛又說：「陛下聖明，說宇垣超然，正是最要緊的條件。」

由於近衛的提醒，昭和對他提出這張名單，充分理解了。原來日本向來有「長州陸軍；薩摩海軍」之說。從明治維新以來，長州藩閥系統的由山縣有明、經桂多郎、寺內正毅，以至田中義一，陸軍要職，全爲長州閥所把持；其後因人材不濟，於是聯絡大分閥的南次郎、金谷範三，成爲陸軍中的「主流派」。

與長州閥對立的便是薩摩閥，以荒木貞夫爲中心，結合佐賀閥的眞崎甚三郎、武藤信義；土佐閥的小畑敏四郎等。佐賀系的領袖，本是曾任朝鮮總督的宇都宮太郎，曾組織「佐賀左肩黨」，對抗長州閥；此黨重要人物除眞崎甚三郎、武藤信義以外，還有秦眞次、荒木貞夫、福田雅太郎、山岡重厚、山下奉文等。荒木雖是薩摩人，但爲宇都的得意弟子，所以亦加入「佐賀左肩黨」，且受宇都遺命爲主要領導人。

不過「佐賀左肩黨」，雖爲反長州閥的中堅勢力，但以地位關係，名義上的領袖，另外有人，當田中義一領導長州閥時，他的對手是來自九州的上原勇作元帥。清浦奎吾在大正十三年一月組閣時，首先請求上原推薦陸相人選；上原所推薦的，就是「左肩黨」的福田雅太郎。

那知田中手段巧妙，引進籍隸岡山的宇垣一成代替福田雅太郎；同時他參加了政黨，以政友會總裁的身分，曾一度掌握政權，在表面上仍舊維持了政黨政治的型態。

及至「九一八事變」發生，日本朝野對於佐尉級的少壯軍人，跋扈橫行，對內陰謀暗殺要人，涉嫌叛亂，對外擅自製造出可以引起兩國戰爭的糾紛；而領導軍部的「昭和軍閥」，既不如田中義一、宇垣一成等「大正軍閥」之握有實權；更不如大山巖，兒玉源太郎等「明治軍閥」的具有絕對統治力，無不憂心忡忡，認爲有「肅軍」的必要。

因此，「九一八事變」以後，繼若槻禮次郎組閣的犬養毅，尋求上原元帥的支持，預備將躁進不法的陸軍青年將校，整肅換掉三十個左右。

那知內閣書記官長、政友會的政客森恪，自田中時代便勾結少壯軍人，挾以自重；所以犬養的企圖，很快地便爲軍部少壯派所知，於是昭和七年——一九三二年五月十五日白晝，一名現役海軍中尉，穿著制服，帶領四名海軍軍官，與五名陸軍軍官候補生，闖入首相官邸，不由分說，槍殺了現任內閣總理犬養毅，這就是震驚三島的「五一五事件」。

在「九一八事變」時，若槻內閣的「陸軍三長官」，南次郎任陸相；金谷範三任參謀總長，都出身於跟長州閥攜手的大分閥；而訓練總監卻是爲反長州閥的荒木貞夫；若槻垮台，由於南次郎及金谷範三，未能約束關東軍的「三羽烏」——高參板垣徵四郎大佐；參謀石原莞爾中佐；及特務機關人員，土肥原的助手而任張學良顧問的花谷正之故，使得荒木貞夫有機會轉任陸相。

荒木之能握有絕大權力，是因爲齋藤實的內閣總理，實際上是由荒木所促成。當時重臣領袖爲西園寺公爵，首相的產生，首先由西園寺推薦，已成不成文法；當犬養被刺，薩、佐、土系的參謀次長眞崎甚三郎，憲兵司令秦眞次、陸軍省次官小畑敏四郎，及另一次官長州，大分系的小磯國昭，要求荒木向西園寺表達絕對反對政黨內閣的意願。但當西園寺與海軍宿將東鄉元帥，商議首相繼任人選時，東鄉認爲「國本社」領袖平沼騏一郎最適宜；不然，曾任朝鮮總督的資深海軍大將齋藤實亦可，只有薩摩出身的海軍大將山本權兵衛不妥；因爲大正二年山本繼桂太郎組閣時，修改了軍部大臣任用的範圍，不限於現役，預備役的將官亦可起用。這一來限制了軍部的勢力，所以在十幾年後，由山本再次組閣，必遭陸軍強烈反對，釀成風潮，自是不妥。

西園寺當然想維持政黨內閣，難得東鄉提出平沼，再好不過。當即上奏，提出平沼與齋藤、請求選擇；昭和卻只提出七點「希望」作爲抉擇的標準。其中六點，爲「崇高之人格」、「擁護憲法」、「外交應以國際和平爲基礎」等，兩人都能符合要求；只有第四點，也是消極資格上最重要的一點：「接近法西斯者絕對不可。」而平沼的「國本社」，標榜「國粹主義」，其實就是法西斯；因而「大命」降於齋藤實——如果不是荒木有那種強烈的表示，齋藤實不可能成爲首相候選人，亦就不可能成爲首相。即由於這間接拜荒木之賜的一個觀念作崇，使得朝野一致期望於齋藤的「振肅陸海軍軍紀」，竟成定話；荒木成爲明治維新以來最有權力的一個陸軍大臣，他曾向近衛文麿表示：任何人皆可組閣；只要符合軍部的要求。

就荒木本人來說，既然連「國之大老」的西園寺公爵都必須尊重他的意見，足見權力基礎已經穩固，因此大刀闊斧地整理人事，也就是排除異已，除了小磯國昭以外，陸軍重要職位，都爲「佐賀左肩黨」及薩、佐、土系的將校所盤踞；眞崎甚三郎轉任教育總監，而參謀總長則必然傾向於「皇道派」的閑院宮親王。

「皇道派」爲軍方及社會所加諸於「左肩黨」的「美稱」。此派思想源流，出於武士道以及尊王攘夷，自無疑問；而做法上最爲人所詬病的是流血五步的暗殺行動。於是有相對的「統制派」興起。

軍人集會，本爲法所不許，但明治時代的敕令中，規定軍人爲了國防講習而集會，是可以允許的。即由於這個法律上的漏洞，以「佐賀左肩黨」爲嚆矢，接續而起的有「櫻社」，成立於「九一八」之前一年，發起人是參謀本部情報課俄國班班長橋本欣五郎大佐；中國班班長根本博大佐；以及中國課中國班班長長勇中佐等人。成員包括參謀本部、陸軍省、教育總監部、憲兵隊、陸大、士官及駐東京各聯隊中堅幹部九十六人，爲陸軍少壯派的一次大結合；在民間極右翼理論起初以爲只是發動一次溫和的兵諫，未加反對；後來發覺是倒閣自立，形同叛亂，立即展開有效的制止手段，由次官小磯國昭執行。這就是有名的「三月事件」。

櫻社既不得志於國內，乃有「國外先行論」，導致了半年以後的「九一八事變」。但橋本及長勇卻未死心，認爲將官優柔寡斷，要幹還得自己來，聯合陸軍下級軍官的「天劍黨」、海軍的「王師會」，以及民間右翼過激分子，於「九一八」之前一個月，在東京青年館集會，決定暗殺西園寺公爵、內大臣牧野伸顯、首相若槻禮次郎等十幾個要人，及至「九一八事變」一起，橋本及長勇眼見「國外先行論」已著先鞭，大感刺激。長勇尤爲熱中；他本已奉派爲日本駐華武官，居然由北京潛回日本，與橋本策定了「起義」——所謂「蹶起」的計畫，預備發動近衛師團步兵十中隊；機關槍兩中隊；飛機十七架，由長勇指揮突襲出席議閣的全體閣僚；另佔領警視廳，包圍陸軍省及參謀本部，強迫長官；並要求東鄉元帥上奏，由革命將校組織內閣，擁立的首相，即是教育總監荒木貞夫；橋本自任內務大臣，以長勇爲東京憲兵司令；內閣要職財相及外相，由大川周明及一向與櫻社接近的參謀本部作戰部部長建川美次少將擔任，預定發動的日期爲十月二十四日。

結果由於堅決反對此一計畫的根本博、田中清、影佐禎昭的告密，於十月六日深夜由陸相南次郎及次官杉山元下令「拘束」橋本等十二人。處分是等於「禁閉」的所謂「謹愼」；

首謀橋本「謹愼二十日」；其次是長勇，潛行回國，參加叛亂，參謀總長金谷主張處以極刑，而最後只是「謹愼十日」——實際上是給了十天到二十天的第一等供給的特別假期；被「謹愼」在東京近郊的料亭中，有最好的酒饌及最有名的藝妓相伴，帳單由陸軍省無限制照付。

這就是號稱「昭和維新」而胎死腹中的「十月事件」。這樣一件可以動搖國內的大事，結局形同兒戲；尤其是對涉嫌作亂的現役軍人，出以如此異乎尋常的姑息處置，使得日本朝野在驚詫之餘，不免有大惑不解之感。

可想而知的，「參陸」首長必有難言的苦衷；第一、關東軍「三羽烏」魯莽地發動「九一八事變」，備受「輔弼無方」的批評，如果組織軍事法庭，公開審判此案，輿論更將展開嚴厲的攻擊。

其次，「十月事件」的背景極其複雜，倘或認眞追究，各方面都會引起問題，如「王師會」爲海軍少壯軍人預備「改造國家」的組織，主持人藤井齊在此事件中，亦爲要角，一牽連開來，可能會造成海陸軍之間的裂痕。

第三、也是最嚴重的，如不能息事寧人，立刻就會使薩、佐、土系與長州、大分系的衝突表面化。在「十月事件」中，荒木貞夫的態度頗爲曖昧，可想而知的，縱非幕後主使人，亦必定同情，對橋本、長勇應持保護的態度。長州閥的勢力，其時已漸式微；而南次郎與金谷範之出身大分閥，自知力薄，況在各方備致責難聲中，一定鬥不過荒木貞夫，那就只有委屈求全了。

從「十月事件」以後，「皇道派」正式形成；半年之後，乃有「五一五事件」，荒木入閣，大排異己，結束了長州閥主宰陸軍六十年的局面。

不久，爲了對抗「皇道派」，出現了一個「無名會」的組織，發起人一共十個，都是大佐、中佐，爲首的是永田鐵山，其次是東條英機；影佐禎昭亦在其內。

「無名會」的本質與皇道派一樣，都主張擴張軍人勢力，改造國家；但手段上不相同，不贊成用流血造反的辦法；主張集結軍人全體，加以有效的組織，「在一絲不亂的統制下進行」，因而很快地爲人稱作「統制派」。

「統制派」的發展很快，一方面固因在理論上，較皇道派的動輒主張不分青紅皀白的暗殺，來得易於爲人接受；一方面再以因緣時會，在統制派出現不久，作爲皇道派第一首領的荒木貞夫，因病辭職，給了統制派一個絕好的發展機會。

繼荒木而任陸相的是「九一八」時任朝鮮總督的林銑十郎；他是「國外先行論」的巨頭，九一八事變發生時，曾擅自越境出兵援關東軍。可想而知的，他與皇道派處於對立的地

位，但以眞崎的跋扈，對陸軍人事多所干預；因此，林銑就任之初，僅能勉強將永田鐵山一人調任爲軍務局長。

到了這年——昭和九年——民國廿三年八月，陸軍定期調任，林銑在參謀總長閑院宮及軍事參議官渡邊錠太郎的支持之下，開始發動「肅軍」，首當其衝的是陸軍次官柳川平助及憲兵司令秦眞次；下一年的定期調動，更進一步勸告眞崎辭去教育總監。於是，統制派與皇道派的衝突，趨於表面化，先有眞崎辭職不足一月時，「小櫻會」分子相澤三郎中佐，闖入永田鐵山的辦公室，以軍刀斬之於座椅下；接著有昭和十一年——一九三六年震驚日本全國的「二二六事件」。

二月二十六日夜間，大雪紛飛；第一師團的三名大尉，集結下級軍官二十一人，指揮士官近百，兵士千餘，分數路襲擊官署，殺了內大臣齋藤實、藏相高橋足清、教育總監渡邊錠太郎；侍從長鈴木貫太郎，身負重傷。此外列入黑名單的總理大臣岡田啓介、及元老西園寺、牧野伸顯等人，倖免於難。首相官邸、警視廳皆被佔據；皇宮及重要官署所在地的麴町區，斷絕交通，一時引起了極大的恐慌；連天皇的安危，都成了問題。

到了清晨五時，事態明朗化了，首謀之大尉香田清貞、村中孝次、磯部淺一與川島陸相會面，在朗誦《蹶起意趣書》後，提出要求，主要內容爲三項：一是即刻逮捕南次郎、宇垣一成、小磯國昭、建川美治等將領，並免除根本博、武藤章等人的官職；二是任命荒木爲關東軍司令官；三是「陸相即以本事件導致『昭和維新』的實現」——暗示將擁護眞崎組織軍政府。後來又追加要求三項，希望由眞崎大將、山下奉文少將出面「洽商收拾之策」。皇道派的眞面目，至此暴露無遺。

眞相一露，這些盲目衝動的下級軍官的命運也就決定了。情勢是非常明白的，千把軍人要想造反，無異以卵擊石；除非他們有昭和天皇爲人質，還可以談一談條件，否則，任何荒謬的要求，都等於夢囈。

官方逐漸加強的壓力，可從報上對他們的稱呼的變化看得出來，「蹶起部隊」一變爲「佔據部隊」；再變爲「騷擾部隊」；最後稱之爲「叛亂部隊」。其時爲二月二十八日，陸軍用「天皇命令」著官兵歸隊；「叛亂部隊」並無反應，到了第二天清晨，東京警備司令香椎中將廣播，將採取鎭壓，但願意給他們一個最後機會，同時用飛機散傳單及無線電喊話的方式，一遍一遍催促。僵持到下午二時，叛軍終於放下武器，負責領導的軍官，至陸相官邸自首就縛。

四天之後，奉敕爲特別組織的軍事法庭，判處村中，磯部等十五人死刑，一審終結，旋即執行。眞崎甚三郎雖未牽涉在內，但皇道派是整個完蛋了。

為皇道派「殉葬」的是岡田啓介內閣。皇道派反對政黨內閣，所以此派一垮，雖未完全恢復政黨政治，但文人已可組閣；先屬意於近衛，以健康不勝，懇辭不就；因而「大命」降於岡田內閣的外相廣田弘毅。

出人意料的是，皇道派雖垮，而統制派之干預內閣，較之皇道派變本而加厲。寺內壽一大將為軍部推薦為陸相後，立即偕統制派主幹，軍務局軍事課長武藤章到組閣本部，宣讀一項文件，表達軍部的希望是：「肅軍自屬急務，惟望政治家亦應自肅自戒以協力。」接著，由寺內提示條件，在廣田預定的閣僚中，有五個人遭到反對，包括牧野伸顯的女婿吉田茂；以及有日本「飛機大王」之稱的中島知久平等。

因為平時統制派已決定與納粹德國相勾結，隱隱就已走上反英美的路線，而吉田茂是有名的英美派；中島則與美國工業家有密切關係之故。

廣田屈服在軍部的壓力之下，兩大政黨「政友會」、「民政黨」，各限二人入閣，而且不佔大藏、外務、內務等重要職位。

此外，又修訂了內閣官制，陸相、海相仍限於在現役將官中任命；也就是推翻了大正二年山本內閣的一次大改革。自此以後，內閣的命脈便掌握在軍部手中；倘或不同意首相的人選，可用拒絕推薦海陸相的手段作為抵制，組閣者即無法就預備役中去物色人選；同樣地，如果要倒閣，授意海相或陸相辭職，然後拒絕推薦繼任人選，亦可逼垮內閣。

對於皇道派來說，除非放棄本身的主張投向統制派，就永遠不能再期望擔任陸相及其他重要軍職。因爲陸相既非現役將官莫屬，即非內閣中「現役之長官」推薦不可，這樣統制派就一直可以把持陸相的位置，永不許皇道派染指。

爲統制派的理論逐漸形成；日本陸軍傾向與納粹合作的跡象，日漸明顯之際，東京有好些比較具有民主思想的政壇巨頭，惄然心憂，其中之一就是近衛文嘅。

身材頎長，風度翩翩，可與英國外相艾登媲美的近衛，是日本除了皇室以外，第一號的貴族。「五一五事件」以後，他一直在鎌倉新建的別墅中養病，其時中國駐日大使蔣作賓亦因高血壓，在附近的長谷修養；蔣作賓的秘書丁紹仍，跟近衛是東京第一高等學校的同學，以此淵源，常相過從，每個月至少有一次，留宿於鎌倉山中近衛的別墅，促膝長談，對於統制派的漸漸得勢，同感憂慮。

因爲皇道派爲荒木大將，小畑中將都在帝俄時代當過駐俄武官，目擊蘇聯革命的經過，對於共產主義的活動，格外關心，視積極警戒日本赤化爲最大的任務，所以對內標榜「防止赤化、維護國體」，振興日本主義及武士道精神爲思想中心，對外則全力防蘇，凡進兵中國，以及海軍的南進政策等等，都表示反對。而統制派則恰好相反，一意主張對外擴張，有所謂

「中國派」以侵華為目標；有「南方派」提倡向東南亞發展。對於蘇聯希望彼此妥協；所持的是消極的態度。

於是，有一天蔣作賓正式提議，日本應與蔣委員長攜手，徹底解決中日問題。

他說：「日本軍閥一向利用中國軍閥，相互牽制；自以為『以華制華』，阻撓中國統一是最聰明的辦法；其實大錯特錯。

事實證明，中國在蔣委員長領導之下，已經走上統一之途了。因此，日本對中國問題，應以國民黨為中心來考慮；向來日本專門打擊國民黨的政策，是根本錯誤。倘或繼續不變，中國的容忍有其限度；超過此一限度的後果，嚴重異常。

嚴重到甚麼程度呢？嚴重到中日兩國同歸於盡；其實是日本自取滅亡——但說得太率直，會引起對方的反感，於事無補，所以用「同歸於盡」的說法。

蔣作賓的分析是：一到中國無法容忍時，將不惜一切，起而抗戰。日本軍閥打算以武力征服中國，是對中國毫無認識的夢想。中國的戰略思想家看得很清楚，日軍不來則已；一來先拖住了再說。因為日本勞師遠征，利於速決，如果以「空間換取時間」，曠日持久，一方面日本吃不消，另一方面英美一定會幫助中國，因此擴大而為世界大戰，中日兩國「同歸於盡」，亞洲將為英美所支配。

蔣作賓的這番分析與建議，自然是事先獲得政府許可的，由於理論的本身說服力很強，近衛表示衷心贊同。蔣作賓又跟一向支持中國革命的頭山滿、秋山定輔談過，大致亦表示贊成。因此，一項《中日和平草案》，漸次成形；蔣作賓在民國二十四年，即一九三五年夏天，專程回國，在重慶謁見正在指揮西南「剿匪」軍事的蔣委員長；為了整個亞洲和平著想，與日本的政治家合作，阻遏軍閥的橫行，中國政府決作一次最大的讓步；對於東北問題，暫置不問。

於是丁紹伋攜著包括四點在平等互惠的基礎上，謀求中日長期合作的方案，遄返日本，一到東京卻驅車訪晤正在輕井避暑的近衛。南定的步驟是，由中國大使館將此案提出於日本政府；近衛從旁協助，克底於成。

當時的外相是廣田弘毅，他跟他的外務省同僚，亦都贊成這個方案；但幾天以後近衛去催問結果時，廣田告訴他，軍部反對此案；要求中國政府承認「滿洲國」偽組織。這是怎麼樣也辦不到的事。近衛大為失望，丁紹伋亦復如此；不過他並未死心，向近衛辭行時，作了約定，如果日本方面願意根據此一方案重開談判時，可派聯絡人員到中國。同時也提出了兩個已經徵得同意的聯絡人，一老一少，年長的是秋山定輔；年輕的是中山先生老友，「三十三年落花夢」作者「白浪滔天」家的第二代宮崎龍介。

及至一九三七年近衛組閣，不及一月，「蘆溝橋事變」爆發，事先不但作爲內閣總理大臣的近衛一無所聞，就是陸軍省對整個情況亦不甚瞭解。派遣在中國的陸軍將領，不但早已視「將在外，君命有所不受」爲必然之理；甚至以爲軍部的命令亦可不理。

8 禍溯從頭

日本軍部亟謀拔出泥淖的回顧。

近衛當然不主張「事變」擴大；記起了紹仞辭行時所作的約定，認爲除卻他跟蔣主席促膝深談以外，別無防止擴大之法。於是先向宮崎及秋山聯絡；再徵得陸相杉山元大將的同意，決定派宮崎到南京聯絡。哪知在神戶上船之前，宮崎爲憲兵所扣押。同時秋山亦在東京被捕，罪名是有間諜嫌疑。幾經交涉，軍部同意釋放，但並未履行同意；事隔一周，「事變」已擴大至不可收拾的地步——軍部欺騙了他們的首相，有意扼殺近衛謀與蔣委員長直接深談的可能性。

到得中國在蔣委員長領導之下，奮起抗戰，明白昭示，犧牲已到最後關頭，唯有與敵人周旋到底時，近衛內閣卻還拿不出確定的方針，因爲內閣受軍部的影響；而軍部在擔當中國

戰場主要責任的陸軍方面，卻有擴大派與不擴大派的尖銳對立。是故近衛雖在閣議中聲明了不擴大的方針，而事實上「蘆溝橋事變」已無法作為「地方事件」就地解決。即使陸軍一致不同意擴大，要收束局勢亦起棘手；更何況意見紛歧，無法下達明確的指令，唯有任令在中國的陸軍將領，任意胡為，以致瀕於無法收拾的惡劣態勢。

陸軍的擴大派，大致在陸軍省；由杉山陸相及梅津次官主持，此外朝鮮總督南次郎及朝鮮軍司令官小磯國昭，亦為擴大派的巨頭。

至於不擴大派，則為參謀本部掌實權的人物，以多田參謀次長為首。最不可思議的是，發動「九一八事變」的侵華急先鋒，屬於統制派的石原莞爾及板垣征四郎，竟為不擴大派的健將。石原其時擔任參謀本部作戰部部長，協助次長多田駿與陸相杉山元展開激烈的爭論；到得「事變」第二年的六月，杉山元垮台，由板垣征四郎接任陸相，即為多田與石原的策畫。

何以石原與板垣不主張擴大？那是因為他們對中國的情況，比在東京的陸軍將領，瞭解得多，深知蔣委員長的地位及威望，與「九一八」時代已大不相同；號召力在整個中國大陸，無遠弗屆，無微不達。

同時，他們在關東軍服務多年，深知日本真正的心腹大敵是俄國。中日兩敗俱傷，得利的漁翁在莫斯科，所以極力主張不擴大，保存國力，對付蘇俄。但多田、石原、板垣雖居陸軍的要津，卻非統制派的領袖；論資望足以與杉山、梅津、小磯以及松井石根之流相匹的荒木貞夫、宇垣一成，因爲不是現役，無法擔任陸相或參謀總長；儘管近衛邀宇垣擔任外相，荒木擔任文相，但以無法約束現役的陸軍將校之故，所以不擴大派的主張，到頭來終於犧牲在以統制派爲主的擴大野心之中。

更糟糕的是，不擴大派的板垣，從入閣以後，暗中受了統制派的遊說，言行一變，破壞了石原構想爲主的「宇垣工作」——一條雙管齊下的結束中日戰爭的路線。

在「蘆溝橋事變」發生半年以後，日本不但未能如杉山向昭和保證的，可以三個月以內結束戰爭；而且投入中國戰場的總兵力，已超過預定限度的三分之二。日本軍部所擬定的戰略指導原則是，全部陸軍五十個師團，以十五個動用於中國戰場；其餘三十五個師團，用來防俄；而至一九三八年初，日軍在南京方面有十四個師團，華北十個師團，山西一個師團，恰爲總兵力的一半；而且情勢顯示，尚須增兵。石原與板垣在中國的陰謀活動，一向撿便宜慣了的，認爲這樣打仗法，即令戰勝，亦將大喪元氣；所以必須改弦易轍；由力戰改爲智取。板垣之入閣，象徵著謀略戰的開始。

影佐禎昭之脫穎而出，即在此時；他擔任陸軍參謀本部第八課課長，主管的就是謀略工作。

在石原莞爾的指導之下，開始挽救由第一次近衛聲明：「不以國民政府爲對手」，及德國駐華大使陶德曼調停中日停戰失敗所造成的僵局。

第一個行動是利用「滿鐵」駐南京事務所主任西義顯與外交部亞洲司日本科科長董道寧的同學關係，試探和平。當時軍事委員會對敵情報工作的原則是，不放棄任何可以探索敵人眞相的機會，所以董道寧被允許可以秘密赴日。

一九三八年二月，董道寧到了南京，與影佐見面，影佐表示，當近衛發表「不以國民政府爲對手」的聲明時，他曾強烈反對，且一度想懇求參謀次長多田，直接向日皇陳述，中止發布此一聲明，這話不知眞僞，但董道寧在日本逗留兩周回國時，影佐託他帶了兩封親筆信給行政院副院長張羣。軍政部長何應欽，這卻是一個足以爲他自己帶來殺身之禍的不平凡的舉動。

於是四月初，高宗武與西義顯在香港會談，提出了中國方面的和平條件。當然，這是以謀略對謀略，虛與委蛇，藉此一則多瞭解敵人的意向；二則爲緩兵之計，但日本方面卻很認眞；石原打算由這條路線，逐步進行，修正近衛自己所承認的，平生所犯的最大的錯誤，發布了那個國際慣例所僅見的聲明。

那知，四月六日台兒莊大捷，日本第十、第五兩個師團被擊潰，傷亡三萬人之多。東京軍部大受刺激，封閉了西義顯的這條路線。

於是接下來便有「宇垣工作」；而以近衛內閣逐漸改組，杉山「退陣」、板垣登場，及宇垣任外相、荒木任文相爲「宇垣工作」的開始。

當時日軍已打到徐州，下一個目標是開封與鄭州，奪得平漢、隴海兩路交叉點的中原要衝，循平漢線長驅南下，直達武漢三鎮，打一個大勝仗以後，談和更爲有利。那知國軍已準備了一個根據中國最古老的戰略而設計的陷阱，等在那裡了。

六月上旬，日軍攻陷開封；它的機械化部隊正計畫一鼓作氣，直下武漢時，開封、鄭州間的花園口決堤，黃河橫決，滾滾南下，淹沒了河南省東南的大平原，以及淮河以北的地區，浸水地區約一公尺，農民還可以步行往來；中國政府當然也有必要的賑濟行動。而日軍的災情慘重，百倍於當地的中國百姓；他們的車輛、大炮、坦克，皆盡陷於泥沼，動彈不得，不但阻遏了日軍對武漢的攻勢，而且逼迫日軍修改作戰計畫，並改組華中的戰鬥序列。

這對剛剛開始的「宇垣工作」，雖說是兜頭一盆冷水；但也有好處，那就是正好配合宇垣的「低姿勢」，在六月十七日，他就任外相後所舉行的第一次外國記者招待會中，公開修正了第一次近衛聲明，說「大局根本變動時，可以重新考慮日本的態度。」在此以前，中國政府已獲得情報，宇垣就任外相有四個條件：加強內閣統一；對華外交一元化；迅速決定和平方

針；不拘泥於「不以國民政府爲對手」的聲明；近衛完全接受。因此，本乎謀略戰的原則，中國國防會議秘書長張羣，以私人身分向宇垣發了一個賀電，宇垣覆電道謝，並建議可否請行政院院長孔祥熙到日本商談謀和的可能性？及至六月十七日的公開聲明，無異進一步表明求和的誠意；於是，十天以後，孔祥熙的代表喬輔之首先在香港與日本總領事中村豐一會談，爲孔祥熙赴日的行程作安排。

當然喬輔之首先要探明的是，日本方面的條件；喬輔之問：「日本是不是會要求蔣委員長下野？」

中村無法回答這個問題；急電外務省請示。宇垣親自擬了覆電，明確指示：「以蔣介石下野爲條件。」外務省東亞局長石射立即提出警告：倘或如此，和談一開始就不必希望有結果。

宇垣的答覆是：「最後並不以蔣介石下野爲條件；但目前日本朝野反蔣的空氣很濃厚，所以不能不在一開始作一個姿態。」

事實上是很清楚的，蔣委員長已成爲中國唯一的領袖，不論和戰，都非他主持不可。但石原莞爾所策畫的謀略戰以暫時「倒蔣」爲整個謀略的核心；其中包含著亦和亦戰，對內對外的重重陰謀：

第一、如果蔣委員長「下野」，中國再無第二個人能領導抗戰；那時中國戰場將形成一片混亂，日軍在華中、華北、華南、河東及山西各個戰場，發動全面攻勢；或許杉山元所作「三個月內結束戰爭」的狂妄大言竟得實現。這也就是統制派甘於退讓，容一個長於設計，一個重在實行的石原與板垣這一對搭檔，來試一試的主要原因。

第二、即或不能達成使中國訂立「城下之盟」式的「和約」；但打一個大勝仗，不會成問題，「和平」亦一定可以實現。

第三、軍部雖知數十萬陸軍陷入中國戰場這個大泥淖的危險；但下級軍官至士兵，以及民間爲數眾多的狂熱右派分子，對戰略上的嚴重危機，不會瞭解，只看到「皇軍」節節進展，會反對談和。鑒於日俄戰後，訂立《樸資茅斯條約》引起民間大暴動的往事，就必須在「反蔣的感情」上，使大家有所發洩，才能接受與中國談和這一決定。

因此，以宇垣出任外相，決非偶然，而是出於精心的設計；因爲宇垣以「倒蔣」出名，但其他中國政府的要人，則頗多爲宇垣的舊識。是故，打出宇垣這張牌，在一般的感覺上，便有「日支終必和平；但蔣介石不會再成爲中國領袖」的印象。

石原的謀略最深刻之處，便在不獨要造成日本人有此印象；同時要使中國的政府，亦能產生這樣的誤解——汪精衛、周佛海便是有此誤解，怦怦心動，鑽入石原的圈套，旋即省悟，而悔之已晚的人。

至於石原謀略的具體手段，是建立一個「內閣中的內閣」，由首相及陸、海、外務、大藏四大臣，組織「五相會議」，作爲「最高國策研討機關」，六月十日成立，在一個半月中開了四次會議，制訂了「今後支那事件指導方針」；「因應時間的對支謀略」；「支那政權內面指導大綱」三個文件。

「指導方針」是「集中國力於一九三八年內達成戰爭目的」。如何「達成」，就要看「對支謀略」了。

「謀略」的核心，即是使中國「中央政府崩壞，蔣介石下台」。主要的手段一共六項；尤其重要的三項是：起用「支那一流人物」，釀成「新中央政權」的機運；利用並操縱「反蔣實力派」，在敵中樹立「反蔣、反共、反戰政府」；促使中國法幣制度崩潰，取得中國在外財產，從財政上去徹底擊敗中國。

至於第三個文件，所謂「支那政權」是指日本炮製的「新中央政權」而言；既有「內面指導」，則此「新中央政權」必成傀儡，自不待言。

不過宇垣雖建議請孔祥熙赴日本會談，但以孔祥熙對國家的紀錄，及與蔣委員長的親密關係，絕不可能期望他能爲「新中央政權」的領導者；而且亦難望與孔祥熙的談判中，獲致如何有利於日本的和平條件。因此，雖然喬輔之與中村豐一第二次在香港會談，大致已達成可由孔祥熙前往長期談判的結論；但板垣一變初衷，認爲這樣的談判，並無好處，便趁近衛請假休養的機會，利用「帷幄上奏權」，謁見昭和後，接見外國記者，發表「倒蔣」的聲明，接著進一步表明了強硬的態度，明白反對宇垣的外交方針。石原的謀略，遭到嚴重的挫折；同時這對策動「九一八事變」的親密搭檔，亦就此分道揚鑣了。

促使板垣態度變化的另一主要原因是，他們找到了一個「支那一流人物」，就是汪精衛。他早就在唱「低調」了；當「宇垣工作」剛開始時，想去說服蔣委員長，放棄「抗戰到底」的決心——那天蔣委員長因爲重感冒，必須臥床休息，便在病榻前面，接見汪精衛。

慰問了病況以後，汪精衛有片刻的沉默。他一向以長於詞令見稱，在這樣的情況下，出現冷場的局面，當然是有一句非常重要而難於措詞的話在考慮。蔣委員長雖在發高燒，卻是神智湛明；見此光景，便從床頭櫃上拿起一杯白開水，喝一大口，舒口氣說：「如果我們接受了日本的和平條件，將來喝口水都不會有自由。」

汪精衛默默不答；敷衍了一會，告辭離去；他已知道蔣委員長的決心是決不可動搖的，與日本談和的話，不必再提。但日本方面積極「引誘」的手段，終不免使他「春心蕩漾」了。

就在板垣發表強硬聲明，亦就是「蘆溝橋事變」將屆周年的前兩天，近衛銷假視事；同時昭和分別召見了板垣、宇垣、近衛及參謀總長閑院宮親王，決定了扶植汪精衛的路線。其時高宗武已私下到了橫濱；由於扶植汪精衛的路線已經確定，所以高宗武才得由影佐禎昭的引見，與近衛及板垣會談。他要求近衛親筆寫一封「日本政府願以汪精衛爲和平運動中心」的保證函；這是國際交涉慣例絕不容許的事，結果改由陸相板垣出了這樣的一封信。

但高宗武這條路線，還是表面的；另外有條秘密路線，由石原親自領導，出面執行的則是參謀本部情報課的中國班長今井武夫中佐，早在宇垣、板垣未入閣前的四月間，便跟汪系的梅思平，在香港作了秘密接觸，那是典型的特務政治，一切表面文章都不必談，赤裸裸地提出「各盡所能，各取所需」的「合作」計畫。但梅思平知道汪精衛多少還有點「頭巾氣」，所以他跟今井武夫接觸的結果，報知汪精衛的只是比較冠冕堂皇的一部分；眞正的秘密，只有陳璧君一個人知道。

當然，日本方面希望高宗武這條路線能夠成功，也就是一反近衛的第一次聲明，以蔣委員長爲對手，談成「中日和平」。但一方面鑒於蔣委員長的意志堅決；另一方面發覺高宗武並不如梅思平那樣純粹以擁汪爲目的，而他另有他的一套想法，希望以汪精衛爲過渡，影響蔣委員長，改變政策，願意談和，所以起初雖是擅自行動，未經政府許可，秘密赴日，但回國以後，整理出《東渡日記》、《在東會談紀錄》、《個人觀感》三個文件，函呈駐節漢口的蔣委員長，並特別陳明：「倘有可供鈞座參考之處，則或可贖職擅越之罪於萬一。」在日本軍部看來，高宗武便是相當危險的人物，因爲跟汪精衛的秘密交涉，蔣委員長都會知道；從此對高宗武起了戒心，同時也決定了加緊利用秘密路線的原則。

由於對這條秘密路線，深具用心，因而以統制派爲主的對華事變擴大派，採取了兩項重大行動：對外，是加速進行對武漢的攻擊，由東久邇稔彥中將的第二軍，及岡村寧次的第一軍，配合海軍第三艦隊，分兩路進攻，水路十一軍自安徽入江西，在九江突擊登陸；陸路由第二軍自大別山北側，直指漢口。

對內，則是展開倒宇垣運動；主要的手段是要來設置「對支院」，統一處理所有關於中國的政治、經濟、文化等問題；換句話說，是陸軍要從外務省中奪取對中國部分的職權。

這是個老問題。外交職權之被分割，是一件絕對無法容忍的事，宇垣的前任廣田弘毅，就因爲這個問題之不能解決而掛冠求去；宇垣被邀入閣時，所提的四項條件，第二項「對華外交一元化」，亦即爲針對此問題而發。現在陸軍舊事重提，而且態度堅決，明明是反對「宇垣工作」的強烈表示；宇垣作了一些讓步，提出「對支院」的職權只限於日軍佔領地區，但陸軍堅持如故，近衛亦有屈服在軍部壓力之下的明顯趨向。這一來，宇垣就不能不辭職；其

時爲九月二十九日。

兩天以後，日本閣議通過設立「對支院」；後來改名「興亞院」，直屬於首相，兼任總裁，而實權操諸「總務長官」，直接受軍部的指揮。第一任總務長官是統制派的要角，指揮金山衛登陸的柳嶺平助中將。

由宇垣的垮台，明白表示日本陸軍決意貫徹今井——梅思平——陳璧君之間的那條「秘密路線」；三星期以後，梅思平由香港飛重慶，告訴汪精衛說：「日本希望汪先生脫離重慶，吊組新政府，談判和平條件。」於是汪精衛召集周佛海、陳公博密議；由於武漢恰好在此時淪陷，所以議而不決。但最後是由陳璧君作了決定，接受日本的意向。於是對華陰謀的「秘密」、「公開」兩條路線合流了。十一月初，近衛發表第二次聲明，「倘國民政府放棄抗日政策，參加東亞新秩序，日本並不拒絕」。修正了第一次「不以國民政府爲對手」的聲明；作爲汪精衛得以發起「和平運動」的憑藉。

很快地汪精衛表示「應該根據日本政府的聲明，和日方開始和平談判」。

事實上秘密會談已經開始，代表秘密路線的是今井和梅思平；代表公開路線的是影佐和高宗武。會談的地點是上海虹口公園附近，後來成爲土肥原住宅的「重光堂」；日子是十一月十九、二十日。

9

長沙浩劫

「兩大方案一把火；三顆人頭萬古冤。」

不爭氣的就在一個星期以前，長沙發生大火——是湖南省主席張治中的主意，如果日軍進攻，採取「焦土戰術」，燒光長沙再撤退。根據計畫，將士兵編成了三人一組的無數「放火隊」，如見市內起火，一齊對重要目標動手。十一月十二日那天，南門外傷兵醫院失火，「放火隊」以為是信號到了，紛紛縱火，事先既無疏導措施，軍警之間的聯繫又不夠；大火燒到天亮，長沙成了一座空城。

四天以後蔣委員長由設在南嶽的統帥部，到長沙慰問居民，目擊心傷，忍不住墮淚；想設一個茶會招待留在長沙的外僑，哪知道連茶葉都買不到。

當然，這件案子是非嚴辦不可的。長沙警備司令，「復興社」的中堅分子酆悌；警備第

二團團長徐昆；湖南省會警察局長文重孚，判處死刑。張治中卻不知是何神通，竟得無事。於是出現了抗戰期中最有名的一副嵌上「張治中」三字的諧聯：「治積何存？兩大方案一把火；中心安忍！三顆人頭萬古冤。」橫額是：「張皇失措」。

長沙大火案，在當時對民心士氣的打擊，確是很大，有不少人的內心中，因此而有一個問號，這樣愚蠢不負責任的將領帶兵，能打勝仗嗎？尤其是爲此案而特組的高等軍法審判庭，「三堂會審」以後，對罪魁禍首的張治中，僅不過由政府方面予以「革職留任，責成善後」的行政處分，令人誤以爲原來軍法中也有「刑不上大夫」的觀念，興起無限的悲憤與失望。

當然，除了延安趁此機會作了振振有詞的煽動以外，汪精衛亦資以爲口實，大作文章，字裡行間頗有這樣一種意味：「你們看，照這樣的情形，還能打；還不該談和嗎？」這種語氣，自然是能打動人心的；問題是，即使沒有長沙大火案，汪精衛在陳璧君的全力主張之下，脫離重慶另組日本所希望的「新中央政權」，亦已成爲定局。

成爲「定局」的日子，可以定爲十一月三十日——重光堂會談以後，雙方人馬，各奔前程，梅思平、高宗武及情報司的科長，擔任正式通譯的周隆庠經香港飛往重慶；影佐禎昭及今井武夫，則逕返東京，帶去三個書面文件；一個口頭協議。

三個文件以《日華協議紀錄》爲主，日本方面所希望的締結「日華防共協定」；承認「滿洲國」；以及承認在「經濟提攜」方面，日本有優先權等等，都包括在內。唯一可使「新中央政權」自炫爲成就的「日本於兩年以內撤兵」這一條，軍部一看就把它塗掉了。

口頭協議是由紙上作業化爲具體行動的步驟，首先是日汪雙方認可《日華協議紀錄》；然後，汪精衛於十二月五日前後發表離開重慶，到達昆明，此時日本政府應該發表一個聲明，汪精衛緊接著通電響應，與國民政府斷絕關係，並要求國民支持他的「和平運動」。此外還帶回去一個樂觀的估計，在中國的黨政要人中，極可能還有幾個人，追隨汪精衛的行動；包括雲南省政府主席龍雲在內。

這些文件與協議，經過軍部及內閣五相會議研究以後，作成一個《日支關係調整方針》的文件，提經十一月三十日所召開的御前會議裁定，立即就進入行動階段了。

在汪精衛這方面，十二月二日由高宗武通知東京，汪精衛已承認《上海協定》——《日華協議紀錄》；預定十二月十日到達昆明，隨即取道河內，轉飛香港。過了四、五天，又派周隆庠到香港跟西義顯接頭，說汪精衛可能由昆明直飛香港；也可能一到香港就會要求日本予以「政治庇護」。現任日本駐港總領事中村豐一，不太熟識；希望能在十二月十日以前，調派熟悉中國情況，並爲汪精衛所相熟的，外務省調查部長田尻愛義，接替中村豐一。

當時繼宇垣一成爲外相的是，曾任駐華公使而昇格爲大使的有田八郎。他對這個西義顯轉過來的要求，相當興奮，親自安排將在休養中的田尻愛義自河原溫泉召回東京，由陸軍派專機飛往廣州；換乘炮艦於十二月十日到達香港履新。但是，汪精衛卻還留在重慶。

原來汪精衛從重慶脫走，有個先決條件，就是必須在蔣委員長不在重慶的時候；當時根據「南嶽軍事會議」的決定，開始部署第二時期的抗日戰爭。蔣委員長認爲日軍利於速戰速決，現在經過中國十八個月的堅忍不屈，敵人「驅兵深入」，到了孫子所謂「鈍兵挫銳，屈力殫貨」的地步；上駟亦成下駟。加以日軍進入長江上游地區，進入孫子兵法中所說的「掛形」與「險刑」之地，正是依照我們預定的戰略，陷敵軍於困境而莫能自拔的地位。

今後一方面要誘敵深入，相機殲滅；一方面更要在敵後展開大規模的游擊活動。因此，他在南嶽軍事會議結束後，即由衡陽轉桂林，指揮設置行營。策畫華南的抗日戰爭，預計總要十二月十日以後，才能回到重慶；哪知蔣委員長由於桂林的工作順利，十二月七日飛回重慶。這一下，自然是將汪精衛鎮懾住了。

接到汪精衛延期脫出重慶的報告，近衛大感狼狽。因爲這件事已經上奏昭和；同時爲了配合汪精衛的行動，而又要掩飾預先勾結的痕跡，近衛預定發表的第三次聲明，不經由記者招待會，而用在「大阪公會堂」發表演說的方式去透露。由於汪精衛的臨事中變，對於昭和無法交代；「大阪公會堂」的演說亦無法發表，迫不得已只好裝病，取消大阪之行。同時託宮內省大臣松平恆雄，向日皇作了解釋。

這只是應付了眼前的窘境，對於汪精衛究竟能不能如雙方約定那樣，順利展開行動？近衛深恐受騙；有田的信心亦大爲動搖。這件事，在日本高層政治圈內，知道的人並不算少；如果鬧出一場笑話，不僅顏面有關，而且極可能爆發倒閣的風潮；所以近衛在那幾天，眞有食不甘味之感。在重慶，蔣委員長召集黨政兩方面重要人士，重申「我不言和則日本決不能亡我」的看法，也昭示了「自力更生、獨立奮鬥」的決心。在這次重要的會議中，汪精衛不敢公然談和，不過他的詞令一向很巧妙，意在言外而見仁見智可作多樣解釋；他說：「敵國的困難，在如何結束戰爭；我國的困難，在如何支持戰爭。」意思是，如果我國肯結束戰爭，困難即可解除；同時由於這也是解除日本的困難，因而可以爭取到比較有利的條件。但從另一方面看，亦可說只要我國能設法支持戰爭，則日本的困難即無法解除，終必拖垮敵人而後已。由於這撲朔迷離、莫衷一是的兩句話，更使得日本外務省的「專家」，大起警惕，認爲汪精衛可能是跟蔣委員長在「唱雙簧」，愚弄日本，行一條緩兵之計。

到了十二月十四日，近衛接到通知，汪精衛決定在十八日那天，脫出重慶；據說，這一次一定不會變卦了。

決定十二月十八日這個日子，是不難理解的，第一、蔣委員長定在這一天飛到西安去主持軍事會議；第二、正好是星期日，利用各機關休假，聯繫一定不夠迅速周密的空隙，利用脫逃。所以汪精衛不但通知了日本，而且特派一名副官到成都，通知新任四川省黨部主任委員陳公博，務必於十八日趕到昆明。

* * *

十二月十七日星期六，汪精衛親自打電話給交通部次長彭學沛，要他預留幾個最近飛往昆明客機的座位，彭學沛的政治背景，本就屬於汪系，自然唯唯稱是；立刻通知歐亞公司照辦，而且將機票送到了汪公館。但第二天得到消息，西安方面天氣不好，蔣委員長決定延期兩天飛西安。

這個意外的變化，爲汪精衛帶來了極大的難題；他跟陳璧君、曾仲鳴關起門來反覆商量，終於決定冒險也得走！因爲事機非常緊迫了，如果他打電話給彭學沛預留機位一事；或者陳公博如約逕飛昆明；或者日本方面有何配合的行動，在在可使密謀敗露。而且，再一次失信於東京，整個計畫也就完蛋了。

於是，他以第二天成都中央軍校總理紀念週要作演講爲藉口，在班機起飛之前三分鐘，到達機場，除了汪精衛，只有陳璧君與曾仲鳴；行李亦很簡單。汽車直接開到機艙門口，昂然登機——當時爲防敵機襲擊，政府所預定的客位，是何人使用，照例保密，連航空公司都不知道，派在機場的保密人員，一看是汪精衛，自然也不敢阻止。就這樣輕易地飛到了昆明。

哪知到了昆明，一下飛機，便知不妙。原來當陳璧君決定接受日本的意願以後，便隻身飛往昆明去活動；由於昆明與法屬安南接界，所以雲南的法國留學生很多。而雲南的主政者，不論是誰，在國際關係上，幾乎毫無例外地，傾向法國。這樣，龍雲以次的雲南有力分子，在政治路線上接近曾久居法國的汪精衛，是毫不足奇的事。

活動的結果，十分順利；汪精衛兩次的行期，都曾預先通知龍雲。只要他一到昆明，龍雲立即發表「反蔣擁汪」的通電；而且估計第四戰區司令長官張發奎，亦極可能響應。但就在第一次沒有走成，到第二次終於走成的十天之間，龍雲經過仔細算計，認爲追隨汪精衛行動，是件「前程有限，後患無窮」的傻事。尤其是日本的「興亞院」於十二月十六日正式成立，充分顯示了日本軍閥以殖民地看待淪陷區；倘或日本眞的想求和，根本不必有此一舉。

龍雲的變卦，當然不必預先告知汪精衛；同時，汪精衛的自重慶脫出的時機，以蔣委員長何時出巡而定，既然西安之行，延期兩天，在龍雲看，汪精衛就絕不敢悄然潛行，所以根本未到機場去迎接。

這一來使得陳璧君大爲緊張！以汪精衛的地位到達昆明，竟冷冷清清地沒有地方要員去接機；再遲鈍的人也會在心裡浮起一個問號，這是怎麼回事？

幸而雲南省政府經常派得有交際人員，在機場送往迎來；一見這位不速之客，上前致禮，一面打電話報告龍雲；一面派一輛汽車將汪精衛一行三人，接到賓館。剛剛坐定，龍雲派了代表來了。

代表是龍雲同父異母的弟弟盧漢。首先爲龍雲致歉，說是因爲抱病，未能到機場迎接；然後代達了龍雲的意思；汪精衛最好趕緊回重慶！

汪精衛夫婦一愣；然後表示，希望跟龍雲見一次面。盧漢以醫生叮囑，必須絕對靜養作爲託詞，婉言謝絕了汪精衛的要求。同時暗示，對於汪精衛一行的安全，恐怕很難負責。

這一來，汪精衛陷入進退維谷的窘境；最使人擔心的是，陳公博竟然未到。不過，汪精衛夫婦深知龍雲還不致於出賣他們；只是昆明爲當時唯一的「國門」，中央情報人員在昆明的很多，時間稍久，紙包不住火，等軍統或者中統的人一登門拜訪，事情就糟不可言了。

因此，汪精衛作了一個決定，儘快離開昆明；目的地當然是河內。好在用曾仲鳴的名義，有六筆款子存在法國銀行；到得河內，即或一時跟日本方面接不上頭，潛隱個一年半載，生活亦不成問題。

於是十二月十九晚上，汪精衛夫婦及曾仲鳴，悄然踏上滇越路的火車；當然，這是獲得龍雲暗中協助的。第二天，蔣委員長專機飛西安；陳公博先因氣候不好，未能成行，這天也趕到了昆明，但已失去了最後挽留汪精衛的機會。

也就是這一天，重慶才漸漸傳出消息，說汪精衛夫婦已秘密離開重慶，行蹤不明；汪系的政要，奔走相告，黯然失色，但連最接近汪精衛的甘乃光都莫測高深，推測是爲了共產黨問題，跟蔣委員長發生意見上的衝突。

交通部次長彭學沛，當然知道汪精衛是去了昆明，但目的何在；今後動向如何，他亦莫名其妙。

再下一天，十二月廿一日，美專校街十七號汪公館常客中，關係尤其密切的少數人，終於獲得了比較確實的消息；汪精衛的侄子汪彥慈，分別用電話把他們約了去，說汪精衛是在昆明；汪公館的人都走了，他第二天將接踵而去。至於汪精衛出走的原因，他的看法跟甘乃光一樣。此外重慶行營秘書羅君強，更特別強調這一點，他說：「蔣先生最近要寫一起有關國民黨根本理論的文章，主張民生主義就是共產主義，請汪先生執筆。汪先生不肯，這就是兩人意見參商的一例。」事實上這是羅君強造謠放煙幕；他當然知道汪精衛的出走，並非由於反共。

其時第三次近衛聲明，已配合汪精衛的行蹤，在十二月廿二日發表，但幾乎沒有人知道，這個聲明與汪精衛有甚麼關係。到了十二月廿四日，報紙終於發布了消息，說汪精衛旅行昆明，舊疾復發，已赴河內就醫，一時不能回渝。這一下，整個重慶便都在談論汪精衛了。

彼此傳聞印證，有幾件小事可以確定汪精衛的出走，是早有預謀的，一件是十二月初，汪公館就將用了好多年，由南京跟到漢口，再跟到重慶的女傭遣散了；一件是汪精衛的若干政治路線不同，但常有來往的熟人，在這一個多月中，曾經在個別不同的時機下，很自然地收到了汪精衛親筆簽名的大照片；再有一件更耐人尋味：十二月十二，重慶行營舉行紀念週，由林主席親自主持，才到重慶只有四天的蔣委員長發表演講，異常誠懇動人，以致當場有人痛哭失聲。及至快散會時，汪精衛亦趕來聽講，穿一套簇新的藏青嗶嘰中山裝；汪精衛只著西裝或長袍，從未穿過中山裝，所以他這天的一身打扮，使人留下一個極深刻的印象；也許這就是他的目的。

當然，蔣委員長已知道汪精衛在幹甚麼。他在十二月廿一於陝西武功旅次，接到龍雲報告汪精衛行蹤的密電，隨即折返重慶，決定給汪精衛一個懸崖勒馬的機會，所以不說破眞相；不過在十二月廿五西安事變脫險紀念日，蔣委員長設宴招待中央委員，即席作了一篇極精彩的演說。

蔣委員長說：宋明亡國，亡的不過是朝代，並非民族。元朝、清朝以非漢族人主中華，最後爲漢族所同化。源遠流長的傳統文化，是我們戰勝敵人最有力的精神武器。

宋、明兩朝的軍事和經濟力量，都足以抵抗外患而有餘，但到頭來還是亡國了！其中最主要的一個原因是，少數當國人物的精神上，深受外寇的威脅，以致雖有兵而不能用，雖有抵抗的潛力而不能發揮。這些歷史上的教訓，在此時此地，尤當記取。

現在的抗戰是全民族的抗戰，並無朝代之可亡。我們的精神如果能夠不受敵人威脅，就一定可以發揮潛在而深厚的人力物力，支持長期抗戰，求得最後勝利。

顯然的，這番話是針對汪精衛而發。在座的人，對「現在的抗戰是全民族的抗戰，並無朝代之可亡」這句話，感受特別深切；因爲屈服於日本，並不是改朝換代，在歷史上只是一時的興廢。日本是眞正的異族，而且在文化程度上，又非「五胡」可比；亡於日本，不能希冀日本亦會漢化；那就眞到了萬劫不復的地步了。

此外聽到蔣委員長這番演講的人，也都還有這樣的一個感覺，他只是指出汪精衛的思想錯誤，替他可惜而並無責備之意；當然是希望他能迷途知返。但輿論卻不似蔣委員長那樣寬宏，批評一天比一天嚴厲，「新華日報」更盡刻薄之能事。同時共產黨的同路人大爲起哄，有個共產黨的尾巴組織「人民陣線」開會聲討，有人報告，說汪精衛已到了上海，日本軍隊以一百零八響禮砲歡迎。造謠造得離譜，但偏有人喜歡聽這樣的謠言。

除夕下午，路透社從香港來的消息，震動了重慶，那就是汪精衛發表了所謂「艷電」！這一來，眞面目盡露，原來第三次近衛聲明，是爲汪精衛而發；事先早有勾結，鐵案如山，許多政要，內心雖早存疑，但總往寬處去想，汪精衛一生負氣，本心無他。那知道「佳人」居然「作賊」；汪系中人，無不痛心疾首。瞭解汪精衛家庭情形，以及民國以來，汪精衛何以不斷反覆的見人就說：「有了『東窗』定計的王氏，才會有秦檜。」對汪精衛之落水，正不妨作如是觀。

*　　　*　　　*

民國廿八年元旦，中央黨部團拜以後，隨即召開臨時緊急會議，討論汪精衛和他的「艷電」，由林主席主持。

就在這「國人皆曰可殺」而且國民黨中常會已正式決議：汪精衛「危害黨國，永遠開除黨籍，並撤除其一切職務」；以及政府正考慮下令通緝時，有個人膽子很大，公然支持汪精衛的主張；這個人就是羅君強。

他說：「照現在的情形，抗戰下去，中國必然愈戰愈弱，共產黨乘機得勢，日漸強大；

爲了防止共產黨爲患，非早日與日本講和不可。」又說：「共產黨現在借汪問題，拼命宣傳肅清動搖分子，和民國十五、六年宣傳肅清反革命分子，打倒昏庸老朽一樣，目的都在分化國民黨、削弱國民黨。這一點大家應該注意到。」

他的話當然也有一部分道理；共產黨確是想利用這個機會，製造摩擦，引起不安，首先是郭沫若發起討汪肅奸會；繼而有金滿城大呼肅清汪派「餘孽」。不過，蔣委員長早就採取了防範的措施，透過甘乃光向汪系人士表示，處分汪精衛實在出於不得已，「平時與汪精衛接近的朋友，儘管安心工作，不可灰心，更不可猜疑。」因爲如此，彭學沛兩次請辭交通部次長——由於他有幫助汪精衛脫出重慶的嫌疑——都被慰留了。

共產黨的陰謀落空；但汪系人士都覺得應該勸汪精衛勿爲己甚，其中有一個汪精衛的廣東同鄉，寫了一封信，請在香港的林柏生，轉交汪精衛，提出七點疑問，其中至少有五點觸及核心，可說是汪系人士共有的困惑：

第一、「艷電」主和乃響應近衛廿二日之演說，是近衛演說之後，始有談和的可能，而近衛演講之前，先生已先行離渝；離渝與主和，是否兩事？

第二、如確認和談有益國家，以先生之地位與責任言，應向中常會或國防最高會議正式提出，即使勢有不許，亦可於離開國境之後，用函電向中央建議，何以艷電逕行在港發表？

令人百思不得其解。

第三、民國十六年，先生反對清黨，清黨與特別委員會，均以維護黨紀爲理由，以後先生對黨事主張，亦多如此，致有「黨紀先生」之雅號，何以此次發表「艷電」，對於黨紀竟毫未顧及？先生何以自解？

第四、廣州、武漢方相繼淪陷，此時突然發表「艷電」，影響士氣與民心甚大，結果，予敵以更大之征服機會，先生何以竟未注意及此？

第五、戰不能無備，和亦非空言可致；先生主和，有無具體計畫？

這些疑問，事實上已含著深刻的分析；由「第一」點看，汪精衛與近衛早已通了款曲，「第三次聲明」與「艷電」，不過是桴鼓相應的雙簧；而「離渝」與「主和」，顯然亦是「一事」。

由「第五」點看，汪精衛不會徒託「空言」，而是有一套計畫的；而且，他不能在事先提出；一提出來，追根究底，未經黨國同意，擅自跟日本軍部及內閣接觸，豈能逃得了「私通敵國」的罪名？

那知就在黨國元老吳稚暉親自起草，開除汪精衛黨籍的決議文發表的第三天——民國廿八年一月四日，突然由東京發出一個誰也料想不到的電訊，說近衛內閣垮台了。

近衛的垮台，是受陸軍凌逼的結果。當「二二六事件」以後，恢復「軍相現役制度」，陸軍的勢力急劇膨脹，駐德陸軍武官大島浩少將，與納粹的外交主持人李賓特羅甫，撇開兩國外交當局，私下談判，達成了日德兩國簽訂防共協定的結論；由軍部向廣田內閣提出，在一九三六年十二月廿五日正式簽訂，這樣重大的國際新聞，在中國並沒有引起多少人注意；因爲那時百分之九十以上的報紙讀者，正傾其絕大部分興趣於蔣委員長自西安脫險的新聞之故。

七七事變以後不久，日本派東鄉茂德出使德國，外相廣田弘毅表示，中日停戰問題，雖請德國駐日大使狄克遜及駐華大使陶德曼調停之中，但成功的希望不大；因而交付他兩個任務：一是全力敦促德國撤回駐華軍事顧問，並停止對華軍火供應，二是儘快承認「滿洲國」。第二年二月，李賓特羅甫接任德國外長；正當陶德曼的調停失敗以後，由於東鄉的活動，德國正式承認「滿洲國」，並撤回駐華軍事顧問，對華禁售軍火。東鄉茂德的任務，全部達成。

但日本軍部並不認爲這是東鄉的成功，歸功於大島與李賓特羅甫的秘密接觸，而且決定繼續直接干預對德外交。五月間開始強化防共協定的談判，所謂「強化」即進一步結成軍事同盟，並擴大締約國的範圍，邀請義大利參加。

民國廿七年七月十二日，日本與蘇俄在中國東北、朝鮮、蘇俄接壤交叉地點的張鼓峰，發生武裝衝突；關東軍出動一個師團以上的兵力，但遭到俄軍強有力的反擊。受了這個「張鼓峰事件」的刺激；近衛內閣的「五相會議」在七月十五日決定：日德兩國可以締結對蘇軍事同盟；與義大利另訂以英國爲對象的密約。但德國希望日德義三國共同締結盟約，在外交及軍事方面，攻守採取一致的態度。假想敵的範圍，由蘇俄擴大到對英法及美國，爲內閣及元老所堅決反對；因此，德國仍舊透過大島向日本陸海相秘密接觸。結果是導致了東鄉與軍部的公開衝突。

結果是軍部鬥垮了東鄉，調任駐蘇大使；東鄉的遺缺，即由大島浩接替。日德義三國同盟的談判，自是加緊進行；但海軍方面亦反對此同盟以英法美爲對象，尤以海軍省次官山本五十六的態度最堅定。

那知陸軍方面堅持如故，使得近衛深感苦惱；他一直有個想法，唯有恢復政黨政治，才能抑制陸軍干政。不過政黨都已名存實亡；所以近衛又產生了新的想法，以國民輿論爲後盾，對抗軍部的勢力。國民輿論的形成與表現，當然需要有個國民組織；進而以此組織爲政治背景，成立政府，抑制軍部勢力，解決「中日事變」——這個想法，由於同時受到兩種刺激，突然變成強烈的衝動；促使他下了辭職的決心。

這兩個刺激，一是陸軍在日德義三國同盟的主張上，悍然不顧一切反對的意見，驕橫跋扈，幾於不可理喻。

再一個刺激，就是與中國謀和的問題，板垣的處處掣肘，已使他受夠了氣；但仍願聽任陸軍的擺佈是因爲他自覺在「第三次聲明」中，提出「善鄰友好」、「共同防共」、「經濟提攜」三原則，與當年跟蔣作賓所談成的結論沒有甚麼兩樣。在中國失去了那麼一大片土地以後，仍舊按當年的結論來談和，是相當「寬大」的條件；預期著蔣委員長會接受。至少，除了汪精衛之外，中國還有好些軍政要人會起而響應。

那知汪精衛的「艷電」發表以後，立即被開除了黨籍；而且已經談妥會跟汪精衛一起行動的龍雲，亦竟變了卦。近衛的希望落空，亦是幻想的破滅，本已深感痛苦；加以元老、重臣的詰責，更覺難堪。

爲甚麼第三次聲明發表以後，重慶的反應大出意料？當他檢討這個問題時；有人告訴他：這完全是因爲中國政府不相信日本軍部；認爲「近衛聲明」只是軍部陰謀的一部分之故。近衛再從頭一項一項去研究，終於恍然大悟，中國的看法沒有錯；他自己在不知不覺中受了陸軍的愚弄，妄想利用他的聲明，作爲瓦解中國民心士氣的工具。「近衛聲明」眞的變成軍部陰謀的一部分了。

就在這雙重刺激之下，近衛決心辭職，一方面是隱然表示對陸軍的抗議；一方面準備去研究如何造成「國民組織」，作爲他第二次組閣的基礎。

10 進退維谷

回顧之一，汪精衛河內脫險經過。

這時在河內寄居朱培德夫人家的汪精衛大感狼狽，「艷電」剛剛發表，談和的對手已「不在其位，不謀其政」；就表面看，很可能是日本軍部根本不贊成近衛的「第三次聲明」，因而逼他下台。倘或事實果眞如此，適足以證明重慶的一般看法不錯，日本軍閥那裡有解決中日問題的誠意？「近衛聲明」不過是他們分化中國領導階層的陰謀而已。

於是汪精衛急於想找由台灣轉道至河內的影佐禎昭；但影佐已經不在河內——因爲國內發生政變，影佐趕回東京去了。

這一來，汪精衛不能不重新考慮出處了。不久之前，陳公博由昆明趕到河內，曾力勸汪精衛不要離開河內，不要跟日本人接觸；汪精衛預備承諾一半，暫住河內，現在看來，連這

一半的承諾，都已無法維持。他必須立即作一個退步，便由曾仲鳴出面，分別向德、英、法三國提出入境簽證的申請。

汪精衛如果願到歐洲，正是政府所希望的，外交部早已替他預備了護照；財政部亦替他預備了旅費，但以汪精衛被通緝在案，決無主動向一名通緝犯致送護照、旅費的道理。至少要汪精衛自己有些表示才能從國家最高利益上去考慮網開一面。因此，當外交部自德駐日大使館獲得汪精衛想到歐洲的情報以後，蔣委員長決定派中央執行委員谷正鼎，帶著護照與旅費，到河內去看汪精衛，轉達蔣委員長的意思：對汪不忍棄之不顧，勸他到歐洲去逛一逛，仍舊回來爲國家服務。

去了十幾天，一無結果。汪精衛對中央開除他的黨籍這一點，怒不可遏，發了許多牢騷。他說：中央應該先討論他的和平主張。果眞大家的意見，都認爲應該抗戰到底，他當然也會尊重中央的決議。倘或仍舊獨行其是，才談得到違反紀律。現在的情形，猶如未經審判，遽爾判決，無論如何是不能令人心服的。

同時他對他那一系的「同志」，深表不滿，說他們不瞭解他的苦心和主張；不追隨他一起奮鬥，谷正鼎對這一點自然有所辯解，他說汪精衛與日本談和的具體內容，只有極少數的人知道；這極少數的人諱莫如深，大家又何從去瞭解他的苦心與主張？至於「追隨」也者，只有不答；因爲即使是用「人各有志，不能相強」這種最緩和的說法，只會傷感情，此行的任務，根本就沒有希望達成。谷正鼎唯有苦口婆心，極力用珍惜他個人在黨國的歷史與地位這些話去打動他，但汪精衛已懷有極深的成見，對谷正鼎的話，根本就聽不進去。

談到遊歐的話，汪精衛表示不容第三者干涉。既然中央已經開除他的黨籍，他便有充分的自由，愛到哪裡就到哪裡，不勞他人關心。

當然，谷正鼎也跟曾仲鳴談過好幾次；曾仲鳴很坦率地說：「士爲知己者死。」對於汪精衛，他唯有無條件服從。不過語氣中隱約透露，這一次的與日本人合作，完全是陳璧君的堅持。而汪精衛之唯其命是從，是大家早就知道的；谷正鼎唯有嘆口氣，黯然而歸。

其時政府已有情報，汪精衛尚未死心，要等到日本方面澄清態度。但繼近衛組閣的平沼騏一郎，是有名的國粹主義者，一向傾向德國；他上台的主要工作，便是解決日德義軍事同盟的問題。對於「日華事變」以及「近衛聲明」，並不太熱心；一切聽任軍部處理。

軍部的陰謀，在汪精衛脫出重慶，發表「艷電」，便已初步成功。一看汪精衛自陷絕地，上了圈套，正想冷他一冷，以便易於控制；恰好有近衛內閣總辭這個政變，正好藉以爲藉口，將汪精衛乾擱起來。這一擱，搞得汪精衛上不巴天，下不著地，進退失據，痛苦萬分。除了緊催影佐禎昭，要求日本政府採取明確積極的措施以外，別無他法。

影佐聽命於軍部，當然不可能有甚麼個人的主張；只勸汪精衛稍安毋躁。這樣度日如年地過了個把月，汪精衛決定派高宗武到日本去作嚴重的交涉。

所謂「嚴重的交涉」，就是要從日本人那裡得到一個確實的答覆，日、汪合作謀求和平，到底採取甚麼方式？

事實上，日本方面，亦有同樣的疑問。因爲汪精衛的話很漂亮，他跟影佐禎昭說：他不離開重慶，無法發表公然主張和平的「艷電」。至於「和平運動計畫，是準備以國民黨員爲中心，組織一個和平團體，用言論來指摘重慶抗日理論的錯誤；宣揚和平是救中國、救東亞的唯一方法。逐步地擴大和平陣營。企圖使重慶轉變方向。」他這些論調，是否是由衷之言？不得而知。不過汪系的兩大將，顧孟餘與陳公博，都在香港，陳公博以醇酒婦人寄託內心的苦悶；顧孟餘自始不聞不問，但據說暗中堅決反對汪精衛的言論，在香港、重慶還有這樣一個傳聞：「艷電」是林柏生與梅思平擅自發表的。顧孟餘將林柏生找了去，嚴詞詰質；說到激動之處，出手打了他一個嘴巴。照此看來，汪精衛即會想有進一步的行動，亦必然有所顧忌。

可是，陳璧君的行蹤卻很可疑，頻頻於河內香港之間，表面上彷彿是爲了來向陳公博勸駕；骨子裡跟周佛海、梅思平接觸頻繁，而林、梅二人都是熱衷於實際行動的。

介乎行動與非行動之間的高宗武，態度亦很微妙；最初他只是同意影佐禎昭的一個與板垣完全相反的看法，汪精衛的「和平運動」應該避免演變爲「反蔣行動」；到後來慢慢有跡象發現，「高宗武路線」的中心不是汪精衛，想由汪過渡，最後促成由蔣委員長出面來主持和平。

因爲有如此紛歧的意見在，日本軍部越發覺得等待是比較最聰明的辦法；所以高宗武在日本、在香港、在上海，與已正式組成「梅機關」，負責對華中特務活動的影佐禎昭，雖一直在交涉，卻始終並無確切的答覆。

其時谷正鼎奉令第二次作河內之行，送去了汪精衛及隨行人員的護照；汪精衛表示決定赴歐洲。但陳璧君與周佛海、梅思平所作的活動，不知他是真的不知道還是故意「放煙幕」，總之重慶方面所得的情報，日本內閣五相會議，已決定支持汪精衛組織「新中央」，將由興亞院自掠奪的「鹽餘」款中，按月發出鉅額費用，作爲活動費用。

於是，汪精衛身蹈危機，只要走錯一步，便有粉身碎骨之厄——制裁汪精衛的專案小組人員，已經佈署停當；如果谷正鼎在三月二十日離去以前，汪精衛有履行他的諾言的誠意表現，自然無事。但汪精衛沒有！於是三月廿一日深夜，河內高郎街的血案發生了。事後傳說：汪精衛的錢都以曾仲鳴的名義，存入法國銀行；被刺以後，他還簽好了提款的支票，方始送醫，以致失血過多而死。當然此事的眞相已無可究詰。

東京方面，在第二天就接到了河內總領事的詳細報告，當天就召開「五相會議」，決定派影佐禎昭將汪精衛轉移至「安全地點」。影佐又推薦了一個助手犬養健；他是犬養毅的兒子，也是高宗武的同學。

於是影佐與犬養租了一艘五千五百噸的貨船「北光丸」，帶了軍醫、憲兵軍曹等等，都化裝爲盲人，上了「北光丸」直駛海防。此外，日本外務省派了一名書記官矢野征記由香港轉河內，作爲影佐與河內總領事的聯絡官。但就在「北光丸」自日本出海時，重慶的《大公報》，登出一則消息，說日本政府支持汪精衛的和平運動，已進入實際行動階段。

這個消息是高宗武所洩露的；別人不知道，有個名叫一田的日本人卻知道。一田是一名中佐，由陸軍省派至香港，化裝爲賣蚊煙香的商人，專門負責與高宗武聯絡。關於影佐租北光丸赴海防的情形，已由一田告訴了高宗武；其中有一個很特殊的細節，只有他跟高宗武知道，由這一點，即可以證明消息是由高宗武所洩露的。

高宗武雖不承認，日本方面已經開始懷疑；及至矢野將赴河內，高宗武勸他不要去；此外，他又託人帶了一封信給犬養健，只有一句話：不必與汪精衛會談。因此，從影佐到達河內開始，日本便對高宗武起了戒心了。

在河內，影佐一行借住一名盲人家；前面就是日本領事館。平時外務省已通過同盟通信社的關係，指派他們的「越南特派員」大屋久壽雄，與汪精衛取得聯絡；所以在影佐於四月十八日到達河內的第二天，就見到了汪精衛；同行的還有犬養及矢野，由周隆庠擔任翻譯。

汪精衛告訴影佐，兩三天以前，鄰屋的三樓搬來一家人家，形蹤可疑，好像是重慶派來的人；越南當局對他個人雖無惡意，不過對政治活動採取封鎖政策。他如留在河內，很難與上海及香港方面的「同志」取得聯絡。

「那末，」影佐問說：「汪先生的意思想到哪裡？」

「我幾經考慮，認爲以上海爲宜；此外，則是香港或者廣州。但香港的英國官吏監視極嚴，陳公博、林柏生在那裡無法活動。廣州雖然是中山先生跟我關係最深切的地方，但已爲日軍所佔領，如果我去廣州，中國人以爲我的和平運動，是在日軍保護之下進行的。至於上海，那裡雖爲世界最有名的暗殺之地，但畢竟是我們中國的國土，我願意冒險在上海發表我的和平主張，使全國國民諒解我的愛國誠意。」

「到了上海，請問汪先生願意住在甚麼地方？」

「未經日軍佔領的租界上。」汪精衛答說：「周佛海、梅思平已經到了上海，開始工作了。」

「現在的問題是如何離開越南。」影佐問說：「這件事只有請汪先生自己跟越南當局談判。」

「當然。」汪精衛答說：「我正在研究談判的方式，總以避免刺激越南當局為主。在我想，越南對於我的留在此地，必然感到煩惱；如果一旦我想要離開，他們斷無不贊成之理。」

「再請問汪先生，預備怎麼樣離開？」影佐自動報告：「敝國政府已準備了一條五千噸的貨船，專供汪先生使用。」

這件事，汪精衛早已知道，他的本意還不想坐日本船，所以立即答說：「謝謝對我的好意，不過我已經租好了一艘法國小船。」

影佐頗感意外，當即提出警告：「重慶對汪先生已下令通緝，航行途中，需要非常小心。這艘船的噸位有多大？」

汪精衛也不知道；回頭問了問周隆庠，方始笑一笑說：「這條法國船是七百六十噸。」

影佐更感詫異；犬養和矢野則是相顧驚愕，都不知道該怎麼說了。

「謝謝各位的關心！我也知道坐這樣一條小船，非常危險，不過我戰後第一次到上海，坐了日本的船去，會使人發生很大的誤解。」

「可是，」影佐再一次強調，「安全問題，必須認真考慮。」

其實，汪精衛又豈能不考慮他自己的安全；早已想好辦法，此時才說：「我預備在海防上船以後，一路航行，請你們的船，跟在後面；萬一發生意外，彼此可以用無線電聯絡。」

影佐還在思索；矢野已開口問說：「這是不是汪先生已經決定了的辦法？」

「是的。我想，這樣有備無患，比較妥當。」

既然如此，關於技術上的問題，應該找事務人員來商量；矢野便說：「請汪先生去休息吧。一切事務上的細節，可否請辦理總務的人來商量一下？」

這件事歸陳璧君的弟弟，在法國學航空的陳昌祖負責；當時便由汪精衛親自將他喚了來，作了介紹，彼此展開細節上的研究，當然，最主要的是，要設想各種可能發生的危險情況，以及因應之道。這是件很麻煩的事，所以談了兩個小時，才大致就緒。

告辭時，汪精衛特來打開一個房間，裡面沒有人，卻有陳設，最令人觸目的是，床上放著一束用黑絲帶紮住的鮮花。不用說，這就是曾仲鳴捨身護汪之處。

* * *

四月二十夜間，越南總督府接到巴黎的訓令，同意汪精衛離境；他雇的那條船「哈芬號」，亦已取得離開港口的許可。爲了安全起見，「哈芬號」上的中國水手，全部解散，另外雇用安南籍的船員。此外還要準備食物、清水，需要三天至四天的時間。因此，周隆庠與影佐約定，四月廿五一早開航，中午在離海防五海浬的一個無人島的海面，與「北光丸」會合前進。

但是，那天中午，「北光丸」由中午到黃昏，無線電不斷發出約定的密碼搜索，始終聯絡不上。影佐大為焦急，要求船長繼續發電；不久收到回電，但非來自「哈芬號」，而是海防海軍司令部的警報；如再發出意義不明的電碼，將派驅逐艦採取行動。「北光丸」無奈，只好放棄搜索，向東航行。

東面便是海南島，「北光丸」從海南島南面穿過這段海域，需要三天半的時間；這三天在影佐的感覺中，比三年還長。到了四月廿九，是昭和天皇的生日，日本人稱之為「天長節」，一早，船長備酒慶祝。犬養便問：「『哈芬號』為何聯絡不上？是不是出事了？」

「是不是出了事，現在還難以判斷；因為這條船的船齡大了，無線電陳舊，性能不佳；距離稍遠，就無法通報。」

「那末，」犬養建議，「我們是不是可以停下來等一等呢？」

「停下來不是辦法。」船長答說：「以我推斷，『哈芬號』的噸位太小，每小時只能走八海浬；這幾天海上的風浪太大，『哈芬號』極可能採取北面航線，那就怎麼樣也聯絡不上了。」

船長指點海圖，一看就明白了，「哈芬號」如從海南島以北，雷州半島以南的瓊州灣穿過；由於南面陸地的屏障，風浪當然要小得多。但是，海南島中部的五指山，擋住了強風，同時也隔絕了電波，這可能是兩船無法聯絡的眞正原因。

明瞭了這一層，犬養的信心大增；瀕於絕望之境的影佐，亦萌生一線希望，中午未到，便與船長集中在無線電室；一過中午，「北光丸」便將越過海南島，到達東經一百十一度的位置；遼闊的海洋中，將無任何障礙阻隔兩船的無線電波。

一分鐘、一分鐘地數著，到了下午三點鐘，一直臉色凝重的報務員，突然出現了驚喜之色：「聯絡到了！」

果然，如船長的判斷，「哈芬號」是取道瓊州灣。當時約定在汕頭附近的碣石灣會合。

於是「北光丸」以全速前進，當夜到達碣石灣；一直等到第二天中午，「哈芬號」才到，將周隆庠與陳昌祖接到「北光丸」，才知道開船就遲了好幾個鐘頭；及至開航，不是濃霧，便是大風，這條小船居然能與「北光丸」會合，眞是邀天之幸。

「『哈芬號』太危險了！性命等於是撿來的。」周隆庠說：「汪先生已經同意改坐『北光丸』到上海。」

影佐心裡得意，他在想：汪精衛一生三翻四覆，開頭都有他的一套理想；似乎特立獨行，表現了中國讀書人的氣節。但他的理想，往往經不起考驗，極容易爲環境所支配，現實所屈服，譬如這一次說不坐日本船到上海；其實要堅持亦不難，大可在汕頭暫住，自己另外安排交通工具；可是，他並沒有這麼做。照此看來，只要汪精衛一上了這條船，就不怕他不就範。

但汪精衛卻自以爲還大有可爲；在「哈芬號」做了一首七律：「臥聽鐘聲報夜深，海天殘夢渺難尋。舵樓欹仄風仍惡，鐙塔微茫月半陰。良友漸隨千劫盡，神州重見百年沉。淒然不作零丁嘆，檢點平生未盡心。」

詩的題目叫《舟夜》。汪精衛向來「道不行，乘桴浮於海」，失意得意不知在大海中度過多少個「舟夜」，所以說「海天殘夢渺難尋。」

「舵樓欹仄」是指重慶和蔣委員長；日軍猖狂便是「風仍惡」。對「舵手」雖無譴責之意，但已肯定了掌舵極難。不過在他認爲已發現了一線光明——近衛是他的「鐙塔」；可惜「鐙塔」上的光，不是越來越強，無端跳出來一個平沼，成了浮雲掩月之勢。

「良友」自是指曾仲鳴；「百年沉」是指元朝——統一中國的元世祖忽必烈即位於一二六〇年；至一三六八年元亡，歷時一百零六年。他的意思是，眼前恰如宋之亡於元；一定要亡於日本了！因而用了「重見」的字樣。

這當然是正好經過「零丁洋」的感觸；但他自負比文天祥有辦法，不必作「零丁洋裡嘆零丁」之嘆。至於「檢點平生」，「未盡」之「心」就是從未眞正滿足過領袖欲；這一次大概可以「滿足」了。

其時周佛海早已到達上海，展開活動；羅君強在這年初春，公然跟他一個姓魏的長官要了六百元旅費，飛到香港，作了周佛海的主要助手。當時日本方面跟周佛海聯絡的是西義顯；因爲高宗武最初赴日的任務，對蔣委員長有所報告時，都由周佛海經手轉呈，而西義顯對高宗武的情況非常清楚，所以由他跟周佛海聯絡，最適當不過。

四月初，西義顯坦率地告訴周佛海，日本方面對高宗武已失去信心；以爭取蔣委員長來主持談和的「高宗武路線」，已遭拒絕。問周佛海今後的和平運動，應該如何做法。

在影佐禎昭已上了「北光丸」，專程赴河內去接汪精衛時，西義顯這話無異明白表示，日本已決定扶植汪精衛。事實上這也在周佛海估計之中；今後如何做法，在陳璧君幾次到香港，在九龍鬧區尖沙咀的住宅中，與周佛海、梅思平籌議已熟，此刻是向日方表明態度的時候了。

周佛海說：「採取言論的和平運動，爲汪先生的原案；但我以爲，只有言論，尚感不夠。應該在南京建立中央政府，以政府的力量，推行和平工作。」

這就是所謂「周佛海路線」；實際上是「陳璧君路線」。甚至也可能是「汪精衛路線」——汪精衛夫婦對他們的追隨者，唱了一齣「雙簧」，汪精衛採取「言論的和平運動」；陳璧君私下表示應該採取「實際行動的和平運動」。而對外則由周佛海作陳璧君的化身，提出「組府」的「周佛海路線」，藉以掩護汪精衛。

周佛海對西義顯的具體說明是如此：「如果日本政府能忠實履行近衛聲明，我們亦可成立強有力的政府。但近衛的這份聲明，分量還嫌不夠；對最重要的撤兵問題，竟避而不談，其價值已大為降低。倘能恢復我們所提原案，並忠誠付之實行，則庶幾中日事變可以解決。現在汪先生既已出面主持，應飛往東京，直接徵詢日本最高當局的意見；如果認為條件不能接受，仍可返回民間的和平運動。如果日軍能保證並尊重我們政治獨立，即應毅然到南京組織政府。這是我個人的意見，準備向汪先生建議，請他接受。」

如果汪精衛肯作東京之行，便有「朝拜」的意義在內；僅在宣傳上便可獲致鉅大的利益，所以日本方面毫不考慮地表示「歡迎」汪精衛到日本訪問，有了這個承諾，周佛海的活動便更積極了。

由於「興亞院」撥來的「關餘」，每月有三百萬之多；經費寬裕，易於結客，周佛海拉攏的人很多。但比較重要的，只有四個，一個是無錫人趙正平，「維新政府」的「教育部長」；他是民初陳英士任滬軍都督時的幕僚。周佛海與他的侄子，地方自治專家趙如珩在日本同學；趙正平通過這層關係，與周佛海接上了線。

第二個是岑春煊的兒子岑德廣；由他的關係，又拉攏了一批清朝末年達官貴人的子弟，如楊士驤的侄子楊毓恂等人。第三個是大夏大學的校長，章太炎的侄女婿傅式說；他是「日本通」之一，浙江溫州人，與梅思平小同鄉。

第四個是富滇銀行上海分行的負責人袁硯公。他跟前面三個人不同，趙正平是過氣政客；岑德廣是紈袴「遺少」；傅式說雖爲大學校長，而在學術界並無多大地位，號召力有限，而袁硯公是龍雲及雲南大老李根源的駐滬代表，他之參加「和平運動」，可能會影響雲南的穩定，因而爲軍統判爲制裁的對象，而且很快地被執行了。

但在中下層「幹部」方面，由於自正金銀行提來，整箱簇新聯號的交通銀行十元鈔票的魅力，到設在威海衛路太陽公寓的招兵買馬機構來登記的卻很不少，籌備「組府」的初期，足已夠用。但要錢有錢、要人有人，粉墨登場的初步條件，雖已具備；而且陳璧君在內，周佛海、梅思平在外，交相「勸駕」；汪精衛卻臨事躊躇，不敢輕發。因爲過去在政治上的翻覆，畢竟是在國內；如今卻牽連到外敵！汪精衛不好貨而好名；清夜捫心，不能不想到「身後是非」。

陳璧君心裡雪亮，汪精衛要一個人來壯他的膽，這個人若非顧孟餘，就應該是陳公博。顧孟餘的態度很堅決，早有「割席」之勢；而且陳璧君於汪系人物，唯一所畏憚的也只是顧孟餘，不敢自討沒趣。因此，集中全力在陳公博身上下工夫。

到了香港，陳璧君去看陳公博，談到組府問題，陳璧君表示汪精衛並無成見，決定召集一次幹部會議，以多數的意見為意見。陳公博便從「黨不可分，國必統一」的原則，談到汪精衛個人的利害，滔滔不絕地舉出不應「組府」的理由。

陳璧君一直不作聲；等他講完，平靜地說一句：「你自己跟汪先生去說。」

陳公博默然。於是陳璧君展開「攻勢」，極力相勸；說只有陳公博對汪精衛是有說服力，而這分「說服力」只有在促膝傾談時，才能發揮。

陳公博考慮了好久，終於還是拒絕了。

於是，不得已而求其次，一方面由汪精衛打了電報；一方面由陳璧君再度作香港之行，向陳公博提出要求，如果他真的不願參加幹部會議，希望他派一個代表。

這時在香港能夠代表陳公博發言的親信，只有一個何炳賢。但是，何炳賢不願淌渾水，一口拒絕。

禁不起函電交馳，只是動之以情，陳公博便又再一次去挽請何炳賢作代表，仍然遭到峻拒。何炳賢的理由是：去也是白去；因爲如果能有幾分之一的希望，勸得汪精衛懸崖勒馬，還値得去一趟，無奈汪精衛的至親，如陳春圃等人，已經在放空氣，說汪精衛在離開重慶之前，有一封信留給蔣委員長，中有「今後兄爲其易，而弟爲其難」的話；所謂「難易」，汪精衛的解釋是，在本位工作上堅持到底，大不了一死殉國，這一點容易做到；將個人的一切拋開，明知其不可爲而爲之，這就比較難了。由此可知，汪精衛已經決定「組府」了；召開「幹部會議」，完全是表面文章。

此外有人爲陳公博進一步指出，陳璧君只是利用陳公博。因爲目前在汪精衛身邊得勢的周佛海與梅思平，都不是汪精衛的基本幹部；梅思平分量不夠，周佛海歷史甚淺，他是西安事變後，汪精衛由歐洲兼程返國時，奉蔣委員長之命到香港迎接，因爲談得投機，才逐漸接近，過去並無淵源。既然如此，這個「幹部會議」所作成的決議，汪精衛是可聽可不聽的；換句話說：「組府」不「組府」，完全是汪精衛個人的事。

但如有「陳公博」之字牽涉在內，情形就不同了，即令是代表，即令是反對「組府」，總還有一句話好說：「當時『幹部會議』，陳公博也派了代表參加的。」這個藉口可以使人產生一種錯覺：汪精衛的組府是陳公博他們都贊成的。

話雖如此，陳公博終於忍受不住情面的壓力，苦勸何炳賢爲他去了卻一筆「人情債」。又

說：不去有「默認」之嫌；去了，提出反對的理由，態度鮮明，是非自有公論。這個說法很有力；何炳賢終於同意，充當以陳公博代表的身分，參加了汪精衛的「幹部會議」。

11 落花落葉

回顧之二，汪精衛的一首詞。

動身的前夕，陳公博在他的新歡穆小姐的香閨中，爲何炳賢餞行；陪客都是跟汪精衛接近，而態度與陳公博相同的朋友。這頓飯倒也並非只是尋常送往迎來的酬酢，有的有意見託何炳賢轉達；有的有信件託帶，所以席間的話題，不脫汪精衛夫婦，以及眼前圍繞在他們夫婦左右的人。「汪先生『組府』的班子，說『汪家班』倒不如說『陳家班』還來得貼切些，但就是『陳家班』亦不見得每一個人都同意汪夫人的做法。像她的弟媳婦——。」

此人所談的是陳璧君的弟婦，也就是陳春圃的妻子，本來家住澳門；由於不願跟陳春圃到上海，夫婦之間，大起勃谿，最後竟至要鬧離婚。

陳春圃與他的妻子，感情本來很好；兒女亦不願父母仳離，苦苦相勸。民族大義，兒女私情，未嘗不震撼陳春圃的心地；無奈有陳璧君在，不能不捨妻子而隨姊夫；很美滿的一個家庭，就這樣破裂了。

但有位言先生卻多少替陳璧君辯護，他說，有革命歷史，歷居高位的畢竟是汪精衛，不是陳璧君，衡諸修齊治平的道理，汪精衛若連婦人干政的害處都不明白，根本就不夠資格作爲一個政治家，也不會有今天的地位。事實上在家庭之中，汪精衛眞的要發了脾氣，陳璧君亦總是退讓的。所以這一次「組府」，雖說出於陳璧君的主持，何嘗不是汪精衛內心所默許？眞有愧他的「舅嫂」多多。

爲了證明他的看法有根據，這個客人除了引用《舟夜》那首七律以外，另外又抄出汪精衛的一首詞，傳觀座中。

這首詞是汪精衛從重慶到河內不久所作；詞牌叫作「憶舊遊」，詠的是「落葉」：

> 嘆護林心事，付與東流矣，一往淒清，猶作流連意；奈驚飆不管，催化青萍。已分去潮俱渺，回汐又重經；有出水根寒，拏空枝老，同訴漂零。
>
> 天心正搖落，算菊芳蘭秀，不是春榮。槭槭蕭蕭裡，要滄桑變了，秋始無聲。伴得落紅東去，流水有餘馨；只極目煙蕪，寒蛩夜月，愁秣陵。

大家說這首詞極好，寄託遙深，怨而不怒，深得風人之旨；但言先生卻提出疑問：「題爲『落葉』，上半闋卻詠的『落花』，請問這是怎麼說？」

大家仔細一看，果不其然，一開頭「護林心事」，使用的是「落紅不是無情物，化作春泥更護花」的典故；此外「東流」、「驚飆」、「青萍」，無一不是詠落花，與「落葉」何干？

言先生又指出：「已分去潮俱渺，回汐又重經」，落葉隨波逐流，本應入於汪洋大海；居然復歸原處，但時序已由春入秋，於是「有出水根寒、拏空枝老」，虛寫落葉，接一句「同訴漂零」，則落花竟與落葉在秋水中合流了。這種詞境，從古至今所無，只存在於汪精衛心目中；奇極新極，而千鈞筆力，轉折無痕，就詞論詞，當然值得喝一聲采。

下半闋仍舊是落花與落葉合詠；細細看去，是落花招邀落葉同遊。詞中最微妙之處，在畫一條春與秋的界限；菊與蘭並無落葉，則落葉必是「春榮」的花木，與落花同根一樹，本是夙昔儔侶。至於「菊芳蘭秀」，暗指孤芳自賞，亦言崖岸自高；更是「落花」提醒「落葉」：今昔異時，榮枯判然。「天心搖落」之秋，非我輩當今之時，合該淪落。這是警告，但也不妨說是挑撥。

以下「槭槭蕭蕭裡，要滄桑變了，秋始無聲」之句寫的秋聲，可從兩方面來看，就大處言：前方將士的廝殺吶喊，後方難民的窮極籲天，在在皆是秋聲。除非「滄桑變了，秋始無聲」；若問滄桑如何變法？則是另外創造一個春天。

就小處言，由秋入冬，滄桑入變；落葉作薪，供炊取暖，自然就沒有「槭槭蕭蕭」的秋聲了。

這滄桑之變，便是汪精衛念茲在茲的一件大事。就小處言，是滄桑變我；就大處言，不妨我變滄桑，何捨何取，不待智者後知。不過汪精衛心裡是這麼想，但剛到河內時，前途茫茫，還不敢作何豪語；只好以「落花」自擬，這樣勸告「落葉」：此時此地，你只有被犧牲的分兒！不如趁早辭枝，隨我東下；至少還可以沾染我的一點香氣。

「東下到何處？自然是南京。結語動之以離黍之思，恰是無可奈何之語。」言先生問道：「各位看我這首箋詞如何？」

在滿座無聲中，有個甫來自重慶的汪系人物，夷然若失地說：「原來汪先生把我們比作落葉，這也未免太匪夷所思了。」

「我覺得汪先生自擬爲『落紅』，才眞是匪夷所思。」另有個人說：「『輕薄桃花逐水流』，何自輕自賤如此？」

「此亦不得不然！既然把蔣先生比作傲霜枝、王者香，就不能不自擬爲桃李。只是『似得落紅東去』，只有遺臭，何『有餘馨』？」陳公博大爲搖頭：「汪先生一生自視太高自信太過，眞正害了他！」

「足下既然看汪先生如此之深刻，何以每一次汪先生有所行動，總有你參加？」有個陳公博的好朋友，而不算汪系的客人，這樣率眞地問。

「唉！」陳公博痛苦地說：「莫知其然而然！」

他喝了口酒，眉宇間顯得困惑萬分；座客知道他正在回憶往事，都不願打擾他，靜悄悄地銜杯等待他作下一步的陳述。

「擴大會議失敗以後，我到歐洲去住了半年；二十年廣州有非常會議的召集，我就沒有過問。到了九月裡，我有一個打算，想試試進行黨的團結。坐船回來，經過錫蘭界倫堡，聽到九一八事變的消息；我記得當夜在船上做了一首詩：『海上淒清百感生，頻年擾攘未休兵；獨留肝膽對明月，老去方知厭黨爭。』這可以想見我當時的心。」

「團結亦不容易。眾議紛紜、從何做起。」

「從自己做起。」陳公博接口說道：「從二十年年底回南京以後，我對實際政治從來不批評；對於黨也從不表示意見。老實說，我不是沒有批評、沒有意見；只覺得多一種意見，就多一種糾紛。再說，我要想想我的意見，是不是絕對好的；就是好、也要看能不能行得通？不是絕對的好，不必說；好而行不通也不必說。我只有一心願：黨萬萬不可分裂；蔣先生跟汪先生千萬要合作到底！唉，到底又分裂了。」

「這一次的責任——。」有人含蓄地沒有再說下去。

陳公博此時亦不願先分辨責任；管自己說下去：「求黨的團結，不但在我實業部四年如此；離開實業部仍然如此。我記得實業部卸任以後，張岳軍先生承蔣先生之命來徵求我同意，出使義大利，我堅辭不就。爲甚麼呢？老母在堂，不忍遠遊，固然是原因之一；而最主要的，還是因爲汪先生出國治療，我再奉使遠方，一定會有謠言發生。黨內一有謠言，結果有時非意料所及，常理可度，所以我下定決心，不離南京，一直到八一三爲止。」

「不過，」有人笑道：「星期五夜車到上海；星期天夜車回南京，是『照例公事』。」

陳公博笑而不答；然後臉色又轉爲嚴肅，「去年在漢口，黨的統一呼聲又起。有一天立夫跟辭修到德明飯店來看我；辭修很率直，他說：『過去黨的糾紛，我們三個人都應該負責任。』我笑著回答：『在民國廿一年以前，可以說我應該負兩分責任；廿一年以後，我絕不負任何責任。』立夫同意我的話。就是那兩分責任，現在回想，也有點不可思議。」

「請舉例以明之。」

陳公博沉思了好一會才開口：「我無意指出誰要負主要責任，不過每次糾紛，我都不是居於發動的地位；而每一次都變成首要分子，彷彿魏延，生來就有反骨。事實上是不是如此呢？不是！一切演變，往往非始料所及，像十六年寧漢分立，我在南昌主張國府和總司令部都遷漢口；因爲當時我確實知道，共黨並沒有多大力量，心想國府和總司令部同時遷到漢口，這樣的聲勢，何難將共產鎮壓下去？那裡知道，後來畢竟引起寧漢分立。」

「那末，擴大會議呢？」

「我在《革命評論》停刊以後，到了歐洲，本想作久居之計；後來汪先生、汪夫人一再催我回國，結果搞出張向華跟桂系合作的『張桂軍』事件和擴大會議。」陳公博皺眉搖頭，「實在不可思議。」

「可是，」有人提醒他說：「這一次汪夫人勸駕的意思亦很懇切。」

「我決不會去！所以請炳賢兄代表。」

「其實，我亦可以不去。」何炳賢說：「剛才言先生分析那首詞，不是把汪先生的心事說盡了嗎？」

「未也！」言先生接口說道：「我剛才還沒有講完；最近，汪先生把他的那首詞改過了。上半闋改了兩個字；下半闋改了結尾三句。」

「怎麼改法？」陳公博急急問道：「快說！快說！」

「前半闋中『猶作留連意』，改爲『無限留連意』；下半闋結尾三句：『只極目煙蕪，寒蛩夜月，愁秣陵』，改爲『盡歲暮天寒，冰霜追逐千萬程』。」

聽言先生念完，座客臉上都似罩了一層嚴霜；最後是陳公博打破了沉默。

「看起來，汪先生一定要組府了！此刻我們不盡最後的努力，將來會懊悔。」

「這『最後的努力』是甚麼？」

「分兩部分。」陳公博說：「炳賢兄，請你無論如何要阻止汪先生『組府』；其餘善後問題，我再設法挽救。」

「恐怕很難。」何炳賢愁眉苦臉地。

「不但難，」有人提出警告，「也許會被汪夫人硬拖住，『歲暮天寒、冰霜追逐』。」

「這你請放心。」何炳賢顯得很有把握地，「別說『歲暮天寒』，那怕『春暖花開』也沒有用。落葉是落葉，落花是落花；『蕭條異代不同時』，湊不到一起的。」

何炳賢隨身帶著許多來自大後方各地對汪精衛的批評，口誅筆伐，嚴於斧鉞；但在「公館派」的人看，倒不如平心靜氣的分析，反能令人折服。

有一本青年黨辦的刊物，叫做《國論周刊》，因爲是友黨，認爲持論比較客觀，其中有一篇評論汪精衛的文章，格外受到重視；說汪精衛是十足道地的舊式文人，凡是中國舊式文人所易犯的毛病，汪精衛都有。

這些毛病中，最常見的是每每有一種捉摸不定的情感，歌哭無端，憂喜無常。大庭廣眾之間，儘管大家一團高興，而他可以忽然憂從中來，不勝其飄零淪落之感。同時舊式文人照例有一種誇大狂，儘管所見所知，平常得很，但總自詡爲有甚麼獨得之秘，因此目無餘子，可以把別人特別縮小，而把自己特別放大。氣量又狹小，稍不如意，即不勝起悻悻之態。

說得最深刻的是，舊式文人最不宜搞政治，卻又最喜歡搞政治，因爲中國過去的政治，根本是浪漫的，最合舊式文人的胃口。中國文學缺乏邏輯，所以舊式文人便只有感想，有慷慨、有衝勁，卻不長於思考；感覺敏銳，卻禁不起刺激。凡此都是最不適宜搞政治的性格；而汪精衛偏偏無自知之明。

許多人覺得這是切中汪精衛病根的話，但沒有一個人敢跟他說；當然也不會拿這篇文章給他看。但因爲有這些評論，以及顧孟餘不聞不問，陳公博堅決反對的情形在，所以有些人決定在幹部會議中保持沉默，仔細觀望。

到會的幹部，濟濟一堂，有五、六十人之多。汪精衛的態度很平靜，只說爲了挽救危亡，不得已挺身出來發起和平運動；對應該不應該「組府」，希望大家發表意見。

等他說完，周佛海一馬當先，主張「組府」。首先表示，只要問心眞是爲了國家，就應當不避嫌疑、不擇手段，出而擔當大任。他說重慶亦未嘗沒有人主張和平；而且這種人還不少，不過，他們不敢有所主張，是因爲心裡存著一種疑懼，日本到底是不是眞心求和？倘或能跟日本交涉，取得有利的條件，重慶方面疑慮盡釋，響應和平運動的人，將會風起雲湧。

最後便提到現實問題了。這麼多人從重慶出來，赤手空拳發起和平運動，如果不組織「政權」怎麼辦？周佛海只說安全沒有保障；實際上人人都明白，豈獨安全，連生活都成問題。總不能說老由日本人接濟；那一來更坐實了漢奸的罪名，而且是日本人「御用漢奸」。

其中確確實實也有懷抱天眞的想法，爲汪精衛的「理想」所感動，不顧「歲暮天寒，冰霜追逐千萬程」來從事和平運動的；此時將周佛海的話仔細體味了一下，不由得大爲洩氣——事實俱在，搞「和平運動」已變成一種職業；「組府」不過是找個噉飯之地，這跟落草爲寇，有甚麼兩樣？

在何炳賢，也發現了一個事先應該想到，而不曾想到的，極現實的大問題：要人家停止「組府」可以；「善後問題」不是起陳公博一句「我來設法補救」可以解決的。也許來自重慶及其他內地的人，還可以「歸隊」；在淪陷區就地招兵買馬這件事怎麼說？如果中止「組府」，由興亞院撥來的「鹽餘」，立刻就拿不到了。且莫道「天涯陣陣嗷鴻苦，說與哀蟬儻未諳」；光只眼前，縱有「落葉」作薪，奈何無米爲炊；汪精衛總不能與「去潮俱渺」，一走了之。

話雖如此，仍不能作明知其不可爲而爲之的抗爭，何炳賢強調陳公博「國不可分，黨必統一」的原則，以爲在抵抗外敵侵略時，國內決不能有分裂的現象；而有光榮革命歷史的「汪先生」，只發表國是主張就儘夠了，決不應該進一步從事於可爲舉國所誤解的工作。

周佛海的辯才也很來得，而且學過唯物辯證法的人，通常都有一套很巧妙的邏輯，只要一不小心，落入對方邏輯的圈套，往往越說越擰，全是對方的理。

所以何炳賢唇槍舌劍，奮勇進攻，仍然無濟於事！最後一場無結果而散——所謂「幹部會議」，只是一次周佛海與何炳賢的辯論會而已。

鎩羽而歸的何炳賢，大爲喪氣；陳公博反倒保持著幾分樂觀，他安慰何炳賢說：「不要緊！如果我甚麼都不參加，我想汪先生還不致於一意孤行。」哪知道，上海傳來的消息，證明陳公博的想法完全錯了。首先是汪精衛由虹口搬到了「越界築路」的滬西愚園路一一三六弄，住的是前交通部長，貴州人王伯群的房子。王伯群當過大夏大學校長，迎娶大夏校花保志寧，是上海灘上一大艷聞；愚園路的華廈，便是藏嬌的金屋；汪精衛假此作公館，是由大夏校長傅式說居間而借住，還是借日本人的勢力強加徵用，是一個謎。

傳來的第二個消息，更使得陳公博憂心忡忡，汪精衛終於在五月的最後一天，由上海大場機場搭乘日本陸軍的專機，飛到了橫須賀軍用機場，再改坐汽車，直駛東京。除了已正式擔任日本與汪精衛之間的聯絡人，並正式在上海組織了「梅機關」的影佐禎昭，及犬養健以外，還有日本駐華的外交官清水董三、矢野征記，表明這一次汪精衛的東京之行，是日本政府的正式邀請。重慶的《中央日報》發表了第一篇譴責汪精衛的文章，說他的行爲，與敵機空襲時，在地面施放信號無異。

汪精衛自己的隨員，一共五個人，周佛海、梅思平、高宗武、董道寧、周隆庠。一到東京，便安置在日本十大財閥之一的古河虎之助男爵的別墅；唯獨高宗武例外，以他有肺病爲由，讓他一個人住在與「古河礦山」企業有關係的製鐵商大谷米太郎的家；這種明顯的猜忌，促成了高宗武脫離汪系的決心。

其實，這時候日本的政治氣候是很清楚的。繼近衛而任首相的平沼騏一郎，是日本法西斯黨的領袖，一直在想執政，但爲曾留法十年，比較具有自由思想的西園寺公爵所抑制；直到這一次軍部要推動日德義三國同盟，方始脫穎而出。

平沼的政治資本是陸軍的統制派，其中牽線的是統制派鉅頭小磯國昭，七七事變發生後，正任朝鮮軍司令官的小磯國昭，力主擴大；以後陸軍推出設置「興亞院」的計畫，本來預定由小磯去主持；近衛一看不妙，搶先發表指揮金山衛登陸的皇道派要員，柳川平助中將爲興亞院總務長官，藉以阻止陸軍推薦小磯。但平沼組閣，小磯一躍而爲拓務大臣，成了興亞院的主管機關。

至於蟬聯陸相的板垣，受制於次官東條英機；石原莞爾被逐出參謀本部，在關東軍司令部當副參謀長；七七事變「不擴大派」的多田駿孤掌難鳴。就在這樣的態勢之下，汪精衛仍不肯知難而退；但事實上是騎虎難下。

未與官方接觸以前，首先要「拜碼頭」。汪精衛跟日本人的關係不深，但有個人不能不拜訪，那就是 國父的老友頭山滿。

頭山滿出生於福岡藩士家。明治維新後，屬於所謂「不平的士族」。薩摩系的領袖西鄉隆盛，爲了轉移不平士族的注意力，倡導「征韓論」；但爲大久保利通，木戶孝允等人所反對，因而引起「西南戰爭」；西鄉隆盛兵敗切腹自殺。不平的士族越發不平，要求開設國會，讓民眾亦有參與政治的機會。這個運動早在「西南戰爭」以前便已流行，倡導最力的是土佐藩士出身的板垣退助，明治七年首創「愛國公黨」，爲日本破天荒的第一個民主政黨。

不久，「愛國公黨」在黨政者的壓迫之下不得已而解散；板垣退助回老家高知縣另創「立志社」；一時民間政治社團，風起雲湧，由土佐流行至各地；頭山滿與平岡浩太郎所組合的是「向陽社」，後來改名「玄洋社」。初意倡導民權；後來漸漸變質，成爲一個極右派的組織，主張對韓國及中國擴張；主要的原因是，國會開設以後，玄洋社獲得了北九州的煤礦經營權——民權與特權是極不相容的；玄洋社爲了保護他們的特權，便不能不與軍閥勾結。同

時煤與鐵是不可分的，煉鋼事業發達，煤礦才能大量開採，煤價亦可提高；而煉鋼事業要發達，就必須多造槍炮；槍炮要有出路，便只有發動侵略，製造戰爭。大倉喜八郎的八幡制鐵所，恰是北九州工業的重鎮；它也正就是頭山滿與大倉喜八郎合作的結晶。

日本人向來喜歡推行「兩岸外交」，政府如此，民間亦然。頭山與大倉的「國民外交」，殊途而同歸於「大陸政策」，大倉聯絡盛宣懷，頭山則結交革命志士。但他不肯出面，因爲一則由倡導民權而把持特權，自覺無顏見人；二則他必須隱瞞與大倉的關係，亦就是掩護大倉在中國的工作。如果盛宣懷知道大倉喜八郎的夥伴頭山滿是革命黨的同情者，那就天大的膽子也不敢讓漢冶萍公司與八幡製鐵所打交道了。

但頭山滿的時代，其實早就結束了；因此對汪精衛根本不能有何助力。甚至跟日本首相平沼騏一郎的會談，除了獲得了一句「繼承近衛內閣的精神、予以協助」的空頭保證以外，亦別無收獲。

原來日本對汪精衛的基本態度，已經在「五相會議」中作成了決定，他並不是日本唯一願意「合作」的對象；所看中的目標，至少還有一個吳佩孚。同時，日本絕不希望汪精衛組織「統一政府」，而以南北分治爲原則；北尤重於南，日本「以華北爲日、支兩國國防上、經濟上的強度結合地區」。換句話說：始終不脫統制派預定的步驟，先是「滿蒙分離」；繼之吞食華北五省。此外，還有一個原則，不論汪精衛還是吳佩孚組織新中央政府，必須先接受「日支新關係調整方針」。

因此，汪精衛此行要想有具體結果，非得跟陸軍打交道不可。經過影佐奔走，陸相板垣征四郎決定和汪精衛作一次會談。事先，汪精衛提出一個名爲「關於尊重中國主權之希望」的文件，希望「中央政府」中不設顧問；軍事方面的顧問，不限於日本將領，亦可聘用德義兩國人；以及日本在佔領區內所接收的中國公私有財產一律發還。

但在會談時，板垣對這個文件根本不作答覆；反提出好些問題，要汪精衛解答。

「過去一國一黨主義的弊害，可否藉此機會作一個清算？」

板垣是指執政的國民黨；汪精衛以「國民黨元老」自居，理當對所謂「一國一黨主義的弊害」這句話有所辯解，但他卻是這樣回答：「我贊成。這次組織政府，我準備網羅國民黨以外的各黨各派，以及無黨無派人士參加。」

「臨時和維新兩個既成政府的人士，忍受誹謗來促進日華和平，如果一旦全部取消，在日本覺得過意不去。」板垣提議：「可否把臨時政府改爲政務委員會，維新政府改爲經濟委員會，作爲局部處理中日關係事項的機構？」

「華北政務委員會」原有這樣的組織，汪精衛認爲不妨「恢復」；但對「維新政府」改

設「經濟委員會」，卻不能同意，因為這是「新中央」的命脈。不過他答應將來會延納「維新政府人士」，參加「政府」。

此外還談到「國旗」問題等等，事實上是細節，有沒有結論，無關宏旨。汪精衛的「希望」未曾獲得日本的答覆，失望異常；與周佛海、梅思平及影佐商量下來，決定留周佛海在日本繼續交涉，他要到北平悄悄走一趟，跟日本人所看中的吳佩孚會一次面，看看有沒有藉「合作」來打開困境的機會。

* * *

北洋政府的「孚威上將軍」吳佩孚，從北伐成功以後，便住在北平「什景花園」，保持著「四照堂點兵」時代的編制，設有空頭的「八大處」——參謀、秘書、副官、軍法、軍需、交通、交際、總務共八處；上上下下照舊稱他「大帥」。

不過雖有「八大處」，無公可辦，未免無聊；為了排遣寂寞，與北洋時代有名的親日派陸宗輿，發起組織「紅卍字會」，家中各設乩壇，供奉孔子、釋迦牟尼、老子、穆罕默德、耶穌，稱為「五教神位」，經常請神降壇，指點休咎。這樣混到了七七事變，北平淪陷，臨時聯合政府成立；照日本人的意思，要請兩名「最高顧問」，人選一文一武，文的是袁世凱、徐世昌、段祺瑞所賞識的曹汝霖；武的是吳佩孚。

吳佩孚向持「三不主義」，不住租界、不出洋、不娶姨太太。因此大家總以為他絕不會就此偽組織的「最高顧問」，那知不然，他竟接受了聘書。

這個「最高顧問」是有給職，不止於只送有名無實的車馬費。擔任「政委會委員長」的王克敏，定「最高顧問」的月薪為一千元，日本方面認為太少。於是王克敏徵詢曹汝霖的意見，他表示一千元也罷。問到吳佩孚，他說不夠；事實上確是不夠，因為他有「八大處」要開銷。結果是一樣職務，兩樣待遇，曹汝霖一千元；吳佩孚三千。

不久，發表吳佩孚為「開封綏靖主任」。吳佩孚一生事業最發皇的時候，便是在「八方風雨會中州」的河南；日本人的用心是，知道吳佩孚常有老驥伏櫪之嘆，想藉此喚起他的回憶，毅然出山，便可拖他下水。他部下的「八大處」，更希望他「移師」開封，就不必每月只領封在紅封袋裡，不論官兵，一律大洋五元的軍餉了。

只是吳佩孚想練兵、帶兵，恢復他「百世勛名方過半」的未竟事業，這個念頭雖從未斷過；而「漢奸」這個頭銜，到底難以消受，所以一任部下絮聒，只是充耳不聞。

當然，他也不會公然表示不就；問題亦就在事變既起，河北省主席于學忠每月的接濟，已經斷絕，要靠「最高顧問」三千元的月薪過日子，態度上硬不起來。

就在這僵持的情勢中，汪精衛從空而降；一下飛機，便被接到鐵獅子胡同一座有名的大第——作爲明清兩朝國都的北平，宏敞豪華的「大宅門」不知凡幾；偏偏短時下榻，就會在這一所能引起汪精衛無窮滄桑之感的巨宅，眞是冥冥中不可思議的安排。

這所住宅，曾見諸吳梅村的詩篇：「田家鐵獅歌」；田家指崇禎田貴妃的父親田宏遇；鐵獅正就是鐵獅子胡同命名的由來。田家舊居不知幾度易手，入民國後爲顧維鈞所得。中山先生應段祺瑞之邀北上，北洋政府即以顧宅爲行館；汪精衛當時是中山先生的隨員，在這裡住過好幾個月，中山先生病歿於此；汪精衛代草的遺囑亦產生於此，但是，遺囑中諄諄教誨，指示後起者所當全力追求的「自由平等」以及「廢除不平等條約」的精神，在這裡不但蕩然無存；而且正受到最大的侮辱，因爲這裡是日本人的「北京城防司令部」；司令是山下奉文少將。

一方面由於汪精衛本人的要求，希望此行儘可能保持秘密；另一方面是陸軍省特別下令，務必保護汪精衛的安全，因此在天津的華北派遣軍總司令寺內壽一大將，指令山下奉文爲汪精衛的臨時保護人。山下奉文是日本陸軍的「皇道派」；此派反對擴大事變，主張與重慶直接談和，對於「統制派」打算利用汪精衛作爲進一步侵略的工具，頗不以爲然；因此，山下奉文以安全爲理由，禁止汪精衛外出，用意在限制他的活動。

鐵獅子胡同與什景花園都在東城，但以山下的禁令，咫尺竟如蓬山。汪精衛無奈，輾轉託趙叔雍去看吳佩孚，希望吳佩孚到山下的司令部來見一面。

這趙叔雍是江蘇常州人，他的父樣叫趙鳳昌，與張謇是好朋友，趙鳳昌又是張之洞幕府中的紅人，後來爲徐世昌所延攬，到過東三省，足跡與交遊俱廣，與吳佩孚亦很熟；趙叔雍以年家子的身分去看吳佩孚，是可以無話不談的。

趙鳳昌在清末是有名的策士；但趙叔雍筆下雖還不壞，辦事卻很顢頇，更不善詞令，以致於把話說僵了，惹得吳佩孚大爲不滿。

「甚麼話！」這是他失意以後才有的口頭禪，「中國古禮，行客拜坐客；我吳某人雖卑不足道，也斷斷沒有移樽就教之理。何況是日本人的司令部；我去了叫山下以何禮待我？甚麼話！」

於是汪精衛再次向山下奉文要求，允許他去什景花園；山下一口拒絕，汪精衛無奈，快快南歸，到了上海，仍不死心，親筆寫了一封信，派趙叔雍專程北上面投；信中除了仰慕恭維以外，主要的意思是兩句話：「非恢復和平，無以消除共禍，外應世界大勢；非組織統一有力自由獨立之政府，無以奠定和平。」至於希望吳佩孚參加「政府」的意思，卻不便冒昧出口；交代趙叔雍，相機試探。

鑒於上次任務之未達成，趙叔雍這一回格外小心；呈上書信以後，盛道汪精衛對於吳佩

孚的忠義及用兵，傾倒備至，衷心希望有所教益。

「日本的情形，我很清楚。」吳佩孚說：「從甲午年大敗，一直到九一八事變，都是隱忍因循，長了日本軍人的驕氣，積漸而有七七事變。平心而論，也不能怪蔣奉化，國運如此，可發一嘆。」

「是，是。」趙叔雍想了一下，將話題引到合作問題上去：「不過，人定亦可勝天；和平要靠自己去求，否則不會平空而至。汪先生的本意是但求有益於國，任何艱險，皆所不計；不過個人力量有限，要找一位同樣具有絕大抱負的偉人，同心協力挽回狂瀾。環顧海內，認為只有大帥是第一人。」

這一陣恭維很合吳佩孚的胃口，論調便有些不同了，「有史以來，從無久戰不和之理。」他問：「汪先生現在是怎麼打算呢？」

「如信上所說的，組織統一、有力、自由獨立的政府。」

「統一、有力、自由獨立，」吳佩孚一詞一頓，念完了搖搖頭說：「談何容易？」

「唯其不容易，才要請大帥出山。」

「嗯、嗯，」吳佩孚的腦袋由左右搖擺，變為上下顫動，「這個政府先要『獨立自由』；次要『有力』；然後才能『統一』。保全國土、恢復主權，我輩責無旁貸。合作，可以！」

最後四個字，斬釘截鐵，顯然已被說動了；趙叔雍興奮地說道：「大帥肯與汪先生合作，和平一定可以成功。」

「這也言之過早。」吳佩孚問道：「日本人對於組織政府怎麼說？」

「日本人同意，仍舊用國民政府的稱號；使用青天白日期，不過現在跟重慶在打仗，如果不加區分，戰場上會發生誤會，所以預備在旗子上加一條黃帶子，寫上幾個字，作爲識別。」

「寫幾個甚麼字？」吳佩孚脫口問道：「不會是『替天行道』？」

也不知他是隨口開玩笑，還是故意諷刺；反正話鋒不妙，趙叔雍心裡不免嘀咕，但只有陪笑說道：「你老眞會說笑話。」

「不錯，我是說笑話。」吳佩孚正一正臉色說道：「我原來以爲汪先生跟我合作，他主政，我主軍，另外成立政府，這是可以談的。現在他用國民政府的名義，這件事就無可談了。」

「這，」趙叔雍困惑不解，「這又是爲了甚麼？」

「我受挫於國民政府，始終是敵對的地位；現在跟國民政府合作，不等於投降嗎？」

「唉！大帥，這都是早已過去的事了。」趙叔雍大不以爲然，很率直地說：「你老何必斤斤於此？」

「不然！抗節不屈，是我素志。」吳佩孚又說：「蔣奉化總算能禮賢敬老，那年派吳達銓來接段芝泉，也勸我南下；孔庸之也一再勸我，我爲了爭一口氣，沒有答應。不過，我既不住租界、也不出洋，蔣奉化是信得過我，不會上土肥原的圈套的。不過，我雖不會做張邦昌；也不屑於做錢武肅。」

趙叔雍聽他這番理論，大出意外；虧他會拿吳越的錢武肅王作比，也眞是匪夷所思了。

「總而言之，」吳佩孚又說：「汪先生要跟我合作，要依我的條件：第一、日本軍要撤走；第二、另組政府，與國民政府無關；第三、軍事由我來負責，他不能干預。這三個條件，缺一不可。」

趙叔雍聽完，倒抽一口冷氣。第一個條件日本不會同意；第二個條件汪精衛辦不到。看樣子他是根本不願出山，故意提出這樣的條件，好教人知難而退。

意會到此，方始恍然。不過，任務雖未達成，總算亦有收獲，到底將吳佩孚的本意探查明白；此路不通，汪精衛應該可以死心了。

誰知不然。汪精衛還要爭取吳佩孚；因爲日本軍部著眼在軍事上，希望引其中國軍隊的動搖、分裂、混亂，就必須找一個軍人來與汪精衛搭配。這個軍人不論新舊，但名氣要響亮，才有利用的價値。在汪精衛想，建立一個政權，總要有文有武，才成局面；所以六月間在北平碰壁回上海，立刻動腦筋爭取同鄉軍人；粵籍將領自然以張發奎爲首，但張發奎一向與桂系接近；而桂系首腦李濟琛曾經想殺汪精衛，所以不說張發奎無意落水，就在私人關係上亦格格不入。這一著失敗以後，又回頭來找吳佩孚；汪精衛的想法是，吳佩孚的三條件，第三個可以許他；第一個可以說動他：要日本撤軍，正要你來交涉。吳佩孚好名，用激將法必然有效。只有第二個必須解釋清楚；便親筆寫了一封信給吳佩孚，道是「今日國民黨人主張恢復國民政府，其爲國民政府謀，忠也；非國民黨人亦主張恢復國民政府，其爲國民政府謀，俠也。一忠一俠，其立場雖異，而爲國爲民之心事則同。銘竊願公以一忠字對民國；以一俠字對國民政府，則公之風節必照映宇宙，而旋乾轉坤之功業，亦必成於公乎。」

信是寫得文情並茂，但吳佩孚卻沒有心情去欣賞，因爲他的牙病復發，來勢極兇——民國十二年，曹錕決定賄選總統；「虎視洛陽」的吳佩孚，頗不以爲然。曹錕的胞弟曹銳，本跟吳佩孚不睦，直系早有洛派及津保派之分；此時曹銳不斷挑撥，以致曹錕對吳佩孚亦有了成見，洛保兩派，益同水火。吳佩憑藉酒澆愁，日夕狂飲，一顆壞牙發火，卻又不曾根治，常要復發，這一次因肝火特旺，發得格外厲害。

肝火是兩個人引起來的，一個是日本華北特務機關長喜多駿一，不斷來「觔駕」，使得吳佩孚窮於應付，大感苦惱；再一個是曹錕的小兒子曹士嵩。曹錕有兩子一女；長子叫曹士岳、次子叫曹士嵩。曹錕兄弟很多，子侄是大排行；曹士岳十一、曹士嵩行十三。在天津提起「曹十三」，幾乎無人不知；因爲是有名的紈袴。

紈袴子弟亦有三等九級，大致亦視其父兄的出身修養而定；曹錕的兩個兒子，都是敗家，以曹十三爲尤甚，是蘇州人所說的「要緊窮」，嗜賭如命，一晚上輸一兩座洋房是常事；有時深夜持著珍貴的首飾到舞場裡去找人變現。曹十三的姊姊見此光景，只怕嫁妝都要讓他敗光，便吵著要分家；其時曹士岳已經去世，所以分家只是姊弟二人。請出來主持其事的父執，一個是齊燮元；一個是吳佩孚。曹吳的關係特深，因而齊燮元事事推吳佩孚作主。他一向不喜曹十三，便提出男女平分的主張；曹十三不敢爭，心裡卻很不舒服。

分完不動產分動產，現金、古玩、字畫次第分過，最後分首飾。其中有一支玻璃翠的扁簪，通體碧綠，十分名貴；吳佩孚沉吟了半天說：「十三，你是男孩，用不著這東西；又是你母親的遺物，就給了你姊姊吧！」

曹十三立即接口：「大叔，你老不是說男女平分嗎？就平分好了。」說完，拿起簪子「崩冬」一下，敲成兩截，取一截給他姊姊：「拿去。」

這是上海人所謂「觸霉頭」；吳佩孚這一氣非同小可，「你這小子太混帳了！」他拍案大罵。齊燮元在一旁勸了半天，才平息了一場風波。但餘怒未息，肝陽上昇；吳佩孚當天就牙病大發，左頰腫得老高。他的塡房太太慌了手腳，打聽得天津有個姓郭的大夫，治牙病藥到病除，便專程請了來診治；哪知不治還好，越治越壞。

這姓郭的是所謂「時醫」——實在沒有甚麼本事；只是走運的醫生。大概姓郭的紅運已過；也許是吳佩孚的大限將至；一劑石膏二兩的「狼虎藥」下去，炎涼相激，疼得吳佩孚幾乎發狂。於是吳家的親友獻議，說牙科是日本人好；應請日醫診治爲宜。

在北平的日本醫生，最有名的一個叫植原謙吉，留德學成，即在北平開業；此人倒眞是愛慕中華文化，會說中國話、愛吃中國菜，尤好結交名士。醫道極其高明，平津政界要人，以及下野多金而「隱於市」的北洋軍閥，幾乎沒有一個不曾請教過植原。

吳家跟他也相熟；想請他介紹一個牙醫，而正當籌議未定之時，日本特務機關派人來探病，並且舉薦了一個名叫伊東的牙醫。吳家看日本人很敬重「大帥」；同時也知道日本人千方百計想請「大帥」出山，自然相信這薦醫之舉是百分之百的善意，當時便請伊東來出診。

伊東診察得很仔細，但牙根已經化膿，除卻拔除病牙以外，別無他法。吳佩孚怕疼，不肯拔；於是只有吳夫人婉言來相勸了。

吳夫人姓張，是姨太太扶正——「三不主義」是吳佩孚得意以後的話。武漢兵敗爲楊森迎回四川作客時，寄情翰墨，畫竹作詩；更由「三不」而擴大爲「四不」，自署「四不老人」，曾寫了一副對聯明志，上聯是說得意時不佔地盤不納妾；下聯表示失敗後不住租界不出洋，顯出他是富貴不能淫；威武不能屈；貧賤不能移的大丈夫。

至於扶正的張夫人，相從於貧賤，等於糟糠之妻；伉儷之情甚篤，在她好言撫慰，還提到關公刮骨療毒的故事；吳佩孚終於同意，拔除病牙。

但是病牙雖去，牙根化膿如故；腫既未消，痛則更甚。問到伊東，他說病根甚深，心急不得。也有人勸吳佩孚，七年之疾求三年之艾；又說「病來如山倒，病去如抽絲」，務必寬心。

話是不錯，只是俗語說得好「牙疼不是病；疼死無人問」；吳佩孚日夕呻吟，「八大處」人心惶惶，都快發瘋了。

這樣過了三天，吳佩孚入於昏迷狀態；症象險惡萬分。病急亂投醫，打聽得一個名叫秩田的日本醫生，治牙頗有名氣；便派人去說了病狀，請來診治。秩田來到吳宅，帶了兩名助手，一名護士，好些醫療器材，包括開刀用的特殊照相設備在內。

一到吳家，先將燈光器材佈置停當，然後略略察看了病狀；秩田極有把握地說：「非開刀不可了。」

六神無主的吳太太茫然地問：「不開刀呢？」

「不開刀性命不保。」

吳太太還待找人商量；秩田已不由分說，戴上橡皮手套，操刀上前；在吳太太及親友緊張的注視之下，突然紅光閃現，吳佩孚口中噴血如箭，一聲慘號，渾身抽搐，很快地雙足一挺，一顆半明不滅的將星，終於不明不白地隕落了。

吳太太既痛且驚，撫屍大哭；跳著腳喊：「把大門關起來！宰這幾個日本鬼子。」

「八大處」的人，自然亦是群情洶洶。齊燮元恰好在場，一看要闖大禍，不能不出面力勸；秩田跟他的助手護士，在亂糟糟一片喧嚷中，抱頭鼠竄，溜之大吉。

吳佩孚眞正的死因，是個疑案；一說是日本軍方認爲他成事不足，敗事有餘，所以先派伊東將他的臼齒弄壞，然後再指使秩田下手，送了他的老命。不過，他這一死，畢竟克保晚節，蔣委員長特地發表唁電，政府亦明令褒揚；其時正在日汪密約已有成議，而杜月笙爲了高宗武迷途知返，正在安排他悄然脫走之時。

不久，定名爲《日支新關係調整要綱》的日汪密約，終於在上海簽了字。「中日關係」進入一個新的階段；日本外務省派出一名高級官員，以私人身分來華作廣泛而秘密的調查。

此人名爲須磨彌吉郎，在擔任外務省情報部長之前，是駐南京的總領事，一個相貌長得跟土肥原很像的陰謀家。騰笑國際的「藏本事件」，便是他的「傑作」——須磨受日本軍閥的指使，命副領事潛到南京郊外自殺，以便在中國的首都製造藉口，派兵登陸。結果藏本惜生不死，而爲戴笠所派出去廣泛搜索的工作人員所尋獲，把戲拆穿，國際間引爲笑談。

12 卿本佳人

黃秋岳誤上賊船始末。

但須磨有個眞正的傑作，是用威脅利誘的手法，在行政院最機密的部門，部署了一名間諜。此人名叫黃秋岳，是福建詩壇繼陳石遺而起的名家，與梁鴻志齊名。但在北洋政府時代，並不如梁鴻志那樣飛黃騰達。北伐以後，一直在中樞供職；官拜行政院機要秘書，頗爲汪精衛所賞識；有個兒子在外交部當科長。

說起來際遇並不算得志，亦決不能說是失意；壞是壞在有個善於揮霍的姨太太，所以簡任秘書的待遇，加上中樞機要人員的津貼，收入雖不算少，卻常常鬧窮。

因此，須磨得以乘虛而入。他出身於東京帝大英文科；在華多年，對於中國的文化藝術，亦頗有研究，據說齊如山就是他捧紅的。黃秋岳詩文皆妙，腹笥甚寬；須磨居然有資格

常跟他談文論藝，且又常有饋贈，食物玩好之類，歲時不絕，因而結成深交。

私交之外，更有公誼；由於黃秋岳掌管院會紀錄，所以須磨常常寫信跟他打聽消息。不過決非探聽機密；凡是提出的問題，都是第二天就會見報的消息，了無足奇。須磨不過早一天知道而已。

有一天，須磨折簡相邀，入席以前，先有一番敘說；須磨率直問道：「黃先生，聽說你的經濟情況很不好？」

黃秋岳扭怩地答說：「既然是老朋友，我亦不瞞您說，我有兩個家；小妾花錢又漫無節制，以致捉襟見肘。」

「我很想幫黃先生一個忙。」須磨取出一張支票，擺在茶几上；面額是五萬元，「請收下。」

「這，這不敢當。」黃秋岳說：「我們中國有句俗話，無功不受祿。朋友縱有通財之義，亦決不能受此厚賜。」

「黃先生，打開天窗說亮話，我亦沒有資格拿幾萬元送朋友；你說無功不受祿，只要肯幫我們一點忙，不就可以安心收下了嗎？」

黃秋岳不知道這筆錢來自日本的大藏省；還是日本喜歡做中國關係的財閥？涸轍之魚看

到這一汪清水，自不能無動於中；沉吟了好一會兒，問道：「不知道要我幫一些甚麼忙？」

「很簡單。請你把每一次『閣議』的內容告訴我。」

須磨口中的「閣議」，即是行政院院會；黃秋岳當即答說：「能公開的，自然可以公開——。」

須磨搶著說道：「不能公開的，也要公開。」

「那，那萬萬不行。」

「有甚麼不行？一定行！」須磨開始暴露猙獰面目，鬥雞眼、鷹爪鼻，加上鼻下那一小撮黃鬍子，望而令人生畏，他的語氣忽又一變：「黃先生，你別怕！我們收集情報，亦不過備而不用；而且『閣議』亦不會有多大的機密。與會人員甚多，洩漏了亦不見得是你。」

「話是不錯。但我的良心及職務，都不容許我這麼做。」

「事實上你已經在做了；而且早就在做了。」

黃秋岳愕然，「這是怎麼說？」他問：「如果我做了，我自己怎麼不知道？」

須磨且不作聲，從寫字檯抽斗中，拿出一大疊黃秋岳的親筆信，「這不就是你的成績。」他說：「既然已經幫忙了，就不妨幫到底。」

黃秋岳大驚失聲，急忙分辯，「這都是可以見報的東西，毫無機密可言！」

「黃先生，你外行！」須磨答說：「是否機密，要由我們來判斷；而且機密與否，要看時效。早一刻知道是機密，遲一刻知道，就不是機密。事實上，你寫給我的信，對於『三宅阪』已作了很大的貢獻。」

「甚麼『三宅阪』？」

「喔，對不起。」須磨笑著道歉：「陸軍省在東京三宅阪；所以我們慣以這個地名，作爲陸軍省的代名詞。」

聽到這裡黃秋岳如當胸著了一拳、雙眼發黑，倒在沙發上好久都作不得聲。

「黃先生，」須磨倒了一杯白蘭地，遞到他手裡，「定定心！慢慢想。我保證跟你充分合作；希望你也採取同樣的態度。」

「如果，」黃秋岳很吃力的說：「如果我拒絕呢？」

「拒絕的後果是：身敗名裂。不要做這種傻事！」

由此開始，須磨展開了威脅利誘，交替爲用的手法；一步緊、一步鬆；而下一步更緊，他不但要求黃秋岳在接到他所提出的問題以後，必須予以滿意的解答，而且間接要獲得外交部的情報，也就是將黃秋岳的兒子也要拖下水去。

黃秋岳百脈賁張，不斷有種衝動；拍案痛罵須磨一頓，然後自首，承認過去的錯誤，靜候政府裁處。但這種衝動始終未能化爲決心；剛一發生便爲其他種種顧慮所打消失，首先想到的是面子；其次想到的是「解職聽勘」以後的生活；公私交迫，困處愁城的日子，令人不寒而栗。每一次的衝動，都像一個迅速膨脹的氣球，很快地到達極限；但每一次都有一個針尖，輕輕一戳，立即洩氣。

話雖如此，黃秋岳還是沒有同意；只表示需要考慮，他說他的能力有限，可能無法達成須磨的期待。當時約定在一星期後作答覆。當然，他也不會收下那張支票。

這以後幾天，黃秋岳心裡只有一個念頭，如何能夠擺脫須磨的威脅？在辦公廳中，沉默寡言；回到家更是把自己關在書齋中，獨自沉思，交遊酬酢都摒絕了。

與黃秋岳形成強烈對比的是，他的姨太太興致特別好；雖然他在書房中時，她從不去打攪他，但飯桌上，枕頭邊，笑語殷勤，風情萬種。黃秋岳也就因爲有這一朵活色生香的解語花，才沒有愁出病來。

這天下午，黃秋岳正在客廳裡看晚報，是一篇成都通訊，詳記兩名日本記者被殺的經過——日本爲了國軍追擊「二萬五千里長征」的共產黨，成都的地位突形重要，要求設置總領事館，以便搜集情報。成都並非通商口岸，外交部便根據條約，加以拒絕；而日本政府悍然不顧，派定岩井英一爲代理總領事，由上海乘長江輪船，溯江西上。預備到成都開館。

其時四川民眾對日本政府已發動了大規模的抗議運動，岩井到了重慶，不敢再往前走；日本外交當局便改用迂迴試探的方式派與岩井同行的四個人，到成都打前站。這四個人，兩個是記者，一姓渡邊、一姓深井；一個是「滿鐵」的職員田中；再一個是漢口瀨戶洋行的老闆。他們由重慶乘汽車到達成都的那天——民國二十五年八月二十三日，正好舉行反對日本設置領事館的群眾大會，會後遊行，浩浩蕩蕩，隊伍長達數里；那知恰好有四個陌生的日本人抵達，更刺激了群眾的情緒。治安當局怕發生不測事件，勸告渡邊等四人，最好留在他們所投宿的大川飯店，以便於保護；這四個人不聽忠告，以致第二天在大川旅館，發生了嚴重的衝突。

衝突的過程是：包圍、衝入、搗毀、毆鬥。治安當局出動一連的兵力，及若干憲兵支援警察；但群眾在左派份子策動之下已變成「暴民」。結果，四個日本人，一半負傷，一半下落不明。到下一天，兩名日本記者的屍體在大川旅館的正府街被發現。再下一天，八月二十五日，在大川旅館再度出現包圍的情況；這一次，治安當局知道是左派分子有組織的行動，以強硬手段鎮壓，頗有死傷；同時捕獲了兩名首謀分子，立即處決，以期收拾事態。

這就是引起嚴重外交問題的「成都事件」的眞相；左派分子利用民眾的愛國情緒，卻爲政府製造了問題。事實上是危害了國家，卻不須擔負任何責任，甚至還可能博得熱心爲國的美名，這是從何說起？

正當黃秋岳嘆惜痛恨！黯然不歡之際；他的那位徐娘風韻的姨太太，笑盈盈地捧來一個大盒子，一面打開盒蓋，一面說道：「你看看這件大衣怎麼樣？」

說著，拎起大衣領子往上一提，是一件毛片油光閃亮的「灰背」；等她往身上一比，黃秋岳覺得這模樣很面熟，倒像在何處見過似地。

「這件灰背大衣，跟胡蝶的那件，一模一樣。」

這一說，黃秋岳想起來了。報上登過一張照片，中蘇復交後，首任駐蘇大使顏惠慶赴任；在同一條郵船上有梅蘭芳與胡蝶，新聞記者邀一貌堂堂的顏大使與梅胡合影，眞能盡華夏人物之美，是一張極有名的新聞照片。照片中的胡蝶，穿的就是這樣一件灰背大衣。

「不錯！」黃秋岳說：「可惜，價錢太貴了。」

「買得起就不貴；才四千塊錢。」

「四千塊錢還不貴。我一個月的收入才多少？麗人一襲衣，下官半年糧。」

「你又要哭窮了！銀行裡幾萬塊錢擺在那裡。哼！」

聽得這話，黃秋岳始而一楞；繼而一驚，顧不得姨太太的嘮叨，趕到銀行裡查帳；果然有一筆五萬元的存款，而且是支票，經過交換，收訖入帳，算日子正是與須磨會見第二天的事。

這跟「栽贓」沒有甚麼兩樣。黃秋岳首先想到的是，應該報告長官；但茲事體大，必須謀定後動。於是找了個清靜的咖啡館，一個人坐下來細想。

結果是，越想問題越多；對他最不利的是時間問題，可想而知的，須磨出此一著，當然另有佈置，早已佔了防禦上的優勢。如果須磨約會之後，立即反映；或者支票存入的當天，便將實情和盤托出，都可以邀得諒解，甚至還會獲得獎勵。如今時機已經錯過，據實上陳，所換得的必是一句詰問：你爲甚麼不早說？從而就會產生誅心之論：是內心在動搖，考慮接受須磨的條件。那時跳到黃河都洗不清了。

或者可以這樣說：我早已決定拒絕須磨的要求，所以當時不即據實報告者，是覺得不必多事；那知須磨居然「栽贓」，這就絕不能保持沉默了。

這樣說法，似乎沒有毛病；問題何以遲至這時候才來報告？是因爲一直不知道須磨有一張支票存入他的帳戶之故。

那知一回到家，才知道自己的說法不能成立。首先是姨太太迎著他問：「你怎麼一聲不響，往外就跑；到哪裡去了？」

「我到銀行裡去看帳。」黃秋岳答說：「那筆錢不是我的。」

「不是你的，是誰的？」

「妳不知道。」

「唯其不知道才問你，人家的錢爲甚麼存入你的戶頭？」

黃秋岳不願多說；「以攻擊作爲防禦」，故意反問一句：「妳怎麼知道我戶頭裡有五萬塊錢？」

「那天銀行打電話來的。」

「甚麼？」黃秋岳大驚：「銀行打電話來的。怎麼說？」

原來須磨派人去存錢時，只知道名字，不知道帳號；銀行職員看面額很大，而存錢的人不是黃秋岳往日所派的工友，怕發生錯誤，所以曾打電話到黃家去求證。

「銀行的人問我，是不是派人來存五萬元？我怎麼好說不是？當然說不錯。」

「那！」黃秋岳氣急敗壞地問道：「妳當時爲甚麼不跟我說？」

「我爲甚麼要跟你說，應該你自己跟我說才是。」

她的解釋是，黃秋岳曾經說過，只要他有錢，一定儘量給她用。現在有這麼一筆說大不大，說小眞不小的款子在銀行裡；她倒要看看，他以前說的話是出於眞心，還是隨口敷衍？倘出眞心，自然會主動告訴她，此刻我有錢了；有多少，你要花就花吧！

「不錯，我說過這話。問題是這筆錢不是我的。」

又回到原來的疑問上來了；「不是你的錢，怎麼會存到你的戶頭裡？」

「是別人寄存的。」

「誰？」

「妳不知道。」

「我當然不知道！」她臉色鐵青，「誰也不知道，你安著甚麼心？甚至也不知道你在說甚麼？牛頭不對馬嘴。」

想想自己的話，漏洞確實很大；既是別人寄存，安有支票存入銀行時，不先通知他的道理？而況寄存之說，根本不通；那人爲甚麼自己不開個存款戶頭，直接「寄存」在銀行裡？

要解釋這個誤會，只有將前後經過，原原本本地告訴她；但婦人不可共機密，就算她諒解了，同意不動這筆款子，也會惹出許多麻煩來，而況她絕不會同意！

「你怎麼樣？如果你心疼錢，以後就別說那種慷慨的話。我是實心眼兒，信以爲眞，結果搞得下不了台！」

「好了！」精神瀕臨崩潰邊緣的黃秋岳，一顆心突然一鬆；自覺「得救」了，「你把我的支票本拿來！」

替愛姬買了灰背大衣的第二天，便是約定給須磨答覆的日子；他躊躇了一天，不知怎麼辦？到得下一天，接到須磨的信，問其他的兒子所主管的一個外交上的問題——無關機密；但如作了答覆，便是接受須磨要求表示。黃秋岳考慮了一夜，終於跟他兒子通了電話，給了須磨滿意的答覆。

以後的一段日子，倒也並沒有多大的痲煩；黃秋岳方在慶幸，並未出賣了國家的機密，不料發生了震驚全世界的「西安事變」，須磨的要求便多了，每天都要有情報。因此，政府對因應此一鉅變的全部過程，日本瞭如指掌。

到得二十六年一月，須磨以此功勞，連升三級，內調爲外務省情報部長；這是個大使級的職位，而須磨不過是比公使猶低一等的總領事。

須磨離職，黃秋岳並不能脫離日本的掌握；由須磨的繼任者，接收了黃秋岳的關係。半年之後，爆發了七七事變。

正在廬山的蔣委員長，接到來自宋哲元、秦德純的詳細報告後，判斷這是日本軍閥的挑戰，不應視之爲偶發性的「地方事件」。立即作了他生平最重大的一個決定：應戰。

蔣委員長看得很清楚，日本從一九三四年初齋藤內閣的陸相荒木貞夫不安於位；到一九三五年秋天，崗田內閣的教育總監眞崎甚三郎被逐，皇道派完全失勢，侵華的步驟即逐漸加

緊。及至一九三六年發生「二二六事變」，軍部所支持的官僚廣田弘毅組閣，竟接受了統制派的要求，恢復陸相現役制；陸軍想併吞華北五省的狂妄野心，更爲明顯。最彰明較著的一個事實是，陸軍省軍務局軍事課長武藤章，建議擴大華北駐屯軍的編制，司令由旅團長少將級，改爲師團長中將級；駐華武官磯谷廉介則越過他們的大使，直接向陸軍省要求增兵華北，於是這年——一九三六年，亦即民國二十五年的五月一日，日本政府正式宣佈華北駐屯軍司令改爲「親補職」，由昭和親自任命第一師團長田代皖一郎中將，爲擴大編制後的第一任華北駐屯軍司令；半個月以後，陸軍省「行最小限度的增兵」，是一個旅團；旅團長河邊正三少將，在北平成立了司令部。凡此都是對中國將有大規模軍事行動的跡象；所以武裝衝突的性質，即令是局部的，亦會很快地發展爲全面的。蔣委員長看得最透澈的一點是，日本軍閥的野心永無止境，即令忍辱受侮，答應全部要求，甚至承認「滿洲國」；但遇到國際矛盾衝突，時機有利日本時，他們仍舊會越黃河而南，繼續侵略。

因此，與其坐而待亡，不如起而應戰；特別可珍視的是，民氣可用，把握這多年以來所培養的寶貴的時機，一定能爲國家民族，死中求生，打開一條出路。就算敗了，國格未失，精神不死；倘或再不抗戰，國民精神日趨消沉；民族生機，毀滅無餘，那就眞的要淪爲萬劫不復的悲慘境地了。

這個決心是在「七七」的第二天作成的；隨即下令在四川的軍政部長何應欽，趕回南京，著手動員；三天之內就擬定了具體的全面抗戰的軍事計畫綱要，在七月底以前秘密組成大本營及各級司令部，準備以一百八十個師──第一線一百個；預備軍八十個，與日本軍閥周旋到底。

但是，在華北苦心撐持的宋哲元，尚未瞭解在廬山的蔣委員長，已下了中國有史以來最大規模動員的決心，所以仍舊忍辱負重地採取息事寧人的態度。到得事變發生的一週以後，蔣委員長接到各方面的報告，證實日本政府已受軍部牽制；而陸軍首腦部中，「擴大派」壓倒了「不擴大派」，決定由日本本土派遣三個師團──包括駐廣島的板垣的第五師團在內；朝鮮派一個師團；關東軍派兩個旅團，投入華北戰場時，認為讓全國民眾瞭解國家民族的存亡生死，已到了「最後關頭」；唯有「拼全民族的生命，以求國家生存」的時機已經到了，因而在七月十七日的「廬山談話會」中，發表了以《對於日本的一貫方針與立場》的演說；第三天，演說全文見報，全國民眾熱烈響應，人人都瞭解：這回，中國跟日本要拼個你死我活了。

下一天，蔣委員長下山回南京；隨即派遣二十九軍出身的參謀次長熊斌，秘密北上，向宋哲元說明中央的決策及全面抗戰的步驟。這位「寧為戰死鬼，不作亡國奴」的專閫所寄的大將，立即改變了態度，下令正在撤退中的三十七師，停止後撤。

這時的政治重心，已由廬山回歸南京；行政院院會的重要性亦就恢復了。於是黃秋岳受到日本總領事館的壓力，亦就愈重。到了七月二十九日，二十九軍奮勇抗敵，在副軍長佟麟閣，一百三十二師師長趙登禹壯烈成仁；官兵傷亡五千人，但也予敵重創以後，平津相繼棄守，戰局進入一個新的階段。

其時日本海軍亦已有了行動。以上海及長江方面作爲「警備區域」的日本海軍第三艦隊司令長谷川清中將，決定在上海制造藉口，發動戰爭，但第三艦隊的主力在長江流域，漢口駐有陸戰隊二千人，需要集中到上海；同時長江上游的日僑撤退，亦須一段時間，因此，雖有行動，並不積極。

這些情況在蔣委員長的參謀部門，看得很清楚，秘密擬定了一個甕中捉鱉的作戰計畫；調集輪船，在江陰要塞附近的江面鑿沉，一方面阻止敵艦由海入江；一方面隔斷在江陰以西，水域中的二十多條日本軍艦及二千海軍陸戰隊，可以一鼓成擒。

這個計畫的擬訂不難，付諸實施的技術問題卻很複雜；尤其是爲了保守秘密，只能在暗中調遣部署，更費時日。但正當海軍部會同交通部著著進行，將次成功時，日本在漢口的兩千海軍陸戰隊，突然撤退；在長江的二十多條日本兵艦，亦鼓棹東下，由八月七日至九日，前後三天之中，都通過了江陰要塞，集中在上海；陸戰隊而且強行登陸，並要求中國撤退在上海的保安隊。浙滬的情勢，立刻就很緊張了。

隔了兩天，中國交通部下令各輪船公司，盡速將航行中的海輪，駛入長江；接著海軍破壞了江陰下游的各種航行標誌，並開始阻塞江陰要塞江南的水道。日本海軍固然無法再施故技，在下關江面炮轟南京；但參謀本部的擬訂的甕中捉鱉的計畫，卻也完全落空。

這件事很奇怪！日本長江艦隊的行動，發生得非常突兀。情報部門疑心消息已經走漏；但卻無從設想，走漏的過程如何？及至「八一三」戰爭終於爆發；當天軍方徵用招商局輪船七艘；民營輪船十六艘；海運艦艇及躉船二十八艘，在江陰下游的長山港江面，一律鑿沉，成爲長江的第一道封鎖線。下行輪船只到鎮江爲止。屬於日清汽船株式會社的兩條長江輪被封鎖在南京江面，自然被接收了交給招商局運用。

下一天發生了有名的「八一四」空戰。這天上午中國空軍從杭州筧橋機場起飛，以日本海軍旗艦「出雲號」爲中心目標，展開空中攻擊；下午，日本木更津聯隊轟炸機十八架，從台灣新竹起飛，空襲筧橋機場。其時中國空軍全部九個大隊及四個直屬中隊，正全部轉移至東南地區，決定部署於杭州、南京、南昌、廣德各機場，擔負支援上海作戰及保衛首都的任務；當日機到達筧橋上空時，恰好擔負驅逐任務的第四大隊，剛由周家口調防降落，得到警報，緊急昇空，迎頭痛擊，打下六架之多，而四大隊一無損失。中國空軍有史以來第一次對敵作戰，即創零比六的輝煌紀錄；第四大隊大隊長高志航，一戰成名，成爲中外交譽的英雄。

就在這天，外交部接到駐日武官的急電，日本已決定調派第三、第十一兩個師團，編成「上海派遣軍」，起用預備役的松井石根爲司令官。淞滬戰事，必將擴大，恰正符合蔣委員長的算計。

原來關於對日的戰略，軍事首腦部作過多次的秘密研討。蔣委員長曾經說道：「日本要亡中國，不出蠶食鯨呑兩個辦法。中國不怕它鯨呑；卻須留心它蠶食。」從九一八到七七，便是蠶食的態勢，先割東北、次及華北；如果光是集中力量跟日軍在華北周旋，倘或不勝，日軍能夠站住腳，下一步必是渡河而南，蠶食東南膏腴之地。這是始終處於被動挨打地位的下策；上策是要爭取主動，牽著日軍的鼻子，讓他們在我們要打的地方打。

因此，當蘆溝橋事變爆發，蔣委員長決定應戰，而日本海軍爲了爭功，想對中國東南沿海有所行動時，陳誠就極力主張，在淞滬堅決抵抗，將日軍吸引到東南來，鑒於日本外交官反覆要求外交部長王寵惠，承認廿九軍三十八師師長張自忠與日軍代表所簽訂的三次停火協定，越見得日本想將蘆溝橋事變，作爲地方事件，以便於蠶食；就越足以證明全面抗戰的戰略指導思想之正確。但不明軍事原理，不知其中的奧妙；東南為中國的精華地帶，戰火蔓延，可能有許多人認為可惜。

蔣委員長為了說明這些道理，並促使大家在心理上有所準備；決定第二天──八月十五日上午八時，在靈谷寺附近的一個特定地點，召集中央各部門首長會議。

在事先，日本長江艦隊先期逃出江陰封鎖線這一點，疑雲越來越重。有人談到一段史實，南宋建炎年間，韓世忠屯京口，誘金兵深入，相持於黃天蕩；他泊戰艦於金山之下，又打造了許多巨型鐵鍊，上繫大鈎；金兀朮的船來一條、鈎一條，硬生生把它拉沉，金兵大為所困。此見於正史；但據野史上說：有個姓王的福建人，夜謁金兀朮獻計，說黃天蕩有條通海口的河道，名為老鸛河；湮淤已久。如果能打通這條河道，不愁不能脫困。金兀朮大喜厚酬此人，照計而行，竟得北歸。

以古方今，可能也有樣一個漢奸，出賣了國家的利益，先期通知日本，江陰水道即將封鎖。既然如此，就要防備這個漢奸洩漏重要會議的時間、地點，勾引敵機來轟炸。因此，建議蔣委員長更改會議的時間、地點。於是蔣委員長決定會議時間提前到七點鐘，並在一小時以內開完。

第二天七點鐘開會；散會未到八點，空襲警報大作，日本飛機準八點鐘飛臨南京上空，轟炸目標之一，就是那個特定的開會地點。

這會是偶然的巧合嗎？即使一個腦筋遲鈍的人也都不會相信。於是戴雨農下令全面徹查，凡是知道這天上午八點鐘在特定地點，有一個軍政委員畢集，由蔣委員長親自主持的重要會議的人，不管他是任何身分，都被監視或跟蹤，毫無例外。

當然，這不是說部長級以上的大員，對國家的忠貞有問題；而是中國的要人，只有忌諱的觀念，並無保防的警覺。「這句話不能說，說了會得罪人」，於是守口如瓶；「啊！啊！抱歉，我不能來。明天上午八點鐘有個會，是委員長親自主持，非到不可。這樣，九點鐘左右，等我從靈谷寺進城，順路來看你好了。」這平淡無奇的幾句話，說是會闖下天大的巨禍，是誰也會嗤之以鼻的事；因此，要人左右若有間諜埋伏，隨時都能獲得敵人所意想不到的珍貴情報。戴雨農所防的，就是這些人。

由於黃秋岳兼管國防最高會議及黨政聯席會議的議事工作，當然亦為被監視的對象；每天有兩個人分班看住，尤其是他的活動範圍，更為注意的焦點。但經過一星期的跟蹤，毫無可疑，每天上班、下班，除了家就是行政院；中午到國際聯誼社吃飯，亦是獨來獨往，從未見他與任何形跡可疑的人接觸。

國際聯誼社在新街口附近的香舖營，是跟中央黨部、外交部、勵志社有關的一個特種勤務單位；顧名思義，可知是爲南京的外籍人士，提供一個便利休閒活動，促進中外友誼的公共場所；在朝野一致勵行「新生活運動」之際，這裡是唯一可開舞會的地方。不過，黃秋岳從沒有來跳過舞；他只是中午來吃飯，因爲國聯誼社餐廳的價格公道，菜也還不壞。

跟蹤的人當然不能進餐廳，而須守候在外進門的大廳，一面設有舒適的沙發，等人或等座位，都在這裡休息；另一面餐廳入口之處的壁上，設有一排掛鉤，以便懸掛雨衣、帽子之類。跟蹤黃秋岳的老張、小侯二人，每次都坐在掛鉤對面的沙發上。

這天負責跟蹤的是小侯，坐在掛鉤對面的沙發上枯守，實在是很乏味的工作；閒得無聊，任何一個不尋常的現象，都能引起他的極大的興趣。偶然一瞥之間，發現掛鉤上兩頂呢帽，式樣、顏色、質料完全相同；而且有一種感覺；彷彿呢帽在跟他招呼：「喂！你認識我吧？」

於是他走近了去看，走到一半便想起來了，「這不是黃秘書的帽子嗎？」他這樣在心中自語，接著便搜索記憶，十幾天以來，他想不起黃秋岳戴過另一頂帽子；也沒有不戴帽子的時候。

這就顯得有些不尋常了！他又想，夏天常見的帽子，分爲兩類，一類是草帽，又分軟邊、硬邊兩種，軟邊草帽叫「巴拿馬草帽」，由於宋子文常戴的緣故，正在風行；一種是由軍盔演變而來的「拿破崙帽」，有白、黃、灰各色，蔣委員長夏天如果著中山裝，就常視服裝的色調，戴不同顏色的「拿破崙帽」。至於呢帽，雖然跟法蘭絨西服一樣，夏天亦可穿戴，而畢竟不常見，何以黃秋岳每天必戴？只怕其中另有道理。

轉念到此，心頭狂跳；立即作了一個決定，要看這同樣的一頂呢帽的主人是誰？

因此，等黃秋岳出了餐廳，拿了他的帽子往外走時；小侯一反亦步亦趨的慣例，坐在那裡安然不動，視線不離那頂呢帽。也不知等了多少時候，終於看到有個人伸手去取那頂呢帽。此人個子不高，穿一身灰色西服；等他轉身過來時，小侯判明了他的國籍，是日本人——日本西服的式樣，是全世界最糟糕的；尤其是束腰的皮帶，繫在肚臍以下，更是日本西服的怪模樣。

這個收穫太大了。但是，小侯很冷靜，世上無巧不成書的事很多；還需要繼續求證，因此，他聲色不動，只用冷眼觀察。

第二天中午，黃秋岳仍舊戴著那頂呢帽到國際聯誼社，進門脫帽，隨手往鉤上一掛。小侯自左而右看過來，並無相同的帽子，於是只注意門口了。

過不多久，昨天所見的那個日本人也來了，一看他頭上，果然不錯，不過，這一回他的帽子掛在別處，並不似昨天那樣，並排相懸。

「到底是不是？」他在心裡琢磨，「帽子不在一處，也許人在一處呢？」這樣轉著念頭，便慢慢起身；去到餐廳入口之處，有意無意地往裡面一看，不由得大失所望，黃秋岳一個人坐一桌，日本人坐在另一桌，而且有朋友在一起，談笑正歡。

「這是怎麼回事？」他茫然地在想，偶而抬頭一望，大吃一驚，黃秋岳的帽子不見了！這當然是人已經走了；他直覺地追出門去，左右張望，那裡有黃秋岳的影子？內心懊喪無比，「釘梢」會把人釘丟了，這說出去豈不是笑話？

一步懶似一步地走著，滿心煩躁，汗出如漿；小侯整天不快，心裡只思念著這件事。哪知道「思之思之，鬼神通之」，到得夜深如水的半夜裡，方寸之間，突然靈光閃現；恨不得馬上天亮，太陽一升，隨即高掛中天，好讓他跟蹤黃秋岳，證實自己的想法。

想法證實了！黃秋岳帽子不在，人在；那個日本人先離餐廳，戴去了黃秋岳的帽子，然後黃秋岳離去時，戴去了日本人的帽子。前一天就是如此；在不知不覺中，交換了帽子，也就是交換了情報。

在採取行動之前，必須先取得證據；這個證據且須堅強有力。最須顧慮的是，有沒有證據還成疑問，倘或根本沒有證據，或者證據不足，而黃秋岳卻已經知道有人在打他的主意，那一來不但打草驚蛇，前功盡棄；而且必然引起一場風波。因此，搜集證據的行動，亦必須

隱密妥當，以不使授受雙方——黃秋岳與那個日本人，都毫無知覺爲最理想。

基於這些要求，小侯的工作同志設計了一個很巧妙的過程；實現此一過程的主要關鍵，在一樣「道具」：照式照樣的一頂呢帽。

這頂呢帽不僅質料，式樣、顏色須絕對相同；而且要同樣的牌子，同樣的尺碼。這還不算，還要同樣新舊。

通過國際聯誼社管理員的關係，取得了這樣「道具」的全部資料；南京還沒有這個牌子的呢帽，須到上海採辦。買到以後，再要加工「做舊」；經過仔細檢點，毫無破綻，可以開始行動了。

行動非常簡單容易，只要將呢帽「掉包」，眞可說是舉手之勞；但下手之前，必須具備兩個條件：第一、要確定日本人會來；因爲跟蹤期間，曾發現有一次只有黃秋岳一個人，日本人未到。倘或如此，黃秋岳戴回去的，應該是他原來的帽子；帽中無物，倒也罷了；如果夾著甚麼東西，一看已不翼而飛，自然知道出了問題，可能立即開溜。

其次是必須在黃秋岳先到，而日本人未到之前下手。因爲日本人先來，黃秋岳後到，再加上行動人員，掛鉤上就會出現三頂同樣的呢帽，目標過於顯著，引人注目，亦是件很不妥的事。

好在那個日本人，也早在監視之下，知道了他的住處；並掌握了其他必要的資料，總在中午十一點半至十二點之間出發，坐一輛黑色別克汽車。所以行動之前，沿路派出「觀察員」，用電話傳通消息，確實控制了日本人的行動。

第一次沒有成功，因爲黃秋岳一到，日本人接踵而至，沒有時間來掉包。第二次差點出問題，帽子已經掉到手了，而日本人中途改變行程，不到國際聯誼社；幸虧行動人員還在，趕緊將黃秋岳的帽子又掉了回去。

第三次成功了。這天中午黃秋岳先到；行動人員在那日本人的汽車駛近國際聯誼社減速將停時，才根據守在門外的同僚的暗號，以極敏捷的手法，換走了黃秋岳的帽子。

帽中果然有花樣在，帽簷內側作襯底的一道皮圈中，夾著一張紙，蠅頭細字寫著好幾條中央最新的決定，一條是國民黨中常會雖決議授權蔣委員長組織大本營，行使海陸空軍的最高統帥權，並統一指揮黨政；但蔣委員長爲了尊重林主席的地位，決定以軍事委員會爲抗戰最高統帥部；再一條是政府決定向國際聯盟提出報告，陳述日軍在「七七」、「八一三」開釁的經過，指出日本政府負全責；並要求國際聯盟對日本的侵略行動，加以干涉。此外還有軍政人員預備調動的情況之類。

黃秋岳的筆跡是早就搜集了樣本，細加核對；完全相符。黃秋岳的罪行，是確鑿無疑的了，但應該如何採取行動，卻大有研究的餘地。

當然，若說要依法逮捕，手到擒來，毫不費事；但如果他們授受雙方都不知道帽子已在暗中掉了包；那就不妨再來一次，進一層瞭解黃秋岳到底知道了多少機密；出賣了多少機密？甚至，下一次不妨調日本人的帽子，看看對方對黃秋岳是何指示；想要此甚麼情報？

但討論到最後，還是認爲以及早逮捕黃秋岳爲妥。因爲日本人拿回那頂帽子，一看裡面空空如也；很可能會立即跟黃秋岳聯絡，然後再進一步仔細檢查那頂帽子——雖說已經「做舊」，畢竟有許多特徵是瞞不過所有人的耳目的。等發覺呢帽已非原物，可以推想到，是怎麼回事？於是，黃秋岳畏罪自殺；那一來，有多少情報已落入敵人手中，以及日本方面是用甚麼方法能夠打入中央政府最機密的部門，便都成謎了。

於是呈准最高當局，然後通知行政院，逮捕了黃秋岳；由他的供詞中，知道他的兒子亦脫不得干係，一併逮捕。對於封鎖江陰水道的消息，他承認洩漏給敵人，自道寧作民族千古罪人；以救長江兩岸生靈。意思是二十幾條日本兵艦及兩千海軍陸戰隊，被封鎖在長江中下游，必不肯束手待擒，而作困獸之鬥，那時長江兩岸的百姓，就會大遭其殃。

這話當然不會有人相信，事實上在當時知道他說這話的人，也沒有幾個。因爲整個過程都是極高的秘密；而保持秘密的最大原因，是怕影響民心士氣，同時會引起外交上的麻煩

——日本駐華大使川越茂仍在南京；中國駐日大使許世英，本已提出辭呈；七七事變爆發，爲了共赴國難，已打消辭意，趕回任所。中日兩國外交關係未斷，黃秋岳事件如果一公開，等於替日本製造找麻煩的口實，自屬不智。

由於罪證確鑿，軍法審判的程序，很快地結束；父子雙雙伏法。熟悉黃秋岳的人，無不嘆惜：「卿本佳人，奈何作賊！」他的詩、他的筆記，文采義理，都是第一流的。

話雖如此，卻沒有一個人說政府不該判處黃秋岳死刑，唯一的例外是梁鴻志——他做過段祺瑞「執政」時期的秘書長；「九一八」以後，蔣委員長派吳鼎昌迎段南下，借住陳調元在上海的住宅；也就是後來的極斯非而路 七十六號爲公館。政府每月致送生活費三萬元；段祺瑞用來分享舊部；梁鴻志亦有一份，月得千元。段祺瑞一死，梁鴻志每月的津貼亦就失去了；因而怨及政府，借少年故交黃秋岳之死，做了一首詩寄託牢騷；這首五言詩：「青山我獨往，白首君同歸；樂天哀天涯，我亦銜此悲。王涯位宰相，名盛禍亦隨；秘書非達官，何事而誅夷？」

何以將黃秋岳與唐文宗的宰相王涯，相提並論？大多莫名其妙。有人指出，要從「甘露之變」中去參詳，「甘露之變」是宰相王涯、李訓謀誅宦官；詐言在金吾廳後面的石榴樹上發現甘露。天降甘露是瑞徵，史冊記載：天下昇平則甘露降。因此，當權的宦官仇士良，引領皇帝，親臨觀賞。王涯、李訓本埋伏了甲士在那裡，打算盡殺宦官；不料事機不密；爲仇士良所發覺，半途引駕回宮；說王涯、李訓謀反大逆，急召禁兵入宮，王涯、李訓皆被殺，並夷家族。梁鴻志的意思是，日本飛機在八月十五轟炸南京，目標在蔣委員長，決非黃秋岳的本意；猶如王涯本無弑帝之意一樣。至於「誅夷」的「夷」字，是指黃秋岳的兒子而言；梁鴻志可能不知道，黃秋岳的兒子的一條命，是送在他父親手裡。

但須磨知道，黃秋岳父子是由他送入鬼門關的，自不免內疚於心；所以這一次在中國縱貫南北的旅行，到處打聽黃家還有甚麼人？最後是在北平找到了黃秋岳的弟弟。

他對胞兄胞侄的不名譽之死，痛心異常，因此也恨極了日本人；對於須磨的登門造訪，拒而不納。須磨無奈，託人以資助印行黃秋岳的遺作爲名，致贈了一筆鉅款；亦被原封不動地退了回來，須磨想了卻耿耿於懷的這樁心願，是徹底失敗了。

但在公務方面，須磨倒頗有收獲，找到了一些舊關係，爲外務省建立了幾條情報路線，其中之一就是繆斌。

*　　　　＊　　　　＊

當一九四五年二月初，日皇召見重臣，聽取了近衛的率直陳奏，認爲戰事必敗，愈早求和愈有利；否則陸軍內部的左傾思想抬頭，將形成可怕的威脅。近衛並且提出了一張「預備役」將官的名單，認爲是收拾殘局的理想人選。

這張名單的第一名是宇垣一成。當近衛第一次內閣，在一九三八年夏天，爲了想結束在中國的戰事而改組，接受多田駿與石原莞爾的意見，自台兒莊前線召回板垣征四郎，代替杉山元出任陸相時，宇垣一成亦代廣田弘毅而爲外相。宇垣的復起，是出於三井財閥「大番頭」，近衛內閣的藏相池田成彬所推薦。統制派之得與財政界的結合，即肇因於池田成彬對垣宇一成的看重；這一次池田推薦宇垣出任外相，是打算著用宇垣的軍部關係與他在財經方面的影響力，由外交途徑來解決中國的戰事。如果能夠成功，則近衛內閣之後，將是宇垣、池田的聯合內閣。

因此，宇垣謀和的交涉對象是，中國的財政巨頭孔祥熙；實際上是由池田來的關係，結果爲軍部所破壞，宇垣一氣之下，也不跟池田商量，自己親筆寫了辭呈，還有一道彈劾近衛的條文，捲在一起，面遞近衛；而且就在近衛面前，先將彈劾文讀了一遍，問一句：「有無其事！」接著斬釘截鐵地說：「從此刻起，我不再是你的外相了！」

這是公子哥兒出身的近衛，從未有過的難堪。但他公而忘私，不記這段嫌怨，推薦宇垣出來收拾殘局，亦仍是想到了宇垣與池田的合作，能夠打通孔祥熙的關係，對蔣委員長作出有力的影響。

皇道派的人物，近衛推薦了四個人，在「七七事變」初起，擔任「支那駐屯軍」司令官的香月，以及反對擴大在華戰事，而力主防俄的眞崎甚三郎、小畑敏四郎及石原莞爾。近衛又建議：如有必要，也就是一定需要現役將官；那末阿南惟幾、山下奉文亦可起用。

這是日本陸軍中聲望最高的兩大將。兩人都有在華作戰的經驗；亦都在太平洋戰爭初期立過戰功，山下奉文自馬來半島北部登陸，南下直攻新加坡，於一九四二年二月初，依照預定作戰計畫，很精確地以四天時間佔領新加坡。

但是，山下奉文是皇道派，他的聲名太盛，正招統制派之忌；所以連同一向以陸軍超然派出名的阿南惟幾，都被調爲關東軍司令梅津美治郎節制，在「滿洲國」備邊。雖非「飛鳥盡，良弓藏」，但多少總是投閒置散。

及至一九四三年夏秋之間，日本的海軍及航空兵力，已處於明顯的劣勢；大本營設定了守勢的「絕對國防圈」，中西太平洋新幾內亞至澳洲北部的戰備，有強化的必要，於是新組第二方面軍，起用阿南惟幾爲司令；不久山下奉文亦被任命爲十四方面軍的司令，擔當防守菲律賓的重任。

近衛認爲阿南與山下所以能擔負起收拾殘局之艱鉅任務，是因爲他們有足夠的聲望，可以讓在中國的日軍接受指揮。尤其是山下，他的那個「馬來亞之虎」的外號，予人一個異常殘暴的印象，其實，他比屠殺中國人的谷壽夫、酒井隆，甚至有「統制派別動隊」之稱的松井石根，好得太多。最特殊，也是最重要的一點是，在所有的日本將領中，只有他相信中國是不易被征服的——這一種基於現實而來的瞭解，比梅津美治郎、東條英機、杉山元、岡村寧次等人，由於誤解中國歷史而來的荒謬想法，有天淵之別。

梅津一派所瞭解的中國歷史，只看到一種出於多種逆流所匯集的不幸結果；中國曾數次爲北方異族入侵，而不得不暫時割棄；如遼、金、元、清皆是。「統制派」從這些中國歷史中，自我領受了鼓勵；他們所策動的華北五省獨立，包括的地區正是遼金的領域；也是五胡十六國及北魏的領域。同時，從北洋政府時代以來，他們認爲中國多的是石敬塘之流的失意政客與軍閥，只要讓他們感受到有堅強的靠山，出現第二個「滿洲國」是不成問題的一件事。

日皇昭和對於近衛的陳奏，當然很重視；但是軍部的勢力，積重難返；而西園寺公爵在輔弼昭和的年代，一直強調英國式的政體。所以昭和心以爲是，卻不能拿出斷然的決心，作明快的處置。

昭和告訴近衛，軍部並非不想求和，但要在打一個大勝仗以後，可以因爲取得較好的談判地位。近衛卻爲昭和指出：軍部有此想法，由來已久；但在打了一個大勝仗以後，想法馬

上改變了。那時如果有人提議謀和，一定爲同僚所譏斥。也許軍部是覺悟了，但已經沒有機會了；永不可能再有大勝一仗的機會。

因此，這一次破天荒的天皇個別召見重臣，垂詢國事，根本沒有發生任何作用。陸軍中屬於統制派中的死硬派，仍然接受東條的觀點，認爲勝敗之數是百分之五十對百分之五十，尤其是對本土決戰，充滿了信心，以一億鬥志昂揚的日本國民，足以消滅任何登陸的敵軍。對於美國的宣傳，一旦登陸，可以在四週以內擊敗日本的說法，東條嗤之以鼻，他說：區區硫磺島之戰，即已花費了美軍四年的時間。

13 全面求和

「小道士」繆斌赴日與小磯國昭垮台。

日本的全面求和工作，當小磯內閣成立不久，即已開始，關鍵人物是早就參與內閣情報工作的緒方竹虎。

他是福岡縣人，出身於早稻田大學；主修政治經濟。畢業後加入《朝日新聞》工作；後來又留學歐美，學成回國仍回《朝日》，當到專務總主筆、副社長。由於他的家世、籍貫、經歷，使得他在日本朝野的各方面具有廣泛的關係。福岡在北九州，介乎長州、薩摩之間，與兩派藩閥都拉得上關係；主和最力的杉山元大將，又正是他的福岡小同鄉，話亦可以講得通。

他的父親緒方通平是福岡農工銀行界的領袖，以此淵源，獲得財閥的支持，自不在話

下。再由於留學歐美，自由主義的味道較濃，與一班因大東亞戰爭而被閒置的政治家如幣原喜重郎、吉田茂等人都有往來。當然，最主要的是在《朝日新聞》服務三十年，使得他能遍識日本各方面有影響的人士，還有各國的許多外交官。在日本社會中，可再也沒有比緒方具有更多更廣泛的人際關係；因此，在東條內閣，他受邀擔任「情報部參與」；小磯內閣成立，更一躍而爲國務大臣兼情報局總裁，表面上是主持宣傳工作，實際上獲得小磯的支持，軍部的默許，從多方面去尋求結束戰爭的途徑。

他所恃的「觸角」，便是朝日新聞社派在國內外各地的記者。日本新聞記者，往往負有政治任務；而日本的政治家亦每每與新聞機構結有深厚的關係，如同盟社之掩護近衛，擔當過許多必須保持機密的任務。當多田駿與石原莞爾，決定排除杉山元，間接建議起用板垣征四郎時，作爲第五師團長的板垣，正受困於台兒莊，與前線將領的任何聯絡，必須通過軍部，而近衛不願軍部知道他的意圖，結果便是由同盟社的戰地記者古野伊之助攜著近衛的親筆信，在台兒莊陣地面交板垣，方能將他召回東京。

緒方的探索和平工作，亦由《朝日新聞》記者秘密擔任；最初是由朝日新聞社經理鈴木文史郎與瑞典駐日公使伯桂接觸，到了一九四五年三月間，鈴木將這一層關係移交給了外相重光葵。與此同時，《朝日新聞》駐上海的記者田村眞知，回東京時面告緒方竹虎，說汪政府的「立法院前院長」繆斌，有意作爲東京與重慶談和的中間人；而且他也有資格作中間人。

於是緒方便告訴小磯，有這樣一條路子，値得一試。小磯認爲可疑，因爲繆斌是早就由於貪污，而爲中國政府所淘汰的人物；但以急於脫出陷入中國大陸的泥淖，不願輕易捨棄這一機會，因而決定，派他在士官的同學；已列入預備役的陸軍大佐山縣初男到上海，瞭解繆斌的情況。

山縣的來意爲軍統所獲知，戴笠便設計了一套愚弄日本政府的作業，迂迴曲折地供給了山縣許多有關的資料；這些資料都指出，繆斌與重慶方面有一種「特殊關係」；並且有重慶的要人「支持」；如果他出任中日談和的「中間人」，一定能將日本方面的意見「轉達」最高當局，並受到「重視」。

接得山縣的報告，小磯頗爲興奮，便在閣議中正式提出，透過繆斌直接向重慶謀和的建議。外相重光葵立即表示反對，他認爲，第一、對中國的和平工作，應取得「汪政府」的諒解，必須通過南京到達重慶。第二、繆斌是不足以信任的。當繆斌自江蘇民政廳長任內因案免職時，重光葵正在上海當總領事，所以對繆斌的劣跡，相當瞭解；所提出的論據是很有力的。

此外，陸相杉山元、海相米內光政、參謀總長梅津美治郎則都表示，鑒於過去的工作事例，對這件事不必寄以太多的期望。不過態度雖不熱心，亦未像重光葵那樣極力反對。

話雖如此，小磯相信他的同學，過於閣僚；只是外相既然不贊成，未便獨斷獨行，所以改換一個名義，以聽取情報為理由，派緒方安排繆斌作東京之行。

繆斌出賣風雲雷雨的手法，一向很高明，除了他所說的，另有一名「中國政府」的特別代表，需要經過他先跟日本最高決策人士接觸以後，才能決定是否可以展開直接談判以外，另有一組工作人員，攜帶專用的電台，隨同赴日。這也就是使小磯「入迷」的主要原因，所以特別叮囑，這些工作人員及電台，一定要帶來。

那知日本「派遣軍」總司令部，亦竟信以為眞，而岡村寧次正在進行老河口、芷江作戰，妄想進攻重慶，正急電大本營要求增援，且四十七師團的一個步兵聯隊，亦正由青森縣之西的弘前駐地，趕往中國戰場，如果此時與重慶談和，勢必破壞他的軍事行動，因而決定加以阻撓，禁止繆斌的隨員及無線電器材上飛機。小磯接到報告，對於軍方的行動頗為驚異，但亦無可奈何；因為他這個內閣總理大臣，地位遠不及東條，對於軍部毫無約束的力量。

繆斌單身到了東京，在見小磯時，率直提出要求，晉見日皇。他的理由是，倘非日皇有所表示，蔣委員長是不會作任何考慮的。

幾經折衝，才決定由日本皇族代表日皇，先跟繆斌作初步接觸。當然，所選的這個皇族，必須是中國政府所熟悉的人物。

日本的皇族，人數不多；天皇的直系親屬，稱爲「皇族」；兄弟伯叔，便是「華族」，自是五等爵以上的王位，有封號並有稱號，稱號爲「宮」，此是一家族的總稱，當時皇族中，比較爲中國所熟悉的是「東久邇宮稔彥王」。

這個理由光明正大，而且正因爲提出了這樣的理由，見得繆斌的來頭不小；所以小磯欣然樂從，派緒方去見木戶幸一，提出繆斌的要求，希望日皇能予接見。

但木戶認爲繆斌晉見日皇的時機未到，婉言拒絕；而繆斌堅持立場，彷彿在報復當年近衛的聲明，「不以中國政府爲談判的對手」；所以如今亦不願與日本政府談和，只有日皇有所表示，他才能負起「中間人」的任務。

照日本的「皇室典範令」，皇室、皇族必須學習軍事；東久邇宮稔彥是陸軍出身，而且軍旅的經驗很豐富，位至中將，做過師團長。七七事變初期，他的師團派至華北，並參加過進攻漢口的戰役。回國以後，久任參謀總長；當然，那多少是一種「榮譽職」。

日本的皇族共十四家，除了昭和的三個胞弟，秩父宮、高松宮、三笠宮稱爲「御直宮」

以外，其餘十一家，都是孝明天皇之後。日本皇室、皇族，有近親結婚的傳統，因此，昭和皇后良子，實際是昭和天皇裕仁同曾祖的堂妹，而東久邇宮稔彥王與昭和的關係，就更爲複雜了。

東久邇宮稔彥的父親，是明治天皇的兄弟、朝彥親王，所以他是昭和嫡堂的叔父；但同時也是姑丈，因爲他的妻子是明治天皇的九皇女，例封內親王，稱號爲「泰宮」的聰子。朝顏親王的兒子很多，所以這一支在皇族中的勢力最大；除「御直宮」以外，其餘十一家中佔了三家，梨本宮守正王，是朝彥親王的第四子，一直是「元帥府」的首席，現在是「伊勢神宮」的「齋主」、朝香宮鳩彥王，是朝彥親王的第八子，爲現役陸軍中將；東久邇行九，與朝香宮同歲。由於他又是他的胞伯明治天皇的女婿，所以特見重用。

東久邇稔彥接見繆斌，是在三月十八那天；東久邇提出了一連串的問題，第一個也是日本朝野最關心的是：「在重慶的國民政府，是否承認日本天皇？」

「當然。蔣委員長及中國政府，只對日本軍閥有反感。」

「國民政府爲甚麼想跟日本謀求和平？」

「中國不希望日本滅亡，爲了中國的防衛起見，需要日本的存在。中國希望日本在滅亡之前，與美國謀和。」

繆斌將日本比作中國的「防波堤」，當然是爲了防止赤色浪潮，他說：「現在如果實現中日和平的話，可以防止蘇聯勢力的擴張。」

「你是小磯首相邀請來的，爲甚麼先想謁見天皇呢？」

「在日本誰都不可靠。」繆斌發揮了他一向善作驚人之論的特長，「可以信賴的，只有天皇。既然本人不能直接拜見天皇陛下，希望殿下轉達我所陳述的意見。」

東久邇宮稔彥當即表示，接受繆斌的要求，據情轉陳日皇；當然也還要表明態度，卻是十足空洞的外交詞令；他說：「希望實現此種中日和平工作，而以此和平工作爲基礎，來結束世界大戰。」

「實現此種中日和平工作」的具體條件，繆斌向小磯及緒方提出一個所謂「中日全面和平」方案，要點一共四項：第一，停止敵對行爲，自中國撤退所有日本軍隊；第二，取消南京政府，承認蔣委員長對全中國的統治權；第三，滿洲問題，另行交涉；第四，恢復日本與英美間的和平。

於是在三月二十日召開的「最高戰爭指導會議」中，小磯報告了繆斌來日以後的活動，然後提出請求：以繆斌所提方案爲前提，討論日本與中國政府的和平交涉問題。

「本人很懷疑，此種工作會有甚麼效果？」陸相杉山元一馬當先，兜頭澆了冷水，「繆斌是中國政府拋棄的人物；如果中國政府眞的有和平的誠意，不應該讓這樣的人物來居間。」

這確是一針見血之論；海相米內光政便說：「請外相表示意見。」

「關於這個問題，首相與本人並沒有認眞討論過，更沒有達成任何協議，所以本人不能負責。」外相重光葵接著又說：「據本人所知，繆斌並非汪政權的忠實分子；中國政府的領導階層，亦早已將他排除在外。」

「這是表面的看法。」小磯的信心毫未動搖，「我有好些確實的證據，能夠證明繆斌的工作是重慶所許可的。」

「過去有過好幾次類似的工作，結果都證明是重慶情報機關所弄的玄虛。」參謀總長梅津美治郎說，「對於一向與中國政府隔絕的繆斌來談和，本人始終覺得是件不可思議的事。」

「我想，我們不必再討論這個問題了。」米內光政問道：「各位以爲如何？」

出席人都以沉默表示附議；小磯與緒方知道，在這個會議上任何爭論，都是徒費唇舌，所以亦未開口。繆斌的「方案」就此胎死腹中了。

但小磯還不死心，特意在梅津身上下工夫；因爲參謀總長在理論上是日皇的幕僚長，可以單獨「帷幄上奏」，同時參謀總長主管軍令，對於停戰問題處在有力的發言地位。可是梅津沒有被小磯所說服。

情勢很明顯了，內閣總理大臣親自主持一項工作，竟至於連討論都不討論，即爲他的閣僚所否決；這不就等於全體閣員投了他的「不信任票」？將繆斌找了來，會出現這樣的惡劣的副作用，眞是做夢都沒有想到的事。

這對小磯自是一大打擊。經過多方考慮，他認爲日本爲要想求得和平，只剩下一個機會，就是在本土決戰時，對登陸的敵人迎頭痛擊；讓敵人知道，雖已踏上日本的本土，但有如日軍在中國大陸那樣，陷入泥淖，難以自拔的危險，不如講和爲妙。

這個機會要從勝利中取得；尤其重要的是，當機會來臨時，要能及時捕捉。因此，小磯舊事重提，要求積極參預。

經過深切的考慮，小磯決定打最後一張牌：直接訴之日皇。

小磯是在四月二日單獨晉見日皇，要求對繆斌路線賜予支持。昭和不是明治，無法作此重大的決定，他仍舊要召見陸、海、外三相後，才能答覆。這一來，結果便可想而知了；當天便由木戶內相轉告，日本認爲時機尚未成熟。據說，陸、海、外三相一致反對小磯的計畫的理由，倒不是因爲繆斌不夠資格；而是認爲中國與英美有堅強的同盟關係，若非事前與英美充分磋商，絕難單獨與日本進入和平關係。日皇深以爲然，所以這樣答覆小磯。

由於日本憲法上的缺點，統帥與國務是脫節的：東條英機之能獨斷獨行，是由於人事上的手段，彌補制度上的缺點，由特旨先兼陸相，再兼參謀總長。小磯組閣本是預備役的大將，自無法援東條之例，因而要求總理大臣得列席大本營會議，爲陸軍所拒絕。到得繆斌來日之前，這一點終於爭取到了；但雖得列席，每周召開兩次的大本營會議，既無發言權，又無表決權，論地位還不如軍部的一名課長；不過一個高級的旁聽者而已。

因此，小磯在晉見日皇的第二天，親訪杉山元；他本來是陸相，由於與畑俊六分任本土防衛的第一、二總軍司令官、晉銜元帥，並交卸陸相；推薦阿南惟幾繼任，尚未到職。小磯的要求是，由他兼任陸相，以便強力參與大本營的決策；同時可以事先估計，談和的時機將會在何時來臨，以便準備。

軍部斷然拒絕了！仍舊是現役與預備役的理由。

小磯無路可走了；四月四日上午進宮、捧呈辭表；並且上奏，後繼內閣必須是「大本營內閣」。

* * *

對繆斌的東京之行，周佛海明知道不會有何結果；始終存著一個「說不定會有奇蹟」出現的萬一之想，因爲果眞東京與重慶能夠直接談和，他的肩頭就會輕鬆得多。

繆斌畢竟鎩羽而歸了。儘管他吹得天花亂墜，說日本天皇曾經親自接見；又派東久邇宮代表賜宴，日本很可能派皇室出面來談和，但周佛海由日本方面接到情報，證實繆斌是白去了一趟。

及至小磯內閣垮台，退役海軍鈴木貫太郎組閣，汪政府中人都不知道日本對「本土作戰」正在積極部署，認爲鈴木內閣是「投降內閣」。皮之不存，毛將焉附；汪政府當然亦要解體，個人的出處，已到非作安排不可的地步了。

於是有的打算建功贖罪；有的準備隱姓埋名；當然也有人持著聽天由命的想法，但個人的安危生死能看得破，卻不可連累親友，金雄白就是這樣，早在汪精衛剛死時，他就在悄悄收束他的事業了。

有一天，有個新聞界的朋友胡東雅去看他，說第三戰區派來一個姓張的高參，託他引見周佛海。這些事金雄白不知做過多少次，當即打電話跟周佛海聯絡好，將張高參帶到周家，達成了引見的任務，隨即就走了。

過了幾天，胡東雅又來看他；一見面就喜孜孜地說：「雄白，恭喜你，有個極好的消息，張高參向周先生提出要求，希望派一個比較熟悉他的情形的人，常駐三戰區，作爲聯絡官。三戰區屬意老兄；張高參請你馬上向周先生去請示，甚麼時候跟張高參一起走。」

金雄白既驚且喜，便即問說：「怎麼會看中了我？是不是你的推薦？」

「不是。聽說是顧將軍自己決定的。」

金雄白回憶往事，想起曾經替三戰區的司令長官顧將軍出過一回力，那時他是江蘇省政府主席，曾槍斃了一個新聞記者劉煜生，引起軒然大波；尤其是上海的新聞界，大張撻伐，更爲憤激。後來是由杜月笙調停，方得無事；不過期間金雄白亦曾由顧將軍透過周佛海的關係，託金雄白從中斡旋，也許是因爲這層淵源，顧將軍才會想其他。

不論如何，反正這是個出深淵而登青雲的大好機遇；金雄白不敢怠慢，當天便去看周佛海，說明來意。

「我向張高參表示，同意你去，完全是敷衍他的話。」兜得一盆冷水，將金雄白澆得背脊都發涼了。

「我想過，你去了不能回來；不能回來你就不能去。」

「何以不能回來？」金雄白問。

「日本人對你注意已久，你去了浙東回來，一定會有麻煩。平常有麻煩不怕，這時候有麻煩，我沒有能解決的把握。」周佛海加以解釋，「因爲，現在的日本軍人，尤其是以勝利者姿態出現在中國戰場的日本軍人，心情之複雜、之不可理喻，你總想像得到。」

金雄白不能不承認周佛海的話，是經過考慮，出自衷心，只好無奈地點點頭。

「如果你去了不回來，好些只有你才能辦，或者一向是你經手，別人茫無所知的事，我就不知道該怎麼辦了？」

這也是實話。金雄白經手的「關係」，大部分固然可以交出去，但也有極少數的部分，是無法交出去，而這極少數的部分，正是非常重要的部分，譬如周佛海跟蔣委員長的代表蔣伯誠的關係，就非金雄白作橋樑不可。

「再說，我也少不了你。既然是共患難，當然以朝夕不離爲最宜。」

前面的分析，由於理智，最後的一個留他的理由，出於知友深情，更令人感動。金雄白到這時候，連悵然若失的感覺都消失了。

「好！這件事，我們不談了。」

「那就談最要緊的一件事，照你看我當前最要緊的一件事是甚麼？」

金雄白毫不遲疑地答說：「自然是如何接應盟軍在東南沿海登陸。」

「不錯。日本在中國的部隊有三百萬；一旦『本土決戰』，當然要調一部分回去。這調回去的一部分，必然是精銳，留下來的即或不是戰鬥力怎麼強的部隊，不過數量很大，仍不可輕敵。」周佛海又說：「不過『政府』也有六十萬人，雖然戰鬥力不高，仍舊可以發生牽制作用；我當前的課題是不知如何將這個牽制作用發揮到最高度；以及如何在國軍所希望的地區，發生牽制作用？」

「既能發生牽制作用，何不將這個作用，索性化成戰鬥？」

「你的意思是，直接對日軍攻擊？」

「正是。」金雄白點點頭。

與其牽制，不如進攻；聯絡游擊隊，組織淪陷區民眾，而遙引國軍正規部隊為後援，以待麥克阿瑟的艨艟鉅艦，起事著實可為。金雄白所建議的這一策，當時為周佛海笑為『書生之見』；其實卻是針對日本大本營戰略上的弱點而加以痛擊的上上之策。

因為情況是很明顯的，日本為了本土決戰，以及防備盟軍在中國東南沿海登陸，否定岡村寧次往西南深入冒險，嚴令將部隊集中到海口，以便增援本土。既然如此，就不必作靜態的牽制；大可放手攻擊——戰略家、政論家一直在鼓吹、在強調的是，日本派遣大量部隊侵華，是自陷泥淖，來得去不得；現在不正就是日軍歸心如箭，急於從沼澤中拔出泥腿，溜之大吉；而中國應該拖住它的時候嗎？

贊成金雄白的主張的人，甚至還作了這樣的一個譬喻，例如有流氓自道急人之急，侵入良善人家，軟哄硬騙，盤踞不去；哪知多行不義必自斃，此流氓之家遭人襲擊，已經失火了；流氓急於脫身回家救火，那末與他暗中有不共戴天之仇的人，豈不應該乘機反抗？這個流氓爲了根本有失，無心戀戰，一定是採取只求擺脫的守勢；那時就偏不容他脫身，讓他眼睜睜看老巢淪爲一片瓦爍，豈不也是絕大的勝利？

但周佛海不聽。雖說書生之見，紙上談兵，畢竟也有其可取之處；而所以連考慮都不考慮的最大原因是，不管軍統也好，三戰區也好，都只能由他配合對方的要求作必要的因應行動；而不能由他作主，來採取任何戰術；更不用談戰略了。

＊　＊　＊

到了民國三十四年六月初，任何公共場所都在公開談論日本人在哪裡慘敗，怎麼樣慘敗；以及蔣委員長最近發表了甚麼令人興奮的談話，常掛在一般人口頭上的一句話是「天快亮了！」而且大庭廣眾之間，公然有人指出「中央儲備銀行」鈔票的花紋中，分散隱藏的「中央馬上來」五字——看清楚了的人的那種驚喜之情，是誰都會留下不可磨滅的印象的。

金雄白既興奮又苦悶，與周佛海的接觸當然亦更密切；一天傍晚，周佛海跟他說：「有件事要請你趕快辦。中央要我辦一個規模比較好的印刷廠，作爲反攻開始以後，敵後宣傳之用。這件事要快；請你負責籌備。經費不成問題，向我要。」

「錢是小事。」金雄白躊躇著說：「印刷器材都仰給於國外；海運中斷，來源缺乏，只有去找存貨。這時間上就很難說了。」

「一定要想辦法！」周佛海近乎不講理地說：「沒有辦法也要有辦法。」

金雄白靈機一動，頓有無比輕鬆之感；原來他早想結束《平報》，卻以種種顧慮，下不了決心。現在他爲他自己找到了一個絕好的理由；遲疑猶豫，一掃而空，所以覺得輕鬆。

「沒有辦法中想辦法，倒逼出一個很好的辦法。我把《平報》停刊；不必另起爐，留用原有的員工設備，留待他日之用，如何？」

「很好！就這樣，請你馬上進行。」

於是金雄白找了個清靜地方，一個人先盤算停當；然後在半夜裡，坐車到報館，等總編輯王治明看過「大樣」，邀他一起到亞爾培路二號去消夜。

關起門來，樽邊密談；金雄白將決定停刊的緣故，告訴了王治明，問他的意見。

「這是爲了國家的需要，我完全贊成。不過這是機密，不便向同仁公開；總要有個合理的說法才好。」

「是的，我想過。反正大局如何，大家都很清楚，只說辦報沒有前途，決定改爲印刷所。」金雄白又說：「這話也不必太早宣佈；目前請經理部先準備，該收的廣告費、報費儘量收回。訂戶奉送報費一個月，預收的要退回。」

王治明點點頭問：「定在甚麼時候停刊？」

「六月底。」

「有二十天的工夫，夠了。」王治明又問：「向讀者報告停刊的原因是甚麼？」

「我現在所想到的是，以戰時節約物資爲理由。這篇停刊詞我自己來寫。」

「當然非如椽大筆不可。」王治明很仔細地想了一會，「有兩個問題，現在要考慮，第一是留用人員的薪水──。」

「那不成問題，《海報》只談風花雪月，照常出版；《海報》逐月的盈餘，可以維持《平報》同仁的薪水，雖然還差一點，仍舊還可望自給自足。因爲《平報》一停，廣告客戶轉到《海報》，收入還會增加。」

「嗯、嗯！」王治明接下來說：「第二個問題，實在是我的建議；現在白報紙缺貨，得要想法子弄一批存起來，一旦要用時，才不至於措手不及。」

「一點不錯！你有甚麼好辦法？」

「很簡單，我們多報配額，少印報。一天積餘二十噸，十天就是二百噸。」

「好極，好極！此法甚妙，準定照這樣做。」

於是從第二天開始，便少印了好些報；但對「宣傳部」卻以時局緊張，報份增加，要求提高配額。不過，問題是多報少印，一進一出所積餘的大量白報紙，需要善作處理；如果存在倉庫，到有緊急用途時，只怕無法提取；擺在報館，未免惹眼，萬一有人檢舉，眞贓俱在，很難解釋。

想來想去，只有憑一道空心的夾牆，作爲貯存白報紙之用。以原定的一天二十噸爲目標，到停刊那天，預定可以容納四百噸左右的夾牆中，也差不多堆滿了。

《停刊辭》見報那天，自然引起社會普遍的注目。以「戰時節約物資」爲由，並不足取信於讀者；因爲大家都知道，無論汪政府或者日本方面，都希望宣傳鼓吹的工具越多越好，物資再節約也不會節約到報紙上。除非大局已到了宣傳鼓吹亦無用的程度，才會停刊。

當然，有許多事業上的，交情上的親友來打聽他停辦《平報》的眞正目的是甚麼？金雄白只說：「就是《停刊辭》上的那些話。」

停刊辭上的話，有幾句的弦外餘音，耐人尋味，而終於爲憲兵隊識破機關；金雄白親自執筆的這篇文章中說：「國家如果需要我們，我們將隨時起而效勞。」這句話便是指改辦印刷所而言；日本憲兵隊認爲語意曖昧，大動疑心。最不巧的是，杜月笙恰好在《平報》停刊之前，到達浙東淳安；此地是戴雨農所領導的忠義救國軍總部所在地，所以杜月笙此來極可能是爲了策畫東南地區，特別是上海方面如何接應國軍反攻，而《平報》遲不停，早不停，恰於此時停刊，其中定有關聯，已決定採取行動，要求金雄白解釋——解釋得不夠圓滿，座上客立刻就會變成階下囚。

得到這個消息，金雄白又驚又喜；但亦不無疑惑，杜月笙的健康狀況極差，溽暑之際，長途跋涉，來到這個生活起居及醫療條件，遠不及重慶的浙東小城，有必要嗎？如說指揮策應，僅有電台可用；而且在重慶有副完整的班底，應比在淳安方便得多。於是，金雄白首先就找唐世昌去打聽；證實了杜月笙已到淳安，一行七人，除了兩名傭人以外，其餘是顧嘉棠、葉焯山及一個胡秘書、一個名票而爲名醫的龐醫師，都是金雄白的熟人。

談到杜月笙何以不坐鎮重慶，遙爲指揮，而須親臨並不能發生太大作用的浙東；果然有段內幕。

* * *

民國卅四年夏天，財政部決定調整「黃金儲蓄券」的價格。原定的辦法是，存入法幣兩萬元，期滿取黃金一兩；調整的幅度是百分之五十，每兩三萬元，一日之隔，升值一半，自是暴利。

這當然是絕對機密的決定，但有極少數的人，或者消息靈通；或者腦筋靈活，仍舊大發利市。有個省銀行的經理姓潘，接到財政部長從重慶來電話，垂詢一事；談完了，部長問道：「黃金儲蓄券銷得怎麼樣？」

「差不多了，差不多了！」潘經理隨口回答。

「你查一查，沒有銷出去的都把它收回來好了。」

「是、是！」

掛斷電話，這潘經理心想，抗戰以來政府銷各類公債；銷「美金儲蓄券」，唯恐銷行不盡；何以對「黃金儲蓄券」竟似不願多銷？看起來此券身價看漲。法幣日益貶值，倒不知收買「黃金儲蓄券」保値爲妙。

這樣一盤算，立即調動了一筆頭寸，將分銷各處的「黃金儲蓄券」都由他一個人包了；而且發了一個電報出去：「本行承銷黃金儲蓄券悉數售出，特行報備。」沒有幾天，財政部正式公告，調整黃金儲蓄券價格。這個潘經理一念之間，發了一筆大財。

消息靈通的人之中，有一個是專爲國家銀行印鈔票的大業公司總經理李祖永；這天周末中午餐會，無意之中聽得有關金儲券的一言半語，判斷下星期一就會調高售價。他自己不敢撿這個便宜，將這個情分送了給杜月笙，僕人密語，堅勸杜月笙以一千萬法幣購進五百兩，轉眼之間，可淨賺黃金一百七十兩。

一百七十兩黃金，自不在杜月笙眼中；但以李祖永如此熱心，不忍在他頭上潑冷水，便開了一張通商銀行一千萬元的支票交了給李祖永。

到得第三天財政部的公告一發佈；那就像賭場裡開了一寶大冷門一樣，頓時轟動；而且很快地謠諑紛傳，說事先消息走漏，有某人某人藉此大獲暴利。佐證是：一向銷路不太好的黃金儲蓄券，在上星期六，銷數突然到達一個高峰。這一下驚動了監察委員，立即展開調查；杜月笙所開的那張一千萬元支票，亦在被查之列。

不久，監察院公佈了糾舉書，指摘財政部此次辦理黃金儲蓄券每兩加價一萬元，事先洩漏機密，以致加價之前的星期六一天中，黃金儲蓄券銷數，突然大增；個中必有弊竇，顯而易見。同時列舉加價之前十二日內，大量購券人的九名商號，「杜鏞」二字，赫然在列。

這自然是報紙的頭條新聞；而由於有杜月笙的姓名在內，更惹人注目，一時茶餘酒後的閒談，莫不以此爲話題。杜月笙是名譽心極重的人，身經這種尷尬而又窩囊的醜聞，眞如佛頭著糞，萬般無奈；精神上的抑鬱沮喪，爲「八一三」以來所未有。

當然，監察院既有表示，司法方面不能不問；重慶地方法院檢察處，著手偵查此案。杜月笙既然「榜上有名」，將來起訴，勢必亦在被告之列。他心裡在想，到那時消息傳開來，上海灘上傳一句：「杜先生吃官司哉！」三千年道行，打得精光；勝利以後，還有甚麼臉回上海？因而憂心如焚，形神憔悴；最苦的是，這件事不能託人情，一託人情便見得自己情虛；同時也不能向友好解釋，一解釋揭穿眞相，便等於出賣了李祖永，而人家是一片好意；這種

江湖上視爲「半吊子」的事，打死杜月笙也不肯做的。

結果是，他自己絕口不提；至親好友亦諱莫如深，形成了一種奇異的僵局，而就在傳聞偵查終結，即將提起公訴，杜月笙自忖黃鱔修行，化到龍身，而終恐不免又墮泥塗之際，突然出現了柳暗花明的局面。

那時正是小磯內閣垮台以後不久。軍事委員會侍從室來通知杜月笙，委員長召見。如期晉見回來，杜月笙的神氣安靜了；但對蔣委員長跟他說了些甚麼，一字不提。不過，不到一星期的功夫，國民政府總務局長陳希曾親自送來一本密碼；這表示杜月笙將有遠行，而此行的任務，是可以用這本密碼直接報告蔣委員長的。

那末是到哪裡去呢？有人問他，杜月笙搖頭不答。但根據各種跡象，大致可以推斷他是作東南之行；而任務是在策應盟軍在東南沿海登陸。

爲甚麼推斷是策應盟軍呢？因爲一年以前，在麥帥總部情報部門工作的昆丁．羅斯福少校——美國老羅斯福總統的孫子，在美國曾通過「鎢沙大王」李國欽的關係，請杜月笙的一個在美留學的兒子杜維新，出信介紹昆丁．羅斯福給他父親。

在重慶見面以後，昆丁．羅斯福坦率地提出要求，希望杜月笙接受美國政府的委任，負責在上海地區策應盟軍反攻的工作。杜月笙很委婉地謝絕了，但答應以盟友的立場，提供情報上的相互便利。當然，這番說法，是徵得戴雨農同意的。因爲有此一段往事，衡諸當前局勢的發展，所以大家對杜月笙東南之行的任務，有這樣一種猜測。

這個猜測是正確的；有些人不說，此爲出於戴雨農的策動，這個猜測也是正確的，但卻很少有人知道，戴雨農請示蔣委員長召見杜月笙，別有深意。

原來戴雨農與杜月笙締交以後，在爲國宣勞方面，始終合作無間；但在私交上卻曾有過波折。爲了高宗武事件，杜月笙未讓戴雨農經手，彼此耿耿於懷，戴雨農覺得杜月笙不夠朋友；而杜月笙也覺得不管怎麼說，這件事不讓戴雨農經手，總是傷了朋友的面子，他是寧可天下人負我，不可我負天下人的度量，一直在想，總要爲戴雨農好好幫個忙，朋友交情上才有交代。

偏偏要幫戴雨農的忙就不容易。他的工作，若說要幫忙，個個要幫，那怕窮鄉僻壤，不知天下之大的一個村婦，說不定對他的一樁重要任務，會發生決定性的影響；如果不要人幫忙，誰也幫不上忙。但終於有一次，杜月笙幫了他一個大忙。

事起於一個有「財神」之號的顯要，與戴雨農發生了嚴重的誤會，有解職聽勘的可能；杜月笙得知其事，神思默運，看準了「財神」是忠厚長者，事雖兇險，卻不難化解；於是一方面安慰戴雨農，表示要在他身上「掼沙蟹」，一方面悄然奔走，運用靈活的手腕，以及他的具有特殊邏輯的說服力，從中斡旋，結果不但使得誤會渙然冰釋，而且爲戴雨農掙得一個十足的面子。

這一來便輪到戴雨農覺得欠杜月笙的這個情，非報不可。這一回出了這麼一件窩囊事，戴雨農將心比心，最瞭解杜月笙的心情；今日之情，不是法律問題，不是是非問題，也還不是面子問題，而是要怎麼樣才能使得杜月笙心裡不覺得委屈的問題。

於是找到一個機會，在領袖面前，從容進言：大局到了緊要關頭，盟軍一旦在東南登陸，國軍反攻，不能缺少上海社會上多方面的配合；而上海方面的動員，又不能缺少杜月笙的號召。不過最近他有無妄之災，心情不好，加以天氣又熱，他的健康狀況又差，即使肯去，只怕鼓不起勁來；如果委員長能召見，當面慰勉，杜月笙感恩圖報，賣命都肯的。

杜月笙深知人生在世，沒有人一生處順境；但也沒有人一生都在逆境。安身立命的良方，是懂得加減乘除的道理，行有餘力，多加多乘；遇到該減當除之際，自會有所彌補。若說「杜月笙吃官司」這句話是奇恥大辱，那末「委員長召見」就是無上光榮；最要緊的是「委員長召見」，正當知道「杜月笙吃官司」將成定局時，這就表示蔣委員長知道他是冤枉的，召見而賦予爲國效勞的任務，便等於爲他作了洗刷；司法如何處置，無足介懷了。

他又在想：以戴雨農相知之深，自然瞭解，照他在抗戰以來的表現，不要說是到東南去策應敵後；哪怕讓他假「落水」，眞「臥底」，回上海去做「漢奸」，只要戴雨農說一句話：「月笙哥，這件事對國家的關係很大，非你不可。」他也會答一句：「好！雨農兄，格末儂說哪能就哪能。」既然如此，又何用驚動蔣委員長，特地召見？

這一自問，自會恍然，戴雨農是將他的心境體會到至深至微之處，才苦心以這樣的安排。當然，這件事只有心照不宣；事前事後，戴雨農都不能說的。這就是所謂「人之相知，貴相知心」；也就是他一向深認不疑的加減乘除的道理。

爲了保密起見，杜月笙是帶著四名隨員、兩名僕從，單獨從重慶出發，循川黔公路經綦江、桐梓、遵義而到達貴陽，與戴雨農相會合。

在一起的還有「中美合作所」的美方負責人，海軍准將梅樂斯。

前一年「財神」與戴雨農發生嚴重誤會，別有因果；但使得戴雨農幾乎栽跟頭的一事由，卻是爲了梅樂斯與他的部屬。請了人家來，自然要有地方給人家住，但供給的住處，總不能讓洋人上露天茅坑，起碼要有簡陋的衛生設備；事機緊迫，又爲了保防上的嚴格要求，無法正式備公事，請預算、公款公用，爲蓋中美合作所宿舍挪動了一個短時間，不道爲「趙玄壇」座下的「黑老虎」抓住了「小辮子」。板起臉來公事公辦，這話自然就難說了。

有此一段淵源，加以梅樂斯久知杜月笙的名聲，所以相處極歡。「三人同心，其利斷金」，有戴、杜、梅同心合力到東南去部署，盟軍登陸、國軍反攻，可說勝算在握。因此，當杜月笙換上中山裝，登上軍用機時，步履輕快，豪情萬丈，似乎年輕了好幾歲。

第一站是貴州東行的要衝芷江；逗留三天，續飛福建長汀，循陸路經連城、永安而抵南平；復由建甌、崇安入江西轉道入浙，安抵淳安。

* * *

「那末，」金雄白問道：「你們恆社總有人去見杜先生吧？」

「杜先生從重慶動身，我們就派人到半路上去接了。在長汀見的面。」唐世昌又說：「到了淳安，有熟人回上海；杜先生託他帶了信來，說就要回來了。」

「怎麼回來法？打回來？」

唐世昌笑笑答說：「這就不知道了。這些都是呆丞經手；你最好跟他詳細談一談。」

「過幾天再去看他，這兩天我遇到點麻煩，先要把他擺平了再說。」

「是，」唐世昌關切地問：「爲了《平報》停刊的事？」

「是的。」金雄白問：「你聽到甚麼沒有？」

當陳羣出任「江蘇省長」時，發展謝葆生爲「警務處長」；此人當年是杜門「八股黨」之一，此時在上海開一家「仙樂斯舞廳」。他之「榮任警務處長」，在觀感上不僅比褚民誼當

「海軍部長」還要滑稽；而且還會使人將瓦岡寨上，頭插兩根野雞毛的程咬金，與汪精衛聯想在一起。陳彬龢便毫不容情地斥之爲「流氓政治」。汪政府的「高官」自是人人憤怒，但卻無可奈何。

由此可知，陳彬龢其人，裡外皆紅。裡紅是赤化，外紅是日本國旗上的太陽；當然，很少人識得透他的外紅是掩護裡紅。不過，在裡外兩層紅之間，總還裹著薄薄的一層白；如與金雄白的友誼便是。

金雄白跟他本無深交，只爲周佛海對這個「既不能令，又不受命」的陳彬龢頗爲頭痛，特地關照金雄白去接近拉攏；周佛海給他一個原則：凡是陳彬龢參加的社團，金雄白也要參加。這樣，如果不能影響陳彬龢的態度，不得已而求其次，還可掣他的肘。

因此，金雄白的名字便常與陳彬龢連在一起，看起來焦不離孟、孟不離焦；實際上有如法警與犯人用一副手銬銬在一起，形影相隨，而立場相反。

他們一起參加了好些社團，最重要的一個是「上海市市政諮詢委員會」。這個組織彷彿市參議會，但實際權力很大；比較重要的市政設施，在決策之前，先須這個委員會認可。「咨詢委員」一共十九人，包括政壇耆宿顏惠慶、李思浩；「上海三老」；銀行家周作民、唐壽民；實業家吳蘊齋、項康元、郭順等等知名之士。報界被延攬的，就只有陳彬龢與金雄白。

有一次市政諮詢委員會召開臨時緊急會議，因爲糧源不繼，配給的「戶口米」將告中斷。

太湖區域，本來是中國的谷倉之一，但是日本軍隊將產米的蘇州、無錫、松江、青浦一帶劃爲軍米區；新穀登場由日軍全部收購爲軍糧，以致上海的民食問題，一直形成市政上的重大壓力。在珍珠港事變以前，可購洋米補充；此時海運中斷，唯有從內地軍米區去設法，這就不能不與虎謀皮了；當場推定陳彬龢與金雄白負責解決這個問題——十九名委員中只有他們兩個人跟各式各樣的日本人，打過各式各樣的交道。

日軍軍米區的管轄者，是在日軍中頗有勢力的蘇州特務機關長金子，恰好他到上海，住在江西路都城飯店。陳、金二人聯袂往訪，直道來意，希望金子能在日軍軍米中撥出多少噸，維持上海「戶口米」的配給。

金子考慮了一會說：「米不成問題，不過要有交換條件。」

「請你開出來。」陳彬龢說。

金子開的條件是：第一、米價須以現款交易；第二、負責疏散上海部分工廠，遷往內地；第三、供給民夫兩萬人，爲日軍構築防禦工事。

這三個條件都是難題。首先，現鈔——「中儲券」由於印鈔票的原料不繼，異常缺乏；

市面交易數字稍大，都用各銀行同業往來的支付憑證，諢名「八卦丹」的「撥款單」代表，要籌大量現鈔，自然煞費周章，但並非不能解決。

無法辦到的是另外的兩個條件；金雄白正準備與金子交涉時，不想陳彬龢已一口應承，「可以！」他說：「我們接受條件。」

「那末，做一個書面紀錄。」

金子找來一張白紙，潦潦草草地寫成一個備忘錄。陳彬龢稍為看了一下，很快地簽了字；接著將筆遞了給金雄白。

在這種情況下，立場應該是一致的；金雄白萬般無奈，舉筆如扛鼎似地也簽了字。金子收下備忘錄，表示滿意。

「我們已經接受了條件。」陳彬龢說：「中國人說：『民以食爲天』，希望貴方能夠儘快交來。」

「可以！不過，你們應該先履行第一個條件。」

第一個條件就是繳納米價的全部現款。「銀貨兩起」是交易慣例，不能說金子苛求；陳彬龢便說：「三天以內繳款。」

「我也在三天之內繳米。」

談判看起來很順利；金子還開了一瓶日本清酒款客。小飲數杯、雙雙告辭；一到了汽車上，金雄白便埋怨陳彬龢。

「這樣的條件，你怎麼可以答應？我們沒有理由強迫工廠內遷；也不能徵集那麼多民伕去替日本人做防禦工事。完全是辦不到的事！」

「我根本也沒有打算辦到。上海幾百萬人要斷炊了，我們先把米騙到手再說。」

「你倒說得輕鬆！日本人肯放過你嗎？」金雄白說：「我不知道怎麼才能應付得過去？」

「只有拖在那裡再說。到拖不過去了，我跟你兩個人共同負責；你怕日本人殺你，是不是？」

金雄白默然，冷靜地想一想，捨此以外，沒有第二個辦法，可讓日本人乖乖地運米到上海來。

當然，全部米價現鈔，以周佛海的地位，是不會太困難的。其餘的兩個條件，陳彬龢只在遊民習藝所調用了一百多好吃懶做的所民，說是「第一批，先送備用」以外，就再也不理日本人的催促了。

由於這一次共事的經驗，金雄白對陳彬龢有了深一層的認識；陳彬龢也覺得金雄白是有擔當的人，大可結交。因此，僅管在公的方面，常有爭執；私交卻是很不壞的。

這時由於唐世昌的提醒，金雄白便直接去找陳彬龢，說明來意。果然，陳彬龢話不多說，起身取了帽子，只說得一個字：「走！」

他陪著金雄白，到日本陸海軍報道部、憲兵隊、大使館，費盡唇舌，多方解釋；總算大事化小、小事化無，讓金雄白又逃避了一次難關。

「雄白兄，」陳彬龢問道：「你幾時有空，我想跟你好好談一談。」

「今天就可以。」

「今天不行！」陳彬龢說：「我們需要找一個從容的時間；很冷靜地分析當前的局勢。」

「那末，明天晚上如何？」金雄白說：「地點由你挑。」

「好！明天下午我打電話給你；那時再約地點。」

第二天下午，陳彬龢打電話到《海報》，約他七點鐘，在舊法租界霞飛路一處公寓中見面。金雄白準時而往，只見那座公寓很大，但已相當陳舊；到得四樓找到三號，撳了門鈴，應門的是一個著和服的少婦。

金雄白從未聽說過陳彬龢有日本籍的妻子或情婦，因而不敢冒昧；只用中國話問：「這裡有位陳先生嗎？」

陳彬龢已經聞聲出現；將他迎了進來說道：「我這裡從沒有朋友來過，你是第一位。」

接著便問：「你是喝咖啡？還是喝酒？」

「都可以。」

「喝酒吧！人生幾何？爲歡幾何？」

等那日本女子端了啤酒和下酒的鹹杏仁來，金雄白便問：「我應該怎麼稱呼？」

「她叫清子。叫她的名字好了。」

陳彬龢始終沒有介紹她的身分，金雄白亦就無法作適當的稱呼；惟有在她遞煙斟酒時，道聲：「謝謝！」同時也不免存著戒心。

「她聽不懂中國話。」陳彬龢看出他的心意，「你儘管放言高論，不必顧忌。」

金雄白點點頭；看著書架上、書桌上亂堆著的書籍、資料、稿紙，便即問道：「這裡是你寫作的地方？」

「也可以這麼說。」陳彬龢答道：「是我逃避現實的地方。你看，連電話都沒有！一躲在這裡，就像隱居一樣，沒有人找得到我；左右鄰居只知道我姓陳，不知道我是甚麼人。」

「許多人說你神秘。」金雄白笑道：「看起來是有一點。」

陳彬龢不作聲；點上煙斗，深深吸了兩口，在青色的煙氛中發聲：「你看局勢怎麼樣？」

「盟軍積極反攻；日本人也不肯認輸，我看總還有一年半載好打。」

「不然！」陳彬龢說日本人說的，「不定很快就會投降！」

「投降？」金雄白不同意這個看法，「日本的海軍是垮了；空軍出以『自殺』的下策，可是陸軍的實力還在，肯輕易投降嗎？」

陳彬龢認爲金雄白以數量來估量日本陸軍的實力，是極膚淺的看法，「早在去年春天，徵兵體檢的內科醫生，就奉到命令，要讓百分之九十的被徵者通過。防衛日本本土的部隊，『父子兵』多得很。」

他說：「老的太老，小的太小。有一次東久邇宮去視察防空部隊，發現好些視線不良，腿有殘疾的兵；對於大本營採取『前線第一』主義，將本土防衛，委諸老弱殘兵，大感不安。所謂『決號作戰』，賀陽宮對近衛說過一句話：『陸軍準備拼到最後一兵一卒，不過表面逞強而已。』你我如果看不清楚這一點，一旦發現事不可爲，已經身陷重圍，要想全身而退，亦成夢想。」

「全身而退」四字，對金雄白來說，十分動聽，當即虛心討教；但陳彬龢的目標，其實是周佛海，他作了強烈的暗示，周佛海本來是中共最原始的發起人之一，中道分轍，是思想的演變、時勢的推移；他認爲周佛海唯有跟中共恢復關係，才有足夠堅強的地位「跟重慶談條件」。

金雄白憬然有悟，陳彬龢在他面前的許多表現，間接是做給周佛海看的。對於陳彬龢希望他能勸周佛海往左面倒過去，他知道那是決不可能的一件事；因爲周佛海跟陳公博希望將功贖罪最重要的手段，便是在沿海部署兵力，一面防日、一面防共；而防共更甚於防日，以期諒於重慶。既然如此，何能一反前轍、自毀立場？

因此，他裝作沒有聽懂；只在日本必敗這一點上著眼，「有一點我不太明白，日本處於必敗之地，你已經看得清清楚楚。那末，」他問：「何以看你替日本人賣力賣得更起勁了？」

陳彬龢笑一笑說：「你們以爲聰明，表面與日本周旋，暗中替重慶工作；日本人也並不笨，他們的情報來源是多方面的，間諜密佈，耳目甚周，你們的一切，瞭如指掌。假如有一天，日軍眞要撤退了，一定大燒大殺，發他的獸性來洩憤，你們非但起不了作用，而且首先要拿你們來開刀。你信不信？」

金雄白如何不信？想到日軍在南京大屠殺的慘無人道，不由得打了個寒噤。

「那時，」陳彬龢接下來從容而又顯得得意地說：「就用得到我了。我可以跟他們說，中國人並非都是抗日的；像我，哪個不罵陳彬龢是徹頭徹尾的親日派？我是你們眞正的朋友。請你們聽朋友的話，不要亂燒亂殺。我不敢說，可以讓日本人放下屠刀；至少可以保障一方，救我的親戚朋友。爲了那時候我的話能夠發生一點作用，所以在這最後關頭，我要做得更積極，讓他們更相信我。」

這使得金雄白想到殘唐五代許多詭言異行之士，他們的道德觀念，感情狀態，與常人不同，有人不惜自污，甚至以妻妾爲軍閥薦寢，爲的是保障一方生靈。英雄製造亂世，聖賢開平盛世；而亂世之民連佛都救不得，只有像陳彬龢這種作風的人，竟能爲蒼生造福——可惜的是陳彬龢不全是清白之心；這就大大減損了他的苦心的價值了。

「我很佩服你。」金雄白說了老實話，「不過，你所建議的一整套辦法，在心理上，是無法接受的。」

「人各有志，不能相強。我只是盡我的心而已。」陳彬龢說：「總有一天你會覺得，我應該是曲突徙薪的上客。」

14 眾叛親離

日本無條件投降過程紀實。

關於他跟陳彬龢所談種種，金雄白還是扼要告訴了周佛海；主要的目的，是讓他知道，連陳彬龢都對日本絕望了。

「他說，他的情報來源是多方面的；這句話一直在我腦子裡盤旋。」金雄白提出他的看法：「所謂多方面，應該包括延安在內。延安何能知道日本軍部的內幕？就這點去推測，是不是意味著左傾分子已滲透了日本軍部？」

「那也不是今天的事了。日本下級軍官在大正末期、昭和初期，對日本農民生活落後，是相當不滿的。『五一五』、『二二六』都不妨視之爲國內的革命；幾次起事，沒有結果，轉變爲『國外先行論』，才有『九一八』、『一二八』、『七七』，對外侵略的勝利，發洩了他們

不滿的情緒；現在失敗了，這股不滿的情緒，變成左傾思想，是很自然的事。此所以近衛極力主張由皇道派來收拾殘局；因爲皇道派是反共的。但是，」周佛海很感慰地說：「從重慶到華府，有誰瞭解統制派跟皇道派的區分？大家都在講士官的同學關係；當年外交上曾有過折衝的回憶，實在危險得很。」

*　　*　　*

七月二十六日中美英三國發表波茲坦宣言，要求日本無條件投降。同時提出警告，若非如此，日本將遭恐怖的報復。但日本正在活動請蘇俄出面調停，並已決定派近衛公爵爲赴俄特使，向蘇俄徵詢意見；因而對波茲坦宣言並無反應。

於是十天以後的八月六日，第一枚原子彈，投入日本本土；所選定的目標是，日本都市中排名第六位的廣島。

對日本軍閥來說，這是個有「輝煌」歷史，可「引以爲傲」的地方。中日甲午之戰，日本的大本營即設於廣島；明治天皇親臨坐鎮，以戰國時代「大名」毛利輝元所築的廣島城爲行宮；面臨瀨戶內海的宇品港，是甲午戰爭、日俄戰爭，以及第一次世界大戰出兵青島，田中內閣爲打擊中國北伐、統一全國的大業，而出兵濟南的發兵站。海軍有吳鎮守府及海軍軍官養成所的江田島兵學校；陸軍駐有第五師團，爲常備陸軍中的精粹，好些侵華的要角，當過第五師團長：如板垣征四郎參加台兒莊戰役，即由廣島率領第五師團出發——爲日本軍閥稱之爲「軍都」的廣島，這個地名，充滿著侵略的意味；被選定爲第一顆原子彈襲擊的目標，具有極其深刻的懲罰意義。

本土決戰的第二總軍司令部，亦設於廣島；在上午八時十五分，廣島市中心上空發生爆炸，一瞬間化全市爲修羅地獄，通訊網全部破壞，第二總軍司令部只好由吳鎮守府向東京提出簡單的報告，直到第二天八月七日，才有比較詳細的報告。

於是東鄉外相與鈴木首相緊急磋商後，決定奏請昭和迅速接受波茲坦宣言的要求；接著，接到來自關東軍司令部及庫頁島的報告，蘇俄已作出了一個重大的投機，對日宣戰了。

從昭和到陸海軍，都準備投降了，但陸軍不願接受「無條件」的條件，陸相阿南惟幾及參謀總長梅津美治郎，都認爲本土決戰，尚可以一試。爭議未定之際，八月九日第二顆原子彈投落長崎；全部人口二十七萬之中，死傷了四分之一。

這時是八月九日上午十一時半；三小時以後，鈴木首相召集閣議，經過八小時的反覆討論，仍未能就是否立即投降這一點，達成結論。於是在晚上十時半休會後，鈴木與東鄉連袂進宮，奏陳閣議經過；昭和決定召集御前會議。

會議於午夜時分在宮內防空洞舉行，出席人員除首相、外相、陸相、海相及作爲「大元帥」陸海軍幕僚的陸軍參謀總長及海軍軍令部長以外，只有樞密院議長、內閣書記長官、陸海軍軍務局長及內閣綜合計畫局局長，連昭和共計十二人。

御前會議的形式，實際上是天皇高高在上，聽取正反兩邊的辯論；倘有結果，天皇但作嘉勉之詞，如必須裁斷，則往往亦留有繼續討論的餘地。這爲投降而召集的第一次御前會議，性質亦與以往無異，首先由內閣書記官長迫水久常宣讀波茲坦宣言；並報告長達八小時的閣議的主題是：「在七月二十六日中、美、英三國宣言中所舉之條件中，在未包括有要求變更天皇在國法上的地位諒解下，日本政府接受之。」

這就是說，中、美、英三國要求日本無條件投降；但日本希望在無條件中有一條件，即是仍舊維持日本天皇制度。但提案的主旨雖是如此，閣議中卻由於軍部的意見，變成了四個條件：第一、「皇室地位之絕對保持與安全」；這當然包括繼續維持天皇制度在內。

第二、「在外軍隊之自主的撤兵復員」，還是爲了維持「皇軍」的體面；亦就是說，投降歸投降，但並不被繳械。事實上，這是技術問題，並不難解決，只是日本自己須考慮的是，軍部會不會在這個條件中，隱藏著「假投降」的陰謀？

第三、「戰犯由日本政府處理」，這已是很棘手的問題；而第四個條件：「保障佔領之保留」，更變爲複雜。所謂「保障佔領之保留」，係指佔領日本，非全面的。

而且陸軍另有一項意見，是繼續維持滿洲國。中日之戰，日本固然慘敗；中國的勝利，得來亦是萬般淒涼，爭來爭去就是爲了岳武穆的「還我河山」四字，如果「滿洲國」可以保留，那裡還會有八年抗戰？

這四個條件，是不是可以向要求其無條件投降的中、美、英三國提出；以及提出以後，會獲得怎樣的反應，便是這次御前會議討論的主題。陸軍方面阿南與梅津對鈴木頗爲不滿；海軍軍令部長豐田副武大將，爲了面子，亦表示勝負尙在未定。但奉召出席的平沼騏一郎，本是鈴木首相與木戶內府商量好，用來表達「客觀意見」的；此時發言，認爲基本上只有一個條件，即是「天皇之國家統治權」。這個條件不能不爭；其他條件請外相努力交涉。言下之意，爭得到最好，爭不到亦就算了。

由於平沼的發言，削弱了軍部的立場，才得有兩小時的反覆辯論；最後鈴木站起來表示：「既然如此，只有奏請聖斷。」

昭和平靜地說道：「同意外務大臣的見解。」

外相東鄉的見解，即是平沼的意見，只爭天皇制度，他非所問。阿南與梅津，便只有低頭不語了。

「陸軍策畫決謀」，昭和的聲音低沉，但言句清晰，顯得他要說的話，腹稿已打了好幾遍

了，「大錯不犯，小錯不斷，貽誤戎機之處，不一而足。以本土作戰的『九十九里濱』的防禦工事為例，較預定進度相去不可以道里計，且新設師團的裝備，頗不齊全，何能擊潰來犯敵人？」

這是昭和親自視察所得的感想。

「九十九里濱」即為東京的海岸線；此處的防禦工事，當然是最要緊；但其預定進度大不相符，別有緣故──是戰略上誘敵深入抑或迎頭痛擊，始終還莫衷一是之故。當然，這絕不表示軍部不顧皇室的安全；軍部在長野縣山區中，構築了極堅固的「地下皇居」，昭和隨時可以前往避難。

接著昭和表示空襲激烈，生靈塗炭，實在於心不忍。但此時此際，必須忍其所不能忍，如忠誠的軍隊，一旦解除武裝，即將淪為戰犯，於情何忍。不過為了國家前途計，事非得已。最後他強調，「今日應以明治天皇遭受三國干涉時之心為心。」那是指甲午戰爭以後，俄德法三國強迫日本，將馬關條約中，清朝已割讓予日本的遼東半島，還給中國。昭和的意思是，一時忍辱，不難復起。

這是作了接受波茲坦宣言的裁定；軍部與外交方面的爭持，應該是結束了。

這是八月十日清晨二時半；半小時後，恢復前夜中斷的閣議，簽署必要的文件，草擬宣示無條件投降意志的電文，在當天上午拍發到瑞士、瑞典兩國公使，轉致中美英蘇四國。

午後再開閣議，討論的主題是如何向日本國民宣示此一令人無法接受的決定。會中決議，仍須等到天皇有詔令後再宣佈；會外由情報局總裁下村與陸、海、外三相協調，採取漸近的方式，使國內空氣，逐漸轉至不惜重大犧牲結束戰爭的方向。於是當天晚上七點鐘的時事廣播中，播出下村的談話，強調當前局勢「惡劣已極」；表示「政府正盡其最善的努力。」

但是，同時又播出未經陸相阿南過目，由陸軍省軍務局一名中佐課員送到電台的「告全軍將士書」，就蘇俄參戰一事，呼籲全軍將士戰鬥到底，「實現楠公精神，不餘一人」。楠公是指楠木正成，南北朝時代，首先參與後醍醐天皇的討幕計畫，號召各地武士勤王，鎌倉幕府，終於覆滅。後五年，室町幕府足利尊背叛朝廷，楠木正成與其貞正季奮起抵抗，壯烈殉職。明治維新時，頗得力於以「楠公精神」爲號召；如今陸相告全軍將士的主旨，看不出有半點謀和的企圖，將下村談話的作用，完全抵銷了。

到得八月十一日，意義曖昧的下村談話與主張強烈的陸相布告，同時見報。

當日午夜，也就是八月十二日零時稍過，收到廣播，美國國務卿貝爾納斯代表中美英蘇答覆日本，共計四點；最主要的國體問題，「由日本國國民自由表明之意志決定之。」事實上這應該是滿意的答覆；如果日本國民都認爲應維持天皇制度，盟國決不會違反日本的公

意。但是，日本的軍部及法西斯蒂的平沼樞府等人，根本不能理解民主政治的尊嚴；只以爲盟國出之虛與委蛇的手段，基本上是反對天皇制度的。因此，軍部特別是兩統帥部，陸軍梅津美治郎與海軍豐田副武，利用「帷幄上奏權」，向昭和表明了斷然拒絕的意向。

上奏的時間是八月十二日上午八時二十分；由於用的是書面，所以昭和不須即時答覆。到得十時半，東鄉外相與鈴木首相見面，正式說明四國答覆內容；半小時後，進宮面奏；昭和當面指示：「可接受對方的回答，立即採取應有的處置，並轉告總理大臣。」

十一時半阿南陸相通告鈴木首相；陸軍反對四國答覆。越一小時，東鄉與鈴木第二次見面，轉達昭和的指示。二十分鐘後，樞密院議長平沼往訪鈴木，表示自國體論的立場，四國答覆不能接受，請提出「再照會」。於是鈴木的態度一變，在午後一時四十分訪晤木戶內府，主張反對接受。木戶一方面秉承昭和的意旨；一方面與東鄉談過，知道四國答覆的文字，外務省有把握能作最有利的解釋，所以率直告訴鈴木；決定採取接受的方式。

於是，對於四國答覆的態度，很顯明地分爲兩派：東鄉、木戶及米內海相主張接受；米內在這天上午得知軍令部長豐田與陸軍參謀總長梅津聯合上奏一事以後，曾向豐田及他的副手大西次長提出嚴厲的責問：如此大事，何以不事先與他商量？

反對接受的是阿南、梅津、豐田、平沼、鈴木。兩相比較，反對派佔優勢。但到底接受與否，要看這天下午三時，分別召開的兩個重要會議。

一個是閣議，由於鈴木態度的改變，使得東鄉陷於孤立；因而對鈴木頗爲不滿。五時半散會以後，東鄉向鈴木作了強烈的暗示，將單獨上奏；同時準備提出辭呈。他的次官松本俊一極力勸說，在此緊要關頭，決不宜有內部分裂的現象。同時建議，請木戶勸導鈴木，遵從「聖斷」。東鄉接受了。

與閣議同時進行的是，昭和親自主持的「皇族會議」；在昭和天皇說明情況及他的決定以後，由年齡最長，生於明治七年，曾任陸軍元帥，現爲伊勢神宮齋主的梨本宮代表十四家皇族，保證「團結一致，協助陛下，應付國難。」

皇族會議與閣議都在傍晚結束。能夠決定日本國運的，爲數不足二十的文武大臣，不論主張瓦全，還是玉碎，心情無不沉重異常；不過至少有一點是輕鬆的，這晚上不必擔心美國「超級空中堡壘」的轟炸。

因此，這晚上仍舊有緊張的政治行動。除了東鄉趨訪木戶外；八點鐘左右，阿南陸相赴日皇幼弟三笠宮的府邸，要求進見。

阿南擔任過日皇的侍從長，當三笠宮還是學生時，便很熟悉，因此，說話很坦率；他說他雖有帷幄上奏權，但要見天皇，必須通過木戶內府，而木戶一定會從中阻撓。迫不得已來向三笠宮提出請求。

「懇請殿下，面奏天皇陛下，改變意見；容陸軍有一個捐軀報國的最後機會。」

「今日之下，你還說這種話！」三笠宮年少氣盛，毫不顧慮阿南的作爲陸軍首腦的面子。

九時半，木戶內府在宮中約見鈴木首相，詢問閣議的情形。

「陸相與外相各執一見，相持不下；決定等四國答覆的正式照會到達以後再討論。」

「正式照會，不是已經到達了嗎？」木戶詫異地問說。

「是的。」鈴木解釋已收到而作爲未收到的原因：「爲了緩和陸軍方面的情緒，外務省松本次官秘而不宣；有一夜的時間來疏通彼此的歧見。」

「陸軍不是與外相有歧見。」木戶平靜地說：「實在是與天皇陛下有歧見。陛下之意，應斷然接受四國的條件。」

「聖斷如此，唯有斷然接受。」

鈴木的態度，等於平沼的態度；到這時爲止，天皇及皇族、重臣、首相、樞府都已接受無條件投降的原則，只有軍部，特別是陸軍，尚無甘心聽從命運安排的跡象。

* * *

前一天下午收到的四國正式答覆，爲松本蓋上一個「八月十三日午前七時四十分到達」的戳記後，立即複制數份，以極機密的程度，送達有關方面。內閣官房亦隨即發出了上午九時召集最高戰爭指導會議的通知。

開會地點在首相官邸的防空洞內，六個人分成三派，陸相及陸海兩統帥部長是一派；外相是相對的一派，東鄉以一對三，展開激辯。鈴木首相及米內海相，不大發言，似乎保持中立的態勢，但大致是支持東鄉的。

強硬的一派對國體及佔領範圍，主張追加條件。東鄉則表示，若無決裂的決心，即無修正的必要。

追加條件的提出，於事無補，且亦違反御前會議的裁決。而且一再強調，再照會即等於交涉決裂；在目前的情況下，多延一天即多受一天損失，而且可能導致第三枚原子彈的降落——事實上美國一共只有兩枚原子彈；不過東鄉不會知道而已。

此外，東鄉一再解釋，國民意志維持天皇制，則天皇制一定會繼續存在。他並且提出德國「薩爾」公民投票，決定歸屬的例子，作爲佐證。但爭辯了三個小時，在會議桌上，草草以「壽司」果腹。繼續再辯，又是三個小時，始終並無結果。鈴木首相只好宣佈，暫時休會。

陸海兩統帥的軍官知道，只要不再召集御前會議，形成僵持的情勢，將四國答覆拖延下去，交涉決裂，最後便非繼續作戰不可。爲了施行這一拖延戰術，由軍令部次長大西中將去拜訪陸軍出身的高松宮，請他勸導米內海相及海軍元帥永野修身，不必主張和平；同時也拜訪了其他軍部極力疏通，希望支持繼續作戰的主張，但一無結果，於是陸軍省軍務局及參議本部第二課的將校，決定以武力彈壓和平派。

使用兵力彈壓計畫的起草人，就是擅自發佈陸相「告全軍將士書」的陸軍省軍務局軍事課長荒尾大佐；他是阿南的親信；此外的參與者，還有阿南的表弟竹下中佐等。

這個計畫綱要，共分五目；目的是「在取得於護持國體之確實保持以前決不投降，繼續交涉。」計畫動用陸相權限內所能緊急調動的東部軍及近衛師團，截斷皇宮與「和平派」要人的聯絡，另外以兵力「阻離」；實在就是幽禁木戶、鈴木、東鄉、米內四要人於私宅內，隨即宣佈戒嚴，將政府，特別是外務省，置於軍部控制之下。

不過這個計畫附有一項「條件」，須由「陸軍大臣、參謀總長、東部軍管區司令官及近衛師團長等四人，一致承認後實施之。」八月十三日晚上，荒尾、竹下等六佐官，在三宅阪陸相官邸，謁見阿南，提出計畫，希望在八月十四日舉行；阿南表示，須徵求參謀總長的意見。但竹下及其他參預者，向荒尾表示，經過深思熟慮，決定不顧一切進行。

第二天，八月十四日上午七時，阿南帶著荒尾去看梅津；結果是梅津對於荒尾的計畫，不表贊成。同時情勢急轉直下，美國以無線電廣播及派遣飛機投擲傳單的方式，公佈了日本秘密交涉無條件投降的來往文件。日本民心，頓時浮動；而且也有軍方不穩的消息，因此木戶採取了不尋常的措施，帶著一份來自美機的日語傳單，向昭和建議：「迅速命令完成終戰手續。」否則刺激主張作戰到底的軍人，會造成不可收拾的混戰狀態。

昭和完全同意，責成木戶準備。在這一套手續中，最重要的一步是召集御前會議。向來遇有重大問題，需要召開御前會議時，都是事先已由軍部與內閣取得協議；御前會議不過是完成「奏請聖裁」的一個形式，除了非常罕見的例外，通常日皇只是聽取報告，始終沉默，連可否都不作表示的。

如照正常手續，這個御前會議不知道甚麼時候才能召開；甚至由於軍部的杯葛，始終開不成，亦在意料之中。因此，木戶與鈴木商量，所見相同，決定採取非常手段，由於天皇直接下令，召集包括最高戰爭指導會議成員，及內閣全體閣員在內的御前會議。時間定在昭和召見三元帥以後；這天照例有閣議，全體閣員正集合在首相官邸，所以只須一通電話，便可宣召進宮。進謁天皇例應著小禮服；由於事出非常，當然亦不必講究這些禮節了。

直屬於天皇的「元帥府」中，最具影響力的元帥只有三個人，陸軍是杉山元、畑俊六；

海軍是永野修身，皆是現役。杉山元與畑俊六，分別擔任本土作戰的第一、第二總軍司令官；畑俊六的司令部在廣島，是特地乘飛機趕來的。

昭和率直表示了結束戰爭的決心，要求三元帥約束全體軍人服從。

十時五十分在位於皇宮吹上御苑洞的防空洞中，舉行御前會議。鈴木發言後，梅津、豐田、阿南相繼陳述意見，聲淚俱下地要求提出「再照會」；如果國體問題沒有明確的保證，只有繼續作戰，死裡求生。

這三個人的慷慨陳詞，幾乎費了一個鐘頭；接下來是一片沉默，防空洞中的氣氛，如置身古墓之中，令人窒息。然後，昭和的聲音彷彿來自冢中似地，悽涼無比。

「如果沒有其他意見，現在我要說一說我的見解。反對論者的意見，誠然可嘉；但我的見解，並未變更，在充分檢討內外情勢以後，我認爲再繼續作戰，是失去理性的一件事。」昭和停了一下又說：「關於國體問題，我覺得對方具有相當善意。我認爲，重要的是我國民全體的信念與決心問題。總之，我認爲此時此際，以接受對方的要求爲宜。至於對陸海軍將士來說，舉凡武裝解除，保障佔領等等，都是極其難堪之事；這種情緒，我瞭解。」

說到這裡，昭和臉上在強光燈的直接照射之下，很清楚地可以看出，眼角有晶瑩的淚珠；當他用戴著白手套的手去拭眼時，座中「息啜」、「息啜」的聲音，已此起彼落了。

「如果繼續作戰，結局將使日本變爲焦土，這是我所決不能忍受的。今日之下，不論如何，總較日本完全滅亡的結果，稍勝一籌。只要種子存下來，仍有復興的希望。」

昭和再一次提到明治當時對三國干遼，忍淚吞聲地接受的往事；又顧念陣亡將士與遺族的生活，以及身蒙戰火，喪家失業的國民將來，不斷揮涕，全場幽泣不止。

「此時此際，如果還有我應作之事，應盡之責，我決不退避。倘或要向國民呼籲，我隨時可以站在麥克風前。一般國民，目前對眞相還不明瞭，一旦遭遇這樣劇烈的刺激，內心必定動搖；陸海軍將士或者動搖更甚。要平抑此種情緒相當困難；希望陸海軍大臣共同努力訓誡約束。遇到必要時，我亦可以親自前往曉喻。」昭和在一片嗚咽聲中，勉強提高了聲音說：「現在或者有頒佈詔書的必要；政府趕緊起草。」

此時全場已是一片飲泣之聲；鈴木伏身上奏：「即刻照陛下意旨進行。」又惶恐地謝上煩聖慮之罪。等日皇在蓮沼侍從武官長陪侍之下，脫出探照燈的光暈，消失於暗影中時，好些大臣搶天呼地，放聲一慟，而防空洞外，吹上御苑上空，萬里無雲，日正當中。

自午後一時開始，鈴木召集最後一次閣議，起草終戰詔書；期間阿南曾一度退席回到陸軍省，將御前會議的決定，告知僚屬，告誡「承詔必謹」。然後仍舊返回閣議席上。

事實上這是阿南的一個訊號；放縱部下進行阻撓結束戰爭計畫的訊號。在此以前，海軍軍令部次長，神風特攻隊的創始者大西瀧治郎中將，極力主張以特攻方式與敵同歸於盡；並試圖說服以海軍大佐身分，在軍令部服勤的高松宮，但為高松宮所峻拒；同時航空總軍司令官河邊正三大將，已將陸軍的飛機都召回基地，並下令解除武裝，取下飛機上的油箱。這都是「承詔必謹」的措施。因此，眼前唯一可行之策，即是強力進行荒尾計畫。

終戰詔書於下午四時，完成初稿；但定稿是在晚上十點鐘，鈴木隨即進宮，請日皇親自簽署「裕仁」二字，蓋用國璽；決定於八月十五日正午，以日皇親自宣讀的方式，向全國發表。

在前方，中國派遣軍總司令岡村寧次大將；及南方軍總司令寺內壽一元帥，於下午六時即已接獲密電：「聖斷已下」；「承詔必謹」。電文是由陸軍三長官：陸相阿南、參謀總長梅津、教育總監土肥原賢二等三大將；及杉山元、畑俊六等兩元帥會同核定的。

當午夜時分，全體閣員紛紛副署終戰詔書時，宮內正由情報局總裁下村在主持錄音工作：日皇宣讀詔書時，聲調並不和諧，有好些句子講不清楚，但這不是戲劇表演，可以重錄一次；雖然不是一卷完美的錄音帶，仍舊被謹慎地收藏於宮內省的大保險箱中。

平時陸軍省軍務局課員椎崎二郎中佐及畑中健二少佐，與近衛第一師團參謀石原復吉、古賀尚兩少佐，已經發動「事變」。

椎崎中佐及畑中少佐，於午夜十一時半到達近衛第一師團司令部，在石原及古賀的接應下，很容易地見到了師團長森赳中將。

「師團長閣下，」椎崎站得筆直地，用那種日本以下事上，表示恭敬的強調的語氣說：「未獲得國體護持的確證，即行終戰，乃爲臣子者所難忍。除繼續抗戰以外，毫無護持國體的希望。近衛師團爲拱衛皇居，絕對忠於天皇陛下的部隊；請師團長主持行動，不難獲得東部軍管區及全軍的呼應，或者可使閣議改變爲繼續作戰的方向。師團長閣下亦是不贊成接受波茲坦宣言的人；現在是蹶起的時候了。」

「馬鹿！」森赳大聲叱斥，「既有聖斷，何可輕舉妄動！」

自此以始，展開辯論：雙方的意志都非常堅強，毫無軟化的跡象。這樣爭執了兩個小時，畑中忍不住了，對椎崎說道：「與其求他，不如除掉他，來得省事。」說完，拔出手槍，一槍便結果了森赳。別室被監視的一個訪客，畑俊六的隨從參謀白石亦未保住性命；因爲需要滅口。

於是，石原與古賀很快地僞造了一通森赳師團長的命令，一面以書面送達；一面用電話通知擔任宮城守備任務的，近衛步兵第二聯隊長芳賀豐次郎大佐，說奉師團長的命令，迅即採取行動，截斷宮城與外部的聯絡；此後的任務，是接受陸軍省特派的軍務局課員椎崎中佐

及畑中小佐的指導。

平時森赳如有命令，都由這兩個參謀傳達，因而芳賀不疑有他，立即加強警戒，在宮城的出入口加派步哨，佈設拒馬，斷絕交通。接著椎崎與畑中雙雙到達，說奉陸相的命令，並獲得森赳的授權，現在有權指揮近衛步兵第二聯隊。問芳賀有何異議？

芳賀表示已奉到命令，當然接受指導。椎崎便即下令，第一、搜查昭和天皇頒詔的錄音帶；第二、軟禁木戶內府及石渡宮相。

芳賀口頭答應，心裡卻有些懷疑。像這樣的「事件」，軍部首腦總在幕後，固爲過去多次的慣例；但近衛師團如說同謀，應該直接派部隊來才是。聯隊的兵力，只敷平常守備之用；遇到突發事件，應變的能力不足，非司令部支援不可。森赳師團長不應該想不到此。因此，對於椎崎及畑中的指導，採取保留的態度；對於軟禁木戶及石渡的行動，只是表面敷衍。同時，向近衛第一師團司令部用電話聯絡，卻不得要領；越發令人懷疑。

此時的椎崎及畑中，帶著少數士兵，瘋狂地搜索宮內省各主要辦公室，而且將值宿的官員拳打腳踢，希望取得已經由電台反覆預告，十五日正午將有重要廣播的昭和天皇的錄音帶。可是他們失望了；有一個官員說，錄音帶鎖在大保險箱中，沒有鑰匙，也沒有爆破專家，根本無法打開保險箱。

黎明時分，芳賀聯隊長終於發覺森赳師團長已死；原因與椎崎、畑中有關，而且接到了東部軍管區司令長官田中靜壹的命令；近衛第一師團長無法執行任務；所轄各部隊由東部軍管區直接指揮。

其時阿南在三宅阪官邸，正度過他在人間最後的一個黑夜，他是在「聖斷已下」之際，下了最後的決心；傍晚時分陸軍三長官及兩元帥商定通知在本營直轄各軍的電文以後，去拜訪東鄉與鈴木；還送了一箱得自新幾內亞的戰利品，英國專供出口換取外匯的名牌香煙給首相。到深夜完成了終戰詔書的副署，回家立即開始寫遺書，封上題的是：「以一死奉謝大罪」，標明年月日，下署「陸軍大將阿南惟幾」。意有未盡，又題俳句兩行：「此身雖去深恩在；慚無只句慰君心。」

寫完已過午夜，正斟酒獨酌時，來了個不速之客；是他的表弟，也是他的內弟竹下正彥中佐——他是有目的而來的；但此時卻還不便明言。

「你來得正好。如果你不來，我也要派人去請你；有很重要的事拜託。」阿南緊接著說：「不過爲時尚早。來，先痛飲一番。」

於是把杯長談，都是回憶他一生的戎馬生涯；到得曙色將露，竹下有些坐立不安了。

「你是倦了嗎？」

「不！」竹下還不肯說眞話。

「一定有事，你在這時候還不肯告訴我，以後就不會有機會了。」

竹下明白他這句話的涵義；事實上也知道阿南將如何自處。他的打算是，椎崎、畑中如能僥倖成功，便有電話打來；那時竹下就要勸阿南忍死須臾，立即採取行動；佔領電台、宣佈內閣在「軍管理」之下；直到跟美軍拼出一場勝仗，獲得維護國體的保證，再從容以死謝罪——這是平安朝以來，武士應變的方式之一。

電話不來，顯然是椎崎、畑中的目標未曾達成。竹下迫不得已，將實話告訴了阿南。

不想他的態度很平靜，「當然失敗了，」他說：「這件事還不致於擴大。就算森赳師團長受挾制；田中大將應能處理。」

「我想——。」

「不必往下說了！」阿南打斷他的話說：「我的時間到了。回頭要請你助我完成志願。」說著將遺書取出來，雙手捧上，低頭說道：「一切拜託。」

竹下忍住眼淚，鄭重答說：「必不負尊命。」

「多謝、多謝！」阿南交了遺書，轉身入內。

過了一會，不見動靜，竹下不免詫異；他原以爲阿南決定切腹，要他擔任「介錯」——

江戶時代的刑制。凡武士有死罪，自己用武士刀切腹自殺；但切腹不能致命，仍須行刑者斬首，方能斷氣。以後切腹演變爲「士爲知己者死」的武士道精神所寄，雖無行刑者，仍須有人擔當行刑者的任務，這個人就叫「介錯」，照傳統必須邀知交充任；而阿南切腹，竹下自然是最適當的介錯。如今看阿南遲遲不出，莫非起了戀世之念？倘或如此，就太教人失望了。

正這樣嘀咕著，臥室中一聲槍響；竹下及阿南的夫人綾子、剛剛起身的秘書官林三郎，一起趕到，只見阿南腹部及頭部都在噴血，地上扔著一把手槍，左手的短刀，切入右頸，右手又加在左手上，自我推刃。白襯衣上掛滿了勛章；勛章上在流鮮血。

看到阿南渾身抖顫，雙手無力，求死不能的慘狀；竹下狠起心腸，搶步上前，在他右手上加了一把勁；一枝血箭噴出丈把遠，射在一張照片上；照片中人，是個英氣勃勃的戎裝少年，他是阿南的次子阿南惟晟少尉，兩年前就陣亡於常德會戰中。

上午八時，田中靜壹大將趕到宮城；不必費甚麼說服的功夫，便讓椎崎與畑中束手就擒。這是不必經過軍事審判，田中就有權將他們處決的；帶到東京憲兵司令部以後，椎崎與畑中提出要求；准他們在宮城前面切腹。請示剛剛晉見了昭和回來的田中，接納了他們的要求。

「宮城事件」很快地敉平了；只待正午靜聽「非常重要」的廣播。

＊　　＊　　＊

在大後方的中國人，比日本國民早一小時知道日本已無條件投降——蔣委員長在日皇宣讀詔書的錄音帶播放之前，親蒞重慶中央廣播電台，面對著麥克風，向全國軍民及全世界人士宣佈，抗戰已經勝利。在演說中，蔣委員長回顧八年之間，中國人所遭受的痛苦與犧牲，用充滿了摯情的語調，希望這是世界最後的戰爭。同時詔告全國軍民，禁止對日本人報復；強調中國傳統的美德：「不念舊惡」、「與人爲善」。

周佛海在幾千里外，也由短波無線電中，聽到了蔣委員長的宣告；接著，他由他的秘密電台中，收到了第一道來自重慶的正式命令：被委任爲「京滬行動總指揮」。周佛海有秘密電台已非秘密；這年初夏，一直在重慶由戴雨農派人照料的周老太太病歿，上海各報在第二天就發出了周佛海的訃告。消息何以如此之快？一打聽才知道噩耗來自他的秘密電台。

命令到達時，周佛海不在上海，金雄白知道了這個消息，自然爲周佛海高興，同時也透了口氣，因爲自稱重慶來的「接收人員」，紛紛從地下鑽了出來，還有從提籃橋監獄裡放出來的，如三青團吳紹澍的部下，由蔣伯誠透過金雄白的聯絡，得以秘密釋放；還有些地下工作者則要求蔣伯誠向周佛海要求撥給若干槍械，亦由金雄白的奔走，如願以償。不過首先被接收的，就是金雄白設在亞爾培路二號的俱樂部。

蔣伯誠是軍事委員會派駐上海的代表，負有統一指揮上海地方工作的職責；太平洋戰爭爆發以後，蔣伯誠的住處爲貝當路的日本憲兵隊所偵悉，大舉搜捕。其時蔣伯誠因爲血壓劇升，神智昏迷，已入彌留狀態，根本不知道日本憲兵就在病榻之前；爲他診治的一名趙姓醫生，嚇得瑟瑟發抖。

「蔣先生怎麼樣了？」隨行的翻譯問。

「要抽血。」趙醫生定定神答說：「至少抽一百CC。蔣太太怕失血過多，影響體力；我們現在正研究，到底抽多少？抽得太少不管用。」

這時憲兵小隊長已在打電話找他隊上的醫官了；等坐車趕到，看一看蔣伯誠那張如戲台上的關雲長的臉，不問情由，取出打鹽水針的特大號針筒，一抽抽了二百CC的血。蔣伯誠臉上的紅色消褪了些，居然悠悠醒轉。

就因爲蔣伯誠的病勢沉重，可以免拘；但仍算被捕，以家爲獄，由日本憲兵輪班看守。這時周佛海已接到來自軍統的要求，無論如何要救蔣伯誠出險。

經過幾個月的努力，由「登部隊」的陸軍部長川本，及周佛海的密友岡田酉次，幾度飛東京活動；最後是由大本營作成交保釋放的決定。

保人一共兩個，除徐采丞以外，就是金雄白；由川本派一名聯絡參謀，帶到貝當路去辦理保釋手續。從此以後，金雄白做了蔣伯誠與周佛海之間的聯絡人；只要來一個電話，金雄白不管多忙，都會趕到靜安寺路愚園路口，百樂門舞廳對面的百樂門公寓，要人要錢，要保釋被捕的工作同志，沒有一件事未辦到過。

因此，蔣伯誠跟金雄白建立了很深的交情。但私交是私交；公事是公事。而且蔣伯誠病發在床，要靠人捧場，所以爲了「公事」，有時也顧不得私交了。

「金先生是自己人。」蔣伯誠將去接收亞爾培路二號的人找來質問，「歷年幫過我們很多忙；你怎麼首先對付他？」

「就因爲金先生是自己人，所以我們一時沒有地方辦公，向金先生暫借一借。」那人從容不迫地答說。

蔣伯誠久住上海，與杜月笙非常接近，是個超級的「老江湖」；心想「光棍好做，過門難逃」，這個過門打得很漂亮，不能再追究下去了。

於是他問金雄白：「金先生，你肯不肯借呢？」

金雄白不敢說不借；只好連聲答說：「借，借！不但借，一切都奉送；不過我裡頭有上萬本線裝書，也是多年心血所寄。書生結習，未免難捨，請網開一面。」

這話不大好聽，但蔣伯誠只能怪「自己人」不爭氣，裝作不懂，關照那人：「金先生的書，你們一本不准動。」

接著，金雄白的在福開森路的住宅也被接收了；這回不是「借用」，而是「查封」。封條是一個叫張叔平的人所貼。此人倒是世家子弟；清末頗負清望的學部尚書張伯熙的兒子，自稱是第三戰區的「代表」。金雄白跟他常在周佛海家遇到，但並無深交。既不願託人說情，更不願當面去求他；只好把家人分別寄居到至親好友家。

不道這件事爲浙江興業銀行的總經理徐寄廎知道了，大爲不平；徐寄廎是上海撤退時，政府指定留在敵後的地下工作負責人之一；金雄白幫過他很大一個忙，所以自告奮勇地說：「第三戰區的最高負責人叫何世楨；我知道他不會做這種事。他跟我有交情，我替你去問一問。」

問後的回話是：何世楨根本不知此事，第三戰區亦未奉令接收，完全是張叔平胡作妄爲。現在已下令啓封了。

果然，金雄白得以重回舊居；經此波折，對政府的信心更增強了。

但各路人馬，紛紛趕到，類似的麻煩，可能還有；既然周佛海任命爲「行動」指揮，應該可以託庇，所以興沖沖地趕到，只見羅君強也在那裡，神態悠閒；使得金雄白立即想其他三天之間的三副面貌。

第一副面貌是八月十四日夜裡，他以「上海市政府秘書長」的身分，在虹口與日本人辦一場交涉，頗爲順利；杯酒言歡之餘，醉醺醺地大談日方如何在他強力說服之下，作了讓步。最後又說，他與在座的日本軍人談論戰局，一致認爲日本還保持著強大的陸軍，美軍如眞的在日本登陸，本土作戰一定會予敵人慘重的打擊；而戰事起碼會維持一年以上。萬一本土作戰失敗，在華的三百萬陸軍，亦將戰至最後一人。

第二副面貌是，周佛海當時問他：「莫非你還不知道？」

「知道甚麼？」

「美國廣播，日本已經接受波茲坦宣言，正式宣佈無條件投降了。」

這一下，羅君強的臉色變得異常複雜，驚愕憂懼，難看極了。而此刻的第三副面貌，顯然是由於周佛海「榮膺新命」之故。

「來！來！我正有話要跟你談。」

羅君強招招手；金雄白跟著他進了周佛海的書房，看他臉色變得很嚴肅了。

「『匹夫無罪，懷璧其罪。』」羅君強將房門帶上以後，壓低了聲音說道：「老兄這幾年的錢，搞得不少吧？你是最懂得明哲保身之道的；我看你不必將來等別人問你來要，自己識相，痛痛快快獻了出去，反倒脫然無累。」

金雄白頗起反感；故意問一句：「是不是交給你？」

「你知道的，上海歸第三戰區；張叔平是負責人，昨天他跟我談過，希望你交給他，現在你先開一張私人的財產目錄給我。」

金雄白本想告訴他，第三戰區在上海的負責人是何世楨；根本沒有命令張叔平接收任何人的財產。但這話由羅君強傳出去，便是一場是非；不如虛與委蛇，倒是羅君強所說的「明哲保身」之道。

因此，金雄白便坐了下來，就自己確實可以拿得出來的動產、不動產開了一張目錄，交到羅君強手裡。

「怎麼？」羅君強一臉不信的神氣，「你只有這麼一點錢？」

金雄白懶得理他，哼了一聲，再無別話；久坐了一會，聽說周佛海要夜車才回來，便離了周家，轉往《海報》——《平報》及南京興業銀行，都已結束；《海報》是他唯一的事業，但卻不知能不能保得住？

剛剛坐定，工友遞上來一張名片，極大的「毛子佩」三字；金雄白不免有意外的驚喜，心想，雖說施恩不望報，今日之下，有這樣一個朋友，總是安全上多一種保障。

原來這毛子佩在戰前是上海一家小報的廣告員；不知以何因緣，成了吳紹澍手下的紅

人，因而得以榮任上海市黨部委員。太平洋戰爭爆發後，他與蔣伯誠因案被捕；便有他一個好朋友來託金雄白營救。

他的這個好朋友是上海小報界的「名件」，本名唐雲旌，筆名「唐大郎」，筆下有兩絕，一絕是善作定庵句法的打油詩，俚褻詞語，皆可入詩，而雋爽無比；再一絕是善於罵人；而罵人常是爲了敲竹槓，但他並不諱言，有時且以眞小人自詡。他是《海報》的台柱之一，爲金雄白招來許多麻煩；可也爲《海報》招來許多讀者。

既是唐大郎所託；而且毛子佩雖無深交，總也認識，所以在營救蔣伯誠時，「順帶公文一角」，將他也保了出來，而且以後在經濟上常有接濟；只要毛子佩來告貸，金雄白從未拒絕過。

誰知毛子佩出獄以後，並未遵守保釋的條件仍舊在作政治活動，一次他的同事被捕，將他招了出來，第二次被捕，非死不可，因而去看金雄白，希望能弄到一張汪政權的「職官證」，以便通過檢查崗哨，逃往內地，金雄白便替他去找周佛海；無奈這天是星期日，最快也得第二天上午才能辦好。

這一夜之隔，在毛子佩極可能是生死之判；當時苦苦哀求，聲淚俱下。金雄白心有不忍，取了一張《平報》的職員證給他，就憑了這個證件，才能由上海搭車到杭州，轉往內地。如今當然是勝利歸來了！

處境各異，心情不同；不過毛子佩表面上卻很尊敬金雄白，口口聲聲「金先生」。寒暄了一陣，毛子佩開始道明來意。

「金先生，你幫過我好多忙；這回還要幫一次，其實也算是幫國家的忙。你的《平報》結束了，聽說機器廠房都在；能不能讓我來辦？」

金雄白倒很願意幫他的忙；心裡在想，既然幫忙，就要讓他實惠，於是一轉念之間，作了一個決定。

「子佩兄，恕我直言，雖然你也辦過報，不過大報跟小報，畢竟不同。《平報》反正是不會再出了，誰拿去都無所謂；就恐怕你接下來，撐不住，反而成爲你的一個包袱。我看，《海報》有銷路、有基礎；廣告，你是知道的，不但不要去拉，地位好一點的，還要預定。我把《海報》送給你；你好好經營，發大財不敢說，發小財是靠得住的。」

「謝謝、謝謝、謝謝！」毛子佩滿面含笑地問：「金先生，那末，你看《海報》的報名要不要改？」

「改有改的好處，不改有不改的好處。」金雄白答說：「我是希望你改的；因爲劃清界限，你就不必替《海報》負任何責任了。」

「是，是！」毛子佩想了一下說：「海報『彈硬』得很；寫稿子的朋友，眞可以稱得起『鋼鐵陣容』，我就改名《鐵報》吧！」

「隨你。」金雄白說：「我來料理一下，請你三天以後來接收。」

毛子佩欣然稱謝而去；金雄白送走了這個客人，接著又會見一個不速之客：陳彬龢。關起門來密談；陳彬龢開口就說：「戴雨農一回上海，恐怕第一個要捉的就是我。今天我是來向你辭行的；從此恐怕有一段相當的時間，無法見面。」

「喔，你預備到哪裡去？」

「我有一個非常安全的地方。」陳彬龢換了一副神色，「辭你是假；邀你同行是眞。雄白兄，我勸你跟我一起走；你的安全我完全負責。」

「到底是個甚麼地方呢？」

「說出來就不值錢了。」陳彬龢說：「我們相交至今，你總信得過我吧！」

「當然。我也知道你完全是好意；不過，我想留在上海也沒有甚麼不安全。你知道的，我替重慶多少出過力；蔣伯老會替我說話。」

「政治只有成敗與利害，你居然談起是非功過來了。雄白兄，你不要執迷不悟！」陳彬龢又說：「我不相信你的智慧，會不及邵式軍吧？」

邵式軍的情形，金雄白很清楚；在日軍剛剛宣佈投降時，他每天晚上都出現在周佛海家，爲的是探聽消息。

他是靠他祖父江海關道邵小村的餘蔭，與日本黑龍會及專賣軍火的大倉組勾結成一種特殊關係，並且找到日本皇室爲後台，獨霸東南的「統稅」，始終如一，成了淪陷區唯一的不例翁；但日本一垮，冰山即倒，以他任事之久，搜括之多，接收人員是一定放不過他的。所以總希望能先找到一條路子，保全身家；否則，亦可及時逃避，所以每天在周家苦苦守候，頗有惶惶不可終日之勢。

這樣不過兩三天，他跟周佛海說，他的處境已非常危險，要求周佛海爲他設法。周佛海便關照他到「稅警總團」去避難；託熊劍東保護。

「他不是住在『稅警總團』嗎？」陳彬龢問：「你知道他在那裡是怎麼樣的一種生活？」

「我聽說他除了大批行李以外，還帶了兩個廚子；還是照常享受。」

「就爲了這一點，熊劍東對他已提出警告，在軍隊裡還要吃大菜、講享受，引起士兵不滿，他不能負責。『東山老虎吃人；西山老虎也要吃人』，邵式軍很見機；快要脫離稅警總團了。」

「那末，」金雄白問：「他到甚麼地方去呢？回家？」

「能回家，就不必離家了。他在接頭一個地方，人家也很歡迎他；大概也就在這兩三天，遠走高飛。雄白兄，識時務者爲俊傑，我希望你跟我一起走。」

金雄白有些覺察到了，邵式軍很可能就是跟著陳彬龢去一個「非常安全的地方」。這個地方在哪裡？

這樣想著，便打算對陳彬龢番忠告；轉念又想：如果他反問一句：「我不到那裡去，留在上海，你能保證我的安全嗎？」又何詞以對？既然是「泥菩薩過江，自身難保」；又何必「養媳婦做媒」，徒惹訕笑！

陳彬龢看他不答，當然也不必再事逗留；站起來時雙淚交流，卻很快地拭去了。金雄白亦覺慘然；本想送他出門，怕生離的那頃刻，有死別的感覺，忍不住墮淚，讓人發現，其情難堪，因此只送出辦公室爲止。但從窗口鳥瞰，只見陳彬龢未坐汽車，跨上一輛三輪車，往北而去，漸漸消失在人海之中，無影無蹤了。

15 曲終人散

逃的逃，死的死，「汪政權」樹倒猢猻散。

周佛海從南京回來，氣色非常之壞；而且步履蹣跚，聲息微弱，一坐下來，便抓住自己散亂的頭髮，痛苦地說：「我心裡難過極了！跟公博幾十年的交情，到今天會釀成這樣的誤會。」

金雄白懂他的話，誤會是由一個叫做周鎬的人惹出來的——此人在南京搞得天翻地覆，是件不可思議的事；便倒了一杯白蘭地給他，安慰著說：「請沉著！慢慢兒談。」

周佛海喝口酒，靜靜地休息了一會，嘆口氣說：「也不能怪公博；都怪我。事先沒有聯絡是確實，不知此人是何方神聖？稍一瞻顧，事態幾乎不可收拾；日本已經投降了，還要請他們來平亂，眞是把臉都丟盡了！這周鎬眞恨不得寢其妻、食其肉。」接著，周佛海便從他到南京，出席汪政權的結束會議談起。

此會在八月十六日下午，召開於南京頤和路新「主席官邸」，汪政權在京「部長」以上人員，全體出席。

陳公博報告，日本政府已宣佈接受波茲坦宣言，無條件投降；日本在華陸軍，原打算繼續作戰，但終於化險爲夷，谷正之「大使」及「派遣軍」兩參謀副長，陸軍的今井少將，海軍的少川少將已正式通知，奉行日本政府的命令。和平願望，既已實現，「政府」自應解散；各機關應該照常辦公，負責結束，靜候接收。接著宣讀了「解散宣言」，主要的是告誡各地的「和平軍」以統一爲重，不得擁兵反抗。在辭句上作了若干修正，很快地通過了。

但汪政權雖已結束，眞正的中央政府尙未還都；在這青黃不接之際，需要有一個臨時的過渡組織，因此，第二個議案是，設立「南京臨時政務委員會」，將原來的「軍事委員會」改爲「治安委員會」，任務只有兩個，一是維持治安，二是辦理結束。出席人員相顧無言，自然就是無異議通過了。

正當曲終人散之際，新街口的「中央儲備銀行」，忽然來了一批人，地痞不像地痞，流氓不像流氓，大多帶著短槍，槍柄上還飄著紅絲穗，彷彿唯恐他人不知道身懷武器似地。爲頭的一個中年漢子；穿一套黑嗶嘰的中山裝，腰間鼓起，想來也佩著手槍。一進門先問經理在哪裡？

等經理一出來，那人先遞一張特大號的名片，正中大號正楷印著他的名字，姓周名鎬；上端一行銜頭：「京滬行動總隊總指揮。」

「喔，周總指揮！」那經理畢恭畢敬一鞠躬，「有何指教，請到裡面談。請，請！」

「我是奉命來接收的；指定你們這裡做總指揮部。」周鎬回身看了一下，又說：「你先派人把標語在大門上掛起來。」

標語是一片紅布；另外帶著六張對開的道林紙；每張紙上一個濃墨大字，聯綴成文便是：「蔣委員長萬歲。」

「是，是！」經理很高興地說：「馬上掛，馬上掛。」

這張標語一掛出去，立刻吸引了無數行人，瞻望讚嘆，歡喜無量；同時再一次引發了爆竹的響聲，此起彼落，熱鬧極了。

爆竹之聲，周鎬貼出了「安民布告」，但又宣佈：各銀行一律暫停提款，靜候財政部命令辦理。當然，金庫已為他所接收；銀行的警衛亦被繳了械。接著，他打電話給「警察總監」李謳一，表明身分，要求協助。李謳一自是喏喏連聲；不過，馬上就報告了陳公博。

陳公博大為詫異。周鎬其人，他是知道的，先由周佛海介紹到「軍委會」來當科長；以後亦是周佛海的推薦，發表他爲「無錫行政專員」，不過他也是「地下工作人員」。

周佛海與陳公博，都跟軍統、中統及三戰區有接觸，彼此皆知，卻又都心照不宣；陳公博心想，周佛海已變爲「京滬行動總指揮」，現在又出現一個「京滬行動總隊」，不言可知，是周佛海的部下。因而便對李謳一說：「你去見周部長，請示處理辦法。」

「是！最好請主席先跟周部長通過電話。」

於是陳公博隨即打電話到西流灣周家；找到周佛海問道：「周鎬接收了『中儲』，是你派去的嗎？」

「不，不，周鎬的事，我也是剛剛聽人告訴我。」

「此時此地，治安第一；南京一亂，恐怕無法收拾。我請你勸一勸周鎬，不要隨便行動；靜等蔣先生派人來接收。」

他倒眞的派人去找了。周鎬正在策畫接收各機關，聽說周佛海找他；便叫人回報：「不在這裡。」

「到哪裡去了呢？」

「不知道。」

將來人打發走了以後；周鎬接頭好的少數「和平軍」，聽說他已順利接收「中央儲備銀行」，有的是鈔票，自然趕緊來報到。周鎬先用現成的新鈔票發了犒賞；然後派定任務，分組去接收「各部會」。他自己也帶一隊，第一個目標是「陸軍部」。

「陸軍部長」叫蕭叔宣，一聽周鎬這麼一個人要來接收，當即拒絕；也不願接見。那知道周鎬已經闖了進來；蕭叔宣覺得最好不必見面，省卻好些麻煩，因而倉皇避去。周鎬大聲喊：「站住，站住！」一個不聽；一個便在後面開槍，後背進前胸出，一槍畢命。

打死就打死了，沒有人敢跟他理論；此外「宣傳部長」趙尊嶽；「司法行政部長」，也是周佛海的兒女親家吳頌皋，都因爲語言上的爭執，爲周鎬的部下拘禁在「總指揮部」。

「南京市長」周學昌，也是周鎬親自去抓的；周學昌嚇得從後門跳上汽車就逃，周鎬亦用汽車在後面緊追，一追追到西流灣周佛海家，周學昌以爲這下總可以無事了，那知周鎬提著槍排闥直入。周學昌急忙又逃到樓上；周佛海也出面干預；還不敢問他的來歷，只仗著曾經舉薦過他的資格，喝一聲：「不准胡鬧」，周鎬居然讓他鎭懾住了，無言而退。

周學昌躲到夜裡，方始離去；那知出周家不遠，便爲周鎬所埋伏的人，逮個正著；其時周鎬正在「軍官學校」發表演說，要接收改編。負責人打電話向陳公博請示，陳公博又找周佛海，仍然不得要領。陳公博既憤且怒亦傷心，認爲周佛海故意跟他爲難；像這樣的行徑，已無異賣友求榮。

到了拂曉時分，「軍校」又來了電話；陳公博茫然無主，這樣答說：「倘或對國家統一有好處，地方治安有好處，就讓他們接收好了。」

哪知「軍校」學生全副武裝，開到西康路，在陳公博的辦公室四周佈了崗，推派代表陳訴，表示絕對服從蔣委員長，但不願受不知來自何處，莫名其妙的人接收。

如果周鎬一定要接收，不惜武力對付。

陳公博苦苦相勸，「軍校」的學生不爲所動；這時周鎬也弄了一批部隊來，形成對壘之勢，雙方都弄了沙包來，構築防禦工事；開槍互轟，一時子彈橫飛，西康路、珞珈路一帶，家家閉戶，人人自危。

於是陳公博再一次找周佛海商量；實在也是交涉，周佛海在電話中苦笑答說，連他的衛隊長都被周鎬拿簇新的「中儲券」所收買了；他的這個衛隊長也姓周，而且是本家，平時忠順無比；及至爲周鎬所收買，對周佛海只是暗中監視，還不敢公然反抗；但楊淑慧就不同了！楊淑慧要用汽車；他也要用，戟指怒喝：「哼！到了這個時候，你還擺甚麼『部長太太』的臭架子。」

但話雖如此，周佛海還是得想法子了這件事；在萬分無奈之下，找到岡村寧次的作戰參謀小笠原，先送了一封信給周鎬，提醒他說，在蔣委員長所派的軍隊正式接收以前，日軍仍負有保持地方秩序的責任，措詞極其強硬。

周鎬一看，矮了半截；小笠原便派一個大隊，將周鎬的部下繳了械；吳頌皋、趙尊嶽及周學昌終於也獲得釋放。

但周鎬卻仍盤踞在「中儲行」，而且扣押了「軍校」的一名「總隊長」鮑文沛。於是有個名叫桂春廷的「大隊長」，提議追隨「校長」不必回校，大家便在清涼山陳公博的「官邸」周圍露營警戒，這時「軍校」的經理人員，行蹤不明，給養無著；由陳公博下了條諭，命「中儲行」撥款發餉。桂春廷便挑選了一批人，列隊到新街口「中儲行」，一面提款；一面嘗試營救鮑文沛。

這時周鎬的「番號」又變過了；掛出來的牌子是「京滬行動總隊第五十二中隊」，目的是希望大家有一個想法，他的「行動總隊」另外起碼還有五十一個中隊。但這個五十二中隊，有多少人卻無從觀察，因爲大門緊閉；要求開門，竟不理會。這便顯得周鎬氣餒了；桂春廷下令繞道屋後，緣牆而入；裡面的少數武裝人員，竟未抵抗，將鮑文沛救了出來，也向「中儲行」的留守人員提到了款子。

即由於「軍校」學生在陳公博「官邸」附近露營，及營救鮑文沛的行動，引起了一陣流言，盛傳陳公博將擁兵反抗中央。於是已受任爲南京先遣軍總司令的「江蘇省長」任援道，

勸陳公博離開南京，以明並無反抗中央的心跡。

陳公博卻不願這麼做，因爲他以贖罪的心情，還想爲政府做點事。第一、任援道的新職，並沒有獲得岡村寧次的承認，他表示除非有中國最高統帥的命令，不認爲有先遣軍可以執行職務；同時，汪政府的「警衛師」師長劉啓雄，不接受任援道所派先遣軍第一路指揮的名義。所以任援道並不能擔負維持南京治安的責任。

其次，新四軍在此青黃不接之際，大肆蠢動，宣城失陷、蕪湖被圍、六合告急；南京近郊已發現共產黨的宣傳品。而且岡村寧次的態度不明，一說他始終不甘心束手投降；一說他隨時可以切腹。倘或一連串的意外變化，導致了新四軍入據南京，陳公博認爲不但對不起政府，並且兩三年來全力防共的部署，最後落得這樣一個結果，是件死不瞑目的事。

因此，任援道直接勸他兩次；間接託人亦勸他兩次，陳公博都是這樣回答：非等重慶有人來，他不會離開。好在岡村寧次已派他的參謀副長今井武夫，專機飛往芷江，與何應欽的代表接洽受降事宜。不妨等今井武夫回來了再說。

* * *

今井武夫是八月二十一日上午飛抵芷江的，隨帶參謀橋島、前川，譯員木村，一行八人。在機場檢驗了身分證以後，坐在一輛掛有白旗的吉普車，到達指定地點；下午三時由中國陸軍總部參謀長蕭毅肅，代表總司令何應欽，授予第一號備忘錄，內容五項，規定了岡村寧次在投降事宜方面必須採取的步驟。第四項是：「爲監視日軍執行本總司令之一切命令起見，特派本部副參謀長冷欣中將，先到南京，設立本總司令前進指揮所，凡冷欣中將所要求之事項，應迅速照辦。」

接著，何總司令在辦公室召見今井；這都是官方的形式，交談極短，言不及私。直到這天晚餐時，才能談些追憶敘舊的話。第二天上午，今井一行，仍舊乘坐機翼、機尾繫紅帶的日造中型運輸機，於中午回到南京。

但是，今井卻於兩天之後，才去見陳公博，報告赴芷江的經過；這時已接到來自芷江的電報，冷欣已決定在八月二十六日飛到南京，設立前進指揮所；下一次，有一批國軍空運到達；何總司令則定於八月三十日蒞京。

他又告訴陳公博，蕭毅肅跟冷欣都告訴他，中國已決定對日本軍人及僑民採取寬大的處置。但當今井詢問對汪政權中人，如何處理時？所得到的答覆是沉默。

陳公博當然知道，這不是他們所能決定的事；保持沉默是最適當的態度。他只覺得既然南京的治安負責有人，他可以實踐他的諾言，離開南京了。

於是他跟日本「大使」谷正之接頭，要求派一架日本人辦的民航機，載他離京。但是飛

青島，候船赴日，還是直飛京都，卻未能決定，因爲在那種情形之下，任何行程都無法事先計畫的。

同行的人，何炳賢是一定在內的；林柏生本來想聽他的妻子的話，在汪精衛靈前自殺的，結果出了一樁意外，改變了計畫，要求與陳公博同行。

這個意外，看起來是一樁小事，他家跟陳君慧家所養的狗，突然中毒而死。林陳二人認爲這是一個警告，他們如果不走，將有殺身之鍋。兩人不約而同地表示，他們願意接受國法裁判，卻不願意糊裡糊塗送了命，因而要求同行離京；此外還有個周隆庠，他是眞正想在日本找條生路，甚至不妨入日本籍的人。

當然，還有好些或者職務上居於重要地位；或者交情上應該同甘共苦的人，被逐一徵詢，是否願意同機共患難，如梅思平、岑德廣等人，都敬謝不敏。

還有個人亦曾被通知，就是「維新政府」的「內政部長」；在汪政權中仍能保持原本的地位與勢力的陳羣。此人天生一張大白臉，有人說笑話，他如果上台唱戲飾曹操，穿上行頭、戴上髯口就是不必再塗白粉。以他的富於權謀，亦確有曹操的作風；在上海清黨時期，他與楊虎搭檔，被人諧音爲「狼虎成群」。這樣的人，自不容於革命陣營；所以北伐成功以後，他做了杜月笙門下的高等食客，做過杜月笙所辦的浦東中學的校長；喜歡研究版本，辦了個私人圖書館，名為「澤存書庫」；文采風流，亦不輸與橫槊賦詩的曹孟德。

在「落水」的新貴中，陳羣是看得最深，想得最透的一個。在私底下，他不諱言「漢奸」二字；也不希望勝利以後，會僥倖獲得政府的末減。所以平時醇酒婦人，放誕不羈，以做漢奸換取聲色犬馬的享受；法書名畫的供養。到得日本敗局已成，他便在為個人作最後的打算了；有一次「司法行政部次長」汪曼雲去看他；由於汪曼雲是「恆社」中堅，陳羣當他「自己人」看待，透露了眞意。

「勝利以後，重慶對我是絕對不會放過的；與其將來受罪，還是趁早自裁，求一個痛快，反為上策。我備有最好的毒藥，毫無痛苦，只須幾秒鐘的時間，就擺脫塵寰了。你要不要，我可以分一點給你。」

汪曼雲不相信他藏有毒藥，更不相信他有自殺的勇氣；還勸他積極立功，以求自贖。陳羣笑而不答。這天，陳公博派人去徵詢他的行止時，正好就是他服毒的時候；畢命眞的只在頃刻之間。事後證明，他服的正就是德國空軍元帥戈林用來自殺的氰化鉀。

再有個人，見解卻不似紈袴；就是汪精衛的長子汪孟晉。他在得知出走的消息以後，特地去看陳公博，侃侃而言：「一個形式上與日本合作而失敗的『政府』，最後還要託庇於日本，何以自解於國人？父親生前一再告誡我們：『說老實話、負責。』今天我們應該有更負

倒覺光明正大。

他主張在汪政府中應負最大責任的六個人，即是他的母親陳璧君、陳公博、周佛海、褚民誼、梅思平、林柏生，包一架專機，由他隨行照料，直飛重慶自首待罪，不問生死榮辱，責的做法。」

「我也覺得你的辦法，光明正大。」陳公博問道：「你母親的意思如何呢？」

「我還沒有跟她談。不過，我相信我一定能說服她。」

這話陳公博也相信，在汪精衛生前，陳璧君就只有她兒子的話，才能使她無條件聽從。可是陳璧君人在廣州，一時無從取得任何決定性的答覆；而陳公博卻沒有時間來等待。

「可惜時不我待。」陳公博說：「美軍已經通知日本政府，凡是日本所有的航空機，不管是軍機還是民航機，到二十五號中午十二時開始，即不准出現於天空，離現在已不到二十四小時；你的計畫雖好，我卻必須當機立斷。」

於是八月二十五日拂曉時分，陳公博帶著他的妻子李勵莊、情婦莫國康，以及何炳賢等人，悄悄由頤和路出發赴機場；留下兩封信，一封是給何應欽，表示政府若有命令，立即出而自首，託由日本顧問轉交；一封是給任援道，請他維持治安。

同行的有個日本陸軍大尉小川哲雄，本是汪政權的軍事顧問之一，此行的任務很多，既是嚮導，又是聯絡官，而實際上是領隊。他負有一個陳公博做夢也想不到的秘密使命——原來日本人由於「南北朝」、「戰國」各時代的歷史關係，向來有個在政治上收集「破銅爛鐵」的「嗜好」。陳公博的身分，合乎收集的條件；將來說不定有些用處，所以決定一方面將陳公博留給何應欽的信，扣壓下來；一方面不理會陳公博想飛青島的願望，道是氣候不良，命駕駛員由北折東，取八十度的航向，經濟州島，直飛京都。

到了上午十一點鐘，飛機降落了；陳公博從窗口望出去，是個極其簡陋荒涼的的小機場，縱目所及，亦看不到有甚麼樣的房屋，當時不免奇怪：「這就是京都嗎？」

「飛機燃料不夠了，我們在這裡加了油再走。」小川說道：「這裡是米子。」

「米子？」連在日本生長的周隆庠都未聽說過這麼一個地名。

「是的、米子。」

等下了飛機，才發現根本是個廢棄的機場，哪裡有甚麼油可加，小川便說，就算能夠加油，也飛不到京都；因爲正午一到，不能再飛，只好先在米子住下來再說。

到得此時，身不由主；一行數眾搭乘運貨的便車，到了鎮上，找到一家小旅館，暫且容身。第三天日本外務省接到報告，派人來看陳公博，將他們悄悄移到京都，在有名的金閣寺中，安置在人跡罕至的一角；連京都市民都不知道有這麼些「貴賓」在。

在金閣寺消息沉沉，到了九月十八日那天，外務省的一名高級官員大野，突然來看陳公博，說何應欽有一個備忘錄給岡村寧次，指陳公博私自逃往日本；對外宣傳已經自殺，要日本負責護送回國。

陳公博大爲詫異，問大野說：「我有一封信留給何應欽將軍，是託淺海、岡田兩位日本顧問轉交的。何以會說我逃到日本，假稱自殺？」

大野表示不知其事，答應立即聯絡，在南京的岡村寧次，一看眞相揭露，才派人送了給何應欽。

到了九月底，外務省駐京都的代表，負責照料陳公博生活的山本，深夜到金閣寺通知，說接到外務省的長途電話，中國派來的飛機，已抵達米子美的機場。陳公博毫不遲疑地回答：「我明天就走。」

第二天上午，陳公博正在收拾行李時，突然來了個不速之客，是近衛文磨。原來他的老母一直住在京都，最近因病去世；近衛從東京來奔喪，已有多日。陳公博雖知他在京都，卻不想跟他見面；這天是近衛得到消息，特地來訪；卻不盡是爲了禮貌的關係。

摒人密談，主客之外，只有一個周隆庠擔任傳譯。近衛向陳公博說，他最近才獲悉蔣委員長在開羅會議中，全力主張維持日本天皇制度；日本投降以後，又決定寬大處理。他個人表示非常感激。據他的觀察，日本投降以後，在政策上絕對傾向美國；但在感情上絕對傾向中國。日本目前毫無力量，極其盼望中國能成爲實際上的東亞領袖國家，使日本有一倚靠。

日本在投降之初，最感憂慮的一件事是，怕美國式的民主，過於放任，會造成日本社會及政治上的赤化；但最近麥帥總部已秘密通知東久邇內閣，要求日本政府嚴禁赤化。

這一點，日本的領導階層，感到非常欣慰，不過，日本對蘇俄仍舊有許多顧忌，唯恐失歡；譬如日本與英國的關係，一向密切，本可單獨展開對英外交；亦是怕蘇俄因此而有不滿，不敢進行。同樣地對中國亦復有些苦衷。

近衛又說：日本政府決心履行波茲坦宣言的要求，只是在程度上有極大的差異；中、美、英、蘇當然希望充分履行，而日本的國力太弱，希望實行此一宣言的最小程度。

由於有此距離，將來日本政府一定會產生許多難題，導致內閣的不斷更迭；政治上的不安定，是否會發展爲「向上之革命」，最後危及日本的國體。如果不幸有此一日，對中國亦未必有利。

接著，近衛又談到日本當前的兩大難關，一是日本每年缺乏食米三千萬石；二是解甲歸來的軍人都失了業，在日本的政治、社會上，將構成極大的威脅。

這一席密談，歷時兩小時又半。近衛雖未明言，希望陳公博能將他的意見，反映給蔣委

員長；但意思是很明顯的。陳公博雖不能期望還能面見領袖；但至少還可以通過何應欽上書。因而慨然承諾，他一定會將近衛的意見，作很愼重的處理。

就在近衛辭去不久，小川哲雄氣急敗壞地趕到，他勸陳公博留在日本，說上海、南京等地的肅奸工作，已在九月二十七日全面展開；陳公博一飛回去，必難倖免。他說他已經在東京、奈良、別府、鳥取四個地方，找好了隱秘可靠的藏匿地點；而且準備了足夠的糧食，不妨暫時隱居個一年半載，看情勢再定進止。

陳公博很感激小川的好意，尤其那時的糧食，極度缺乏；像他們一行七眾作爲外務省的貴賓，每三天配給一次食物，副食經常是幾尾小魚，難得有一次豬肉或牛肉；白糖則在過去的一個月中僅配給過兩次。而小川居然能在四個地方爲他們準備了足夠食物，可想而知費了多大的心血！

* * *

這個位於南市火車站附近的看守所，本是煙犯拘留所，設備當然很差，但另外有「優待所」，一個是愚園路原來吳四寶的住宅；一個是福履理路「上海市警察局局長」盧英的寓所，盧英字楚僧，因而題其所居爲「楚園」。關在這兩處的汪政府「要員」，回想當年吳四寶、盧英夜夜元宵、金迷紙醉的往事；眞有渾如夢幻之感。

在楚園中最受優待的有三個人，一個是逃到蘇州卻不能爲任援道所庇護的梁鴻志，獨居一間，並准他的姨太太每天早至晚歸，來照料他；一個是盛宣懷的侄子，獲得日人賦予鴉片專賣特權，人稱盛老三之盛幼庵；年已七十餘歲，鴉片大癮如果勒令戒除，勢必不能伏法，因而特准他攜帶煙具，日夜吞雲吐霧。

再有一個便是繆斌。他到楚園時，已是歲暮天寒的臘月，在民國三十四年公佈的「懲治漢奸條例」修正公佈以後。不過他的儀態與神情，一點都不像被捕的漢奸，穿得畢挺的西裝；外面一件水獺領，禮服呢的大衣；頭上是絲絨禮帽，挾著一只鱷魚皮的大皮包，鼓得高高地，想見其中的文件不少。

「雨農因爲外面機關龐雜，怕我爲別的機關誤捉，反而費手腳；所以乾脆讓我到這裡來避一避。」

他滿面含笑地指著他的皮包對熟人說：「這裡面都是奉令工作的證據；我是絕對沒有問題。」

楚園的羈客，的確以繆斌的態度最輕鬆，談笑風生，豪飲健啖，不知羨煞了多少人。那知好景不常，只過了三天；忽然移解到南京。上汽車時雖跟難友揚手揮別，但臉上已有些焦急的模樣了。

繆斌移解到南京，也是住在「優待所」；地方在城北住宅區的寧海路二十一號，戰前本是軍事委員會副委員長馮玉祥的官舍；汪政府時代爲「特工總部」的「南京站」；這個部門當然爲軍統接收，寧海路二十一號改爲「優待所」，而名義上稱是「看守所」。

第一批被優待的「客人」是，由廣州解到的陳璧君、褚民誼，以及陳璧君的親屬，包括一個兩歲的小外孫女何冰冰在內，佔了那裡一座較小的後院；前院寬廣，除了安頓由憲兵隊移來的陳公博一行之外，還有梅思平、岑德廣等等舊政府要員，以及由華北解來的王蔭泰等人；最後則將去了一趟重慶的周佛海、羅君強，丁默邨亦送到這裡來了。

繆斌未到之前，前院三樓，完全騰空；看守人員說不日將有一個特別重要的人物來住。大家都很奇怪，陳公博、周佛海、梅思平、陳璧君都在這裡，還有甚麼「特別重要」的人物？有人說笑話，也許是岡村寧次亦要來作客；萬萬想不到竟是繆斌。

初到時，對繆斌的優待還不止於獨佔層樓；而是佈置看守所長的辦公室作爲臥室；隨後方遷入三樓；一日三餐由何應欽的總部指定一家餐館供應，四盤四碗一火鍋，一個人據案大嚼。曾有人偷偷上樓去看他；他仍舊保持著樂觀的態度，一定會在短期內釋放。同時他也相信，「懲治漢奸條例」雖已修正公佈；但凡在「優待所」的，政府一定會用政治手段解決。

不料繆斌卻是首先由法律來解決的人；一天深夜起解，由設在蘇州的江蘇高等法院審理，依法判處死刑，立即執行。

但也有人說，繆斌是個特例，因爲他之被邀至日本作爲和平使者，本是買空賣空的勾當；他應該知道，勝利不僅在望，甚至可以說在握，此時與敵談和，愚不可及。但日本既然求和心切，在情報工作上，正不妨加以利用，藉機一窺日本大營的底蘊。繆斌卻不能在這方面建功；反而向日本要人說了許多不該說的話，紀錄在卷，爲盟軍當局發現以後，通過外交途徑向中國提出交涉，開羅會議曾有不得與日本單獨媾和的約定，所以關於繆斌的工作，要求提出解釋，而繆斌之伏法，便是最明確的解釋了。

事實上，被捕而被優待；優待之處又是軍統的看守所，足見得戴雨農是主張政治解決的。但以敵僞時期，誰對抗戰有過貢獻，只有他最清楚；因而政治解決的原則，不易爲法治派的人所接受；同時政治解決在技術上亦頗複雜，因而拖了下來。

一拖拖到三十五年三月十九，戴雨農由青島飛南京，因專機撞山而殉難；像三國演義中所寫龐統死於落鳳坡那樣，戴雨農在南京板橋附近所撞的這座山，正叫戴山。

「雨農死了，我也完了！」周佛海的話，道出了每一個「汪政府要員」的心聲。

於是很快地，南京寧海路二十一號和上海楚園的「禁囚」，分別被移送至南京的老虎橋監獄；上海的提籃橋監獄；以及蘇州的獅子口監獄，而且分別以漢奸的罪名起訴。

自夏徂秋，一批一批地被槍決。死得都很從容，例外的兩個人是，丁默邨與無惡不作的、搞「黃道會」的常玉清。

丁默邨在老虎橋監獄，一聞執行命令，原本蒼白的臉色，更白得可怕；檢察官作最後詢問時，他已入於休克的狀態，因而無隻字遺言。常玉清在提籃橋監獄被執行時，大聲疾呼：「我還在上訴，我還在上訴。」其實上訴已經駁回了，只是不肯死而已。

於是動員了七八名法警，才能將他四百磅的身體搬動，他只是賴在地上不肯走；半推半拉地到得甬道中途，又賴倒在地，這一下卻是起不來了，活活嚇死在那裡。但依法還是執行；就在當地打了幾槍，確定已經斃命，方始將那個臭皮囊拖了出去。

死得最像樣的是陳公博。那天是端午，上午八點多鐘，他應典獄長之請，在寫一副對聯：「大海有眞能容之量；明月以不常滿爲心」，快寫完時，發現身後站著幾名法警。

「是不是要執行了？」他問。

「是。」警長很吃力地答了一個字。

「那末，請勞駕等幾分鐘，讓我把對聯寫完。」

寫完最後三個字，題了上下款；他又要求回囚室收拾衣物，穿上一件藍布大褂，到同判死刑的褚民誼，和被判無期徒刑的陳璧君那裡訣別。

然後應訊寫遺書，一封致家屬，一封上當道。時將正午，方始畢事；向法官、書記官、法警分別道謝，才散步似地走向刑場。

「請多幫忙。」走到半路，他回頭向行刑的法警說：「給我個乾淨俐落。」法警不作聲，等他又走了幾步；突然一槍，子彈貫胸而過，人向前撲，氣絕身亡。

不死的是周佛海，由死刑特赦爲無期徒刑；這已是三十六年三月間的事了。

他被監禁在南京老虎橋監獄，同囚的有他關係最密切的兩個，一個是羅君強；一個是他內弟楊惺華，交大土木系畢業生，當周佛海「組府」時，他只二十六歲，在內地做一個道路工程的測繪員；跟著他叫做「哥哥」的姊夫到了南京，先被派爲財政部總務司長；又兼「中央信託公司總經理」，是上海聲色場中有名的闊客。

這兩個由周佛海一手提拔；平時亦視周佛海爲恩人的人，這時卻不約而同地向周佛海横眉叱斥：「都是你害的！」到底是誰害的？粉墨模糊，全不分明。

粉墨春秋(下)【經典新版】

作者：高陽
發行人：陳曉林
出版所：風雲時代出版股份有限公司
地址：10576台北市民生東路五段178號7樓之3
電話：(02) 2756-0949
傳真：(02) 2765-3799
執行主編：朱墨菲
美術設計：吳宗潔
行銷企劃：林安莉
業務總監：張瑋鳳

初版日期：2020年10月
ISBN：978-986-352-885-2

風雲書網：http://www.eastbooks.com.tw
官方部落格：http://eastbooks.pixnet.net/blog
Facebook：http://www.facebook.com/h7560949
E-mail：h7560949@ms15.hinet.net
劃撥帳號：12043291
戶名：風雲時代出版股份有限公司

風雲發行所：33373桃園市龜山區公西村2鄰復興街304巷96號
電話：(03) 318-1378
傳真：(03) 318-1378
法律顧問：永然法律事務所 李永然律師
北辰著作權事務所 蕭雄淋律師

行政院新聞局局版台業字第3595號 營利事業統一編號22759935

定價：350元

國家圖書館出版品預行編目資料

粉墨春秋 / 高陽著. -- 經典新版. -- 臺北市：風雲時代,
2020.09 冊； 公分

ISBN 978-986-352-885-2 (下冊：平裝)

857.7 109011565